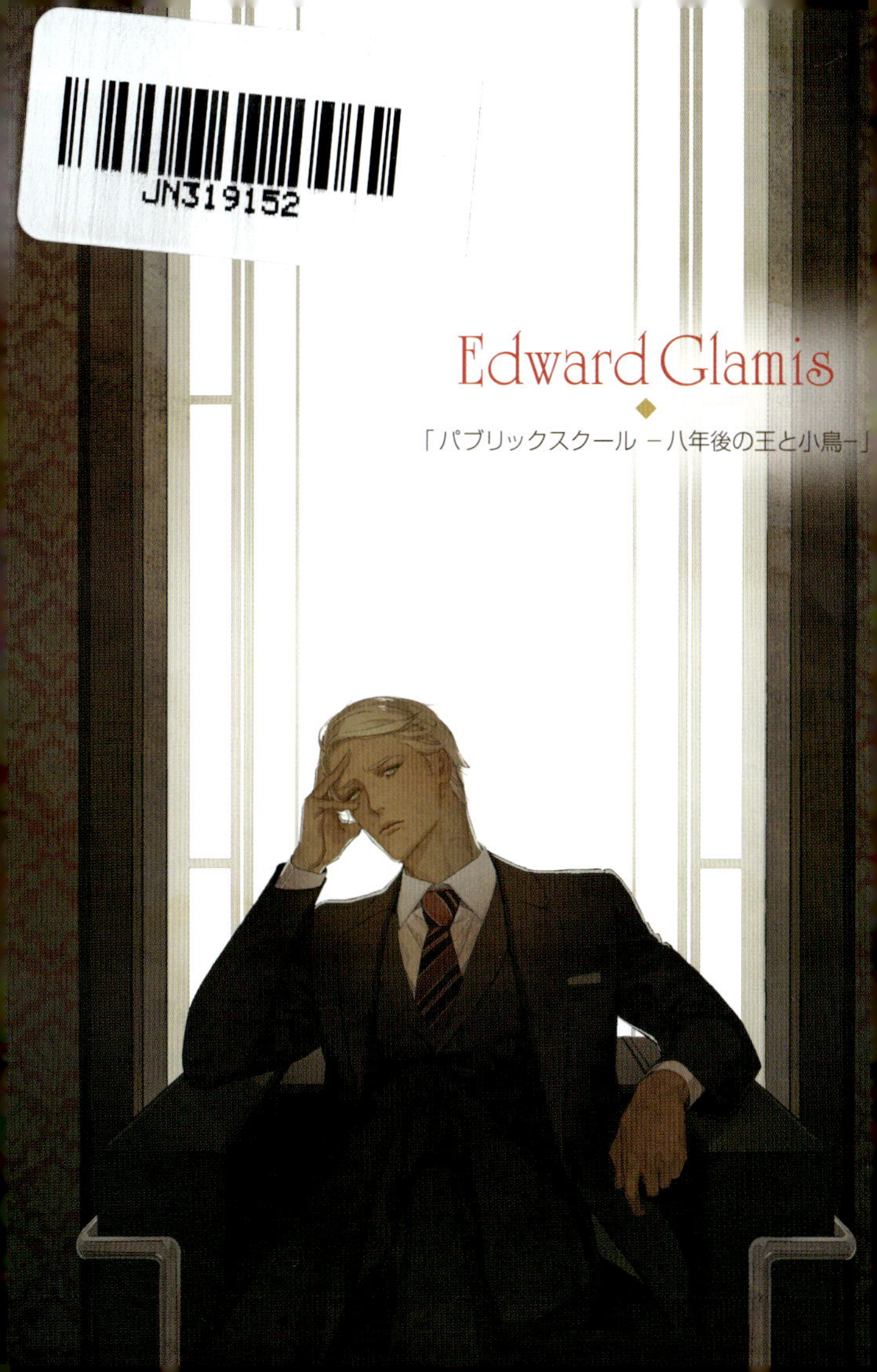
Edward Glamis
「パブリックスクール －八年後の王と小鳥－」

パブリックスクール
―八年後の王と小鳥―

樋口美沙緒

キャラ文庫

この作品はフィクションです。
実在の人物・団体・事件などにはいっさい関係ありません。

目次

八年目のクリスマス……5
つる薔薇の感傷……75
八年後の王と小鳥……93
あとがき……346

口絵・本文イラスト／yoco

八年目のクリスマス

ロンドンのクリスマス支度は、早いところで十一月から始まる。

通りにはクリスマスマーケットの露店が並び、軒を連ねるテナントにも派手な装飾がされる。クリスマスは、イギリスではイースターと並ぶお祭りで、プレゼントとなると家族だけではなく同僚や知人、近所の住人にも配るので、店はどこもかき入れ時だ。

そして今、十二月も二十日となった街はまさに師走《しわす》の空気で、賑々《にぎにぎ》しく、なんとなく浮ついた雰囲気が漂っていた。

世界でも有数の海運会社、グラームズ社はロンドンに本社を構えている。

もっとも海運輸送業という業種ゆえ、実質的な本拠地はデンマークのコペンハーゲンになるが、全世界百二十五ヶ所に亘《わた》る拠点から上がってくる報告をさらい、輸送業以外にも広げている各種産業の状況を把握する、グラームズ社社長、エドワード・グラームズは、クリスマスの浮かれ気分など吹き飛ばす勢いで早朝から精力的に働いていた。

「エド、さっき話した、グラームズオイルのエネルギー開発の件だが、最初に眼をつけたのは我々だ。シェアの必要はやはりないと思うぞ」

最上階にある役員会議室を出て、リフトホールに立ったところでエドはため息をつき、追いかけてきた叔父を振り向いた。

この階は三十六階。広いフロアの南側は全面ガラス窓で採光がよく、そこからはロンドンの街並みが一望できる。クリスマスのこの時期、街路は、見下ろすとことに気持ちいいが――しかし、叔父の顔は焦りで汗ばみ、そんな余裕などまるでなさそうだった。

「叔父さん……いえ、常務」

と、エドはできるだけ平坦な、感情を殺した声でゆっくりと答えた。

「先ほど会議でも話しましたが、アジアにおけるエネルギー開発で我々が全面的に乗り出すのは反感を買います。そうでなくともあの地域は、我々の行動に敏感です。完全な営利目的では続かない。コンソーシアムが最も妥当で、長期的な形です」

叔父といっても、グラームズ家本家の当主であるエドと違い、彼は分家の当主である。役員席をもらってはいるが、家柄はこちらが当然上になる。それでもそう言われたとたん、叔父は怒りに赤く顔を染めた。

心の中では、この若造が、と思っているに違いない――と、エドは冷静に踏んでいた。それもそのはず。グラームズ社の社長にして、グラームズ家次期当主のエドは、弱冠二十七歳。

すらりとした高身長、筋肉で引き締まった男らしい体格に、彫刻のような美しい顔。さらりと流れるブロンドに、緑の眼を持つ、申し分のない容姿だが、五十を過ぎた叔父にしてみれば若者には違いなく、それも会社を不況のどん底まで陥れた憎き先代社長、ジョージの息子なのだ。

エドが本社の社長に就任してから、ようやく八ヶ月が経つが、この叔父は役員の中でも特に、思慮が浅いようだった。

目先の利益を優先する性格で、エドの考えがあまり理解できない。なにしろ今、叔父が食い下がってきた議題は、ついさっきまでの早朝会議で既に結論が出ている。

（よっぽど、金が儲《もう》かると思っているに違いないな）

と、エドは内心で叔父の考えを読んでいた。

「だがそれでは、またAL社に遅れをとるぞ」

叔父は歯がみし、ライバル会社の名前をあげた。

（そうやって煽《あお》れば、ジョージなら乗ったろうが――）

と、エドは呆《あき》れ、またため息が漏《も》れそうになった。もう少し大局的に物を見れぬのか、と訊《き》いてみたくなるが、その意味さえ分からないだろうと諦《あきら》める。

「我々が目指すのは競合に勝つことではなく、長期的で安定的な事業の維持と成長です。そのためには、主要産業をこそ守らねばならない。よそ見をして足元をすくわれては、それこそ我が社の命運は危うい。そんなことより……常務、あなたが面倒を見ている中南米エリアですが、最近、あそこに臨時船がかなり出てますね。まだ報告があがってませんが、なにをしに？」

声を低め、窺《うかが》うように言うと、叔父はぎくりと固まった。金儲けしか頭にない叔父が、裏でこそこそと会社を作ったり、危ないことをしているのを、エドは知っている。

　叔父は中南米の名前を出されると、突然顔色を悪くし、「ああ、分かった、分かったさ、エド。きみは実に素晴らしい経営者だ。コンソーシアム、結構結構」と愛想笑いを浮かべ、自分の役員室へそそくさと帰っていった。

「……よろしいのですか？　問題が悪化する前に手を打たなくて」

　エドのすぐ後ろに控えていた第一秘書のロードリーが訊いてくるのに、

「既に弱みは握ってある。時が熟せば、燻《いぶ》り出すさ」

　エドは小さな声でそう返した。

　ロードリーは切れ長の眼を細め、「怖いお方だ」と呟《つぶや》いたが、それだけで口を閉ざし、リフトのボタンを押した。


　長らく、世界各地の支社を転々としていたエドが本格的にイギリスへ帰国したのは、今年の五月に入ってからだった。

　例年四月中旬に行われていた株主総会を、グラームズ社は例外的に五月に行い、そこでエドは本社の取締役として選ばれた。つまり、これまで社長を務めてきたエドの父、ジョージはとうとう解任されたわけである。

そこからおよそ、八ヶ月。

エドは一族に、自分の実力を認めてもらうため、死にものぐるいで働いてきた。十一月の月末で、ようやく会社の売上げは上方修正を始めた。支社の利益を除いて、本社だけで黒字が出たのはここ数年で初めてのことだ。ひとまずこれで、エドの手腕は認められ、一息つけたのがつい先日のことだった。

とはいえ何年間も低迷してきたグラームズ社の建て直しは困難で、そして地道でもあった。エドは世界中を見て回った経験から、父であるジョージとは違う、自分なりの社長観を持っていた。

「今日は何階から?」

秘書に訊かれて、エドは輸入営業部の入っているフロアを伝えた。営業は会社の要であり、年末の今は特に忙しく、みな疲れている時期だ。

フロアについてリフトを降りると、開放的で広々としたオフィスが広がっている。けれどデスクの固まった島に入ると、そこは雑然としており、立ち働く社員でごった返していた。

「あ……社長」

「おはようございます」

社員たちはエドを見ると、一様にさっと顔を引き締めた。エドは穏やかに「おはよう」と返した。

エドは時間を見つけては、毎日のように社内を歩いて回っていた。フロアが多いので、日によって回るフロアは違うが、社長室にこもっているだけでは見えないものが、末端のデスクの上には広がっているのだ。

会社は人間。

世界を回って仕事をしてきて、エドが持ったポリシーの一つはそれだった。中で働いている人間の顔を見れば、おのずと、その会社が上手《うま》くいっているかどうか、分かってくる。

エドに眼を向けてくる社員の眼差しは様々だった。

明らかな憧《あこが》れをこめて頬《ほお》を染める女子社員、頻繁《ひんぱん》にフロアへやってくるエドに、先代社長とは違うものを感じ、期待をこめている若い男性社員の瞳、愛想笑いを浮かべながらも、まだ信用できないという顔をしている者、あるいは、サボろうとしていた矢先にやって来られて気まずそうな顔もある。

それら一つ一つをつぶさに見回し、エドは時々足を止めて、社員に話しかけたりした。やる気に満ちてはいるが、仕事に慣れていない若手の社員の仕事を確かめたり、中堅で既に出世を諦めた社員に発破をかけたりする。

「ジャック、今やっている仕事は？」

「オセアニア方面の定期船です」

声をかけられた若手の社員が、緊張した顔で答える。

「頼りにしてるぞ。きみはいずれ、オセアニアのスペシャリストになるんだ」

頑張ればそうなれる。夢を見せることも社長の役割だとエドは思っている。言われたジャックはハッとしたように眼をきらめかせた。

「ジェニファー、先日のマーティン・ウエル社の件はどうにかなったかい？」

エドは何人かに声をかけたあと、三十路《みそじ》の女性に話しかけた。彼女はこのフロアで、かなり優秀な営業の一人だ。

エドはいつもフロアを回るとき、特に優秀な人材には、なるべく声をかけることにしていた。当人には仕事が認められているという達成感を与え、周りには、頑張ればこの会社は自分を認めてくれるのだ、というアピールにもなる。

「どうもこうも。クリスマスのこの時期はただでさえ積荷が多いのに、あちらは期日をこの日だと決めて動かないんです。対応策を決めなければ今回はP&R社に依頼すると」

実績が自信になっているらしく、ジェニファーはエドにも物怖じせず話す。

エドが彼女から渡された資料に眼を通していると、フロアのマネージャーがやって来て、「社長、ご心配なく……」と遠慮がちに言ってきた。愛想笑いを浮かべているが、彼はあまり仕事熱心ではない。エドに首をつっ込まれて、うっとうしいのだろうと分かった。

「ちょうどよかった。カール。部下が大変な思いをしてる。船体整備部門に話をつけてくれ。きみならできるだろう」

そう言うと、マネージャーは嫌そうな顔をしたが、ジェニファーはパッと顔を輝かせた。

「そうしてくれると助かります。整備は船はないの一点張りなんですもの」

面倒そうな顔でカールは自席に戻ったが、一応電話をかけ始めた。ジェニファーが悪戯《いたずら》が成功したような顔で、エドを見た。

「助かりました。彼はちっともかけてくれなくて。船にスペースがあることは分かってるの」

彼女は優秀なので、あとは上手くやるだろう。立ち去ろうとした矢先、ジェニファーの左手薬指が眼に入る。そこには、以前までなかったダイヤの指輪が光っていた。

「いつの間に婚約を？　おめでとう」

つい言葉がこぼれていた。ジェニファーはハッとし、それから目尻《めじり》を赤く染めて「ありがとうございます」と微笑《ほほえ》んだ。優秀な会社員の顔から、若く美しい女性の顔になった彼女に、エドもつい、心からの笑みを漏らした。

「もう少し頑張れば休暇だ。素敵なクリスマスを」

つけ足すと、ジェニファーは「まあ」と嬉《うれ》しそうに唇に手を当てた。

フロアを出て、リフトホールに立つ。

「次の報告会まで三十分です。一度社長室に戻られて、資料をご覧頂けますか」

スケジュール帳を取り出し、なにやら書き付けながら後ろでロードリーが言う。エドは「ああ」と返事した。

リフトが到着して乗り込み、ロードリーと二人きりになると、ふっと小さく笑みが出た。

すかさず、後ろから声が飛んでくる。思わずちらっと振り返ると、ロードリーは眼を細め、おかしそうにしていた。

「ご機嫌がよろしいですね」

「休暇まであと少し。……社長こそ、素敵なクリスマスを」

言われて、エドは内心、しまった、と思った。ジェニファーに言ったことは、完全に蛇足だった。いつものエドなら、気付いても婚約のことは訊かないだろうし、個人にあてて、素敵なクリスマスを、などとは口にしない。

評価と贔屓《ひいき》、親しみと馴《な》れ合いの境界が、曖昧《あいまい》なゾーンだからだ。

この八ヶ月、物事の本質を、辛抱強く、鋭く考え抜いてきた。

それも一瞬一瞬変動していく世界の流れに、なるべくフラットな視線を保ちながらなので、実に気の抜けない緊張した日々だった。ようやく少しずつ理解者が増えてきたとはいえ、ジョージの代の役員は、まだ一人も辞めさせていない。

普通は社長交替ともなると、バッサリ役員を切ることも多いが、それでは社内に波風をたて、要らぬお家騒動に巻き込まれたと、社員から反感を買ってしまう。エドのポリシーは長期的な視点だ。使いこなせるものなら、なるべく使う。

まずは社内の再教育、意識の変革。社員レベルからもそうだが、役員の考え方を変えるのが一番の大仕事だった。元から賢明だったり、エドの辛抱強い説得で変わった役員もいる。一方で、先ほどの叔父のように、まったく変わらない人間もいる。あまりに悪質な相手なら、最後は燻り出すしかないが、エドはそれもまた、時機を見計らっている。

ロードリーはそんなエドを、よく、怖いお方だと言う。

およそ、二十七歳の自制心ではありえない。あなたほど、計算尽くで、人心に敏《さと》く、抜け目のない人も珍しい——と。

「……そんなあなたが浮かれるんですから、レイ様がどんな方かますます気になります」

軽口をきくロードリーに、エドはついムッとし、「黙ってろ」と言った。けれど声には、居心地の悪さが滲《にじ》んでしまう。ロードリーはくすっと笑っている。

ロードリーはよくできた秘書だ。

他の人間は気付かないだろうエドの些細《ささい》な変化さえ、こうして見破ってしまうほどに。

まだ三十路になったばかり、上背もあって見目もいいロードリーとは、デンマークの支社に赴任していた際に初めて会った。最初から、実に仕事のできる男だと感心していたので、社長になってすぐ、秘書にと引き抜いたのだった。

彼はエドと同じくパブリックスクールとケンブリッジを出た英才だが、家は貴族ではなく庶民の出だった。成績が良かったので給費生となり、大学まで卒業した努力家で、ハングリー精神は強いが、会社を大きくすることや売上げを維持することは、多くの家族を守るためだと意識できる人間でもある。経営を進めるとき、単純に自社の利益だけを考えていても、長期的には結果が出ないことをロードリーは知っていて、エドはそれをなにより頼りにしている。それはエドの考えと同じだからだ。

そしてそんな考えに基づいた仕事で、とりあえずの黒字が年内に出せたので、エドはホッとしていた。これでようやく、エドの出した『条件』を役員や親戚は認める気になっただろう……そう思うせいもある。

しかも、もうすぐクリスマスがやってくるのだ——。

今年のクリスマスは、エドには特別なものになりそうだった。

十二月の二十四日。

その日に、エドの恋人、八年越しに結ばれたレイ・ナカハラこと中原礼《なかはられい》が、イギリスにやって来る予定だった。エドもクリスマス休暇に入り、面倒なパーティの類《たぐい》はすべて断ってあるので、今年は礼と二人、ゆっくりと過ごす予定だ。このごろのエドはそれがずっと頭の隅にあり、どうしても、どこか浮かれた気持ちになってしまっていた。

「……バークライン社の社長から、クリスマスに会食の誘いがありましたが……」

「出ないぞ。クリスマスは完全に休む」

ロードリーの言葉を遮《さえぎ》ると、「もちろん。先にお断りしておきました」と、返事が返る。

「クリスマスの間は、仕事の電話は一切私のところで止めておきますから、社用の携帯電話は、お預かりしておきましょう」

そう付け足すロードリーの抜け目なさに、小憎らしいやつめ、とエドは思ったが、唇にじわじわと笑みが浮かんでくる。

小憎らしいが、ありがたい。

そう思う。仕事などすべて忘れて、クリスマスにはぜひとも、電話を預かってもらおう――。

それなのにその愛しい愛しい恋人、中原礼と、礼と過ごしたかった。エドが生きている理由、仕事をする理由、それすらも結局のところ、最終的には、ただ一人、中原礼のためなのだ。

それなのにその愛しい愛しい恋人、中原礼と、エドはこの八ヶ月、一度も会わずに、ずっと我慢していたのだから。

エドが初めて礼に出会ったのは、十四歳になる少し前のことだった。

礼はまだ十二歳。しかも母親が日本人の礼は小柄で、あどけなく、最初に見たときは十歳ほどかと思ったものだ。

エドはイギリスの名門、グラームズ家の長男として生まれた。

家は企業を経営して成功させており、エド自身、恵まれた容姿と体格を備え、幼いころからなんでも人より頭一つ飛び抜けていた。

ありとあらゆるものに恵まれて生まれ、文武に秀でたエドは、はたから見れば、幸せそのものに映っていただろう。

けれどエド自身は、礼に出会うころには、自分を幸福だとは思えなくなっていた。なにもかも持っていたエドは、愛だけは持っていなかった。

エドの父、ジョージは金儲けと名声にしか興味がなく、そのわりに浅はかで短絡的な人間だった。母のサラは愚かで贅沢《ぜいたく》好きの浪費家。息子のエドのことは、自分を飾るアクセサリーだと思っていた。世界に失望し、投げやりになっていたエドの前に、両親が差し出した生《い》け贄《にえ》が礼だった。

祖父が愛人の間になした子どもだと聞いていたので、エドは母親を亡くした礼が、はるばるイギリスまでやって来て、家に引き取られたのは、てっきり遺産目当てだろうと思っていた。百パーセント、徹頭徹尾、そうとしか思っていなかった。それなのに出会ったばかりのころ、遺産目当てだろうと嗤《わら》ったエドに、礼は困惑気味に答えたのだ。

——愛したくて、愛されたくて、家族がほしくてイギリスまで来たのだと。

嘘だろうと思っていたエドだが、ほどなくしてそれが真実だと知った。礼は遺産相続放棄の書類にサインをさせられていた。けれどそれを知ったところで怒るわけでもなく、不当なことをされていると忠告したエドに向かって、微笑んだのだ。

——エドワードさんて……優しいんだね。

嬉しそうに言っていた礼の顔を、エドは今でも思い出せる。

真珠のような、やや黄味のある白い肌。さらさらの黒い髪の下に、こぼれ落ちそうな大きな瞳があり、それは笑みを浮かべて揺らめいていた。愛に満ちた瞳だった。嬉しい。きみのこと、好きになれそう。礼はそう言い、当時のエドはぽかんとした。こんな人間が本当にいるのかと、愕然《がくぜん》とした。

言うなれば、青天の霹靂《へきれき》。ひどくショックを受けた。金よりも愛だなんて。

（……あれがなければ、俺はレイを、意識しなかったかもしれないな――）

執務机に座ったエドは、各社からあがってきた報告書に眼を通しながら、ぼんやりと考えていた。

と、入室してきたロードリーが、「郵便です。クリスマスカードがほとんどですね」と言って、エドの机に午前中に届いた郵便物のトレイを置いた。ダイレクトメールや雑誌類は、ロードリーが一度確認してから持ってくる。今置かれたのはすべて個人宛のものだ。見ると、付き合いのある貴族や経営者からのクリスマスカードがたくさん入っていた。とはいえほとんどが儀礼的なもので、サイン以外は印字された定型文が多い。

一応氏名のところに眼を通しながら、ふと、一枚のカードが眼に留まる。学生時代の友人、オーランドからのもので、他のよく似たカードとは異なり、子どもの手描きのクリスマスツリーをプリントして、白いカードに貼ってあるという、ちょっと素朴なものだった。

『やあ、元気。五歳の姪《めい》っ子が描いたんだ。力作だからカードにしたよ。将来、画家になれるかな？　追伸：きみのところには、ボクの可愛《かわい》い画家さんが会いにくるみたいだね』

　メッセージにある可愛い画家さん、とは、礼のことだろう――オーランドは礼と親しいので、礼からクリスマスの予定を聞いているに違いなかった。

「変わったカードですね。この方は取引先の……」

「姪っ子が描いた絵だと。会社に送ってくるところがあいつらしいな……」

　エドは小さく笑い、もう一度、幼げな絵を見た。

とたん、ふっと頭の隅に礼の影がよぎり、思い出すことがあった。

あれはたしか、礼がやって来て二度目のクリスマスのことだ。

イギリスでは、家族で過ごすのが普通のクリスマスだが、家庭崩壊していたエドの実家には、ジョージもサラも帰ってはこなかった。かといって、他に行きたい場所があるわけでもなく、エドはリーストンから実家のマナハウスに戻るしかなかった。

淋しいクリスマスになる予定だった。執事には、ツリーもご馳走《ちそう》も要らないと言ってあった。

けれど屋敷に帰ると、礼は待っていてくれた……。

　そのとき、礼は十四歳になっていた。

　秋のハーフターム休暇以来、しばらくぶりに会う礼は、エドが玄関を開けると、上の階から階段を駆け下りてくるところだった。

　鼻の頭を寒さと興奮で赤くし、大きな瞳をきらきらと潤ませて、礼は「エド」と言う。

「お帰りなさい……」

頬を上気させ、心底から嬉しそうに――。

エドはそれを見ると、ムッと眉《まゆ》を寄せ、どうしても不機嫌な顔になってしまった。なぜそんなに、俺に懐くんだ。そのころのエドには、礼の愛情が煩《わずら》わしく、苦しかった。

けれど大きな瞳を輝かせ、エドと会えて嬉しいと、帰ってきてくれて嬉しいと伝えてくる礼を見ると、煩わしさと同じくらい、胸がいっぱいになった。

それはエドしかいない礼への憐《あわ》れみが半分。

そうしてもう半分は、こんなふうに惜しみなく愛を伝えてくる礼への、言葉にならない、愛しさのようなもの――だったと、後になると分かった。

もっとも十六歳だった当時のエドは、そんな気持ちをなるべく見ないようにしていた。

クリスマスだからといって、特別なことはしない。ご馳走もパーティもツリーもリースもない。エドはいつもそうだったが、そのときも、礼を素っ気なく扱った。

愛されすぎてはいけないし、愛しすぎるなどもってのほかだと、そう強く思っていた。

愛したら傷つける。

エドには言われずとも、そのくらいのことは分かっていた。

「あのねエド。……カードを描いたの」

けれどエドの冷たい態度にもめげず、礼はそう言って、夕飯のとき、エドにカードを渡してきた。それは手作りの、大判のカードだった。

「……ずいぶん、でかいな」

言うと、礼は恥ずかしそうに頬を染め「書きたいことがたくさんあって」と続けた。

ふうん、とエドは気のない素振りをしたが、内心では、どうしてこいつはこうなんだろう、とモヤモヤしていた。

——俺はお前のために、ツリーもカードもなにも用意しなかったんだぞ。なのに……。

礼は絵が上手だったので、そのカードにもきれいなツリーの絵が描かれていた。丹精込めて重ね塗《ぬ》りされた水彩絵で、優しい色使いがいかにも礼らしかった。そのツリーは少し奇妙で、オーナメントに定番のベルや丸いボールはなく、星ばかりつり下がっている。

「……なんで星だけなんだ？」

訊ねると、「あ、知ってた？　オーナメントって、全部意味があるんだってね」と向かいの席から身を乗り出してきた。

そんなことは、エドのほうが詳しかった。興味はなくとも、教養と知識だけは幅広い。クリスマスツリーはそもそもキリスト教の習慣なので、ボールはアダムとイブの食べた林檎《りんご》だったり、ジンジャーマンクッキーはヘンリー八世と言われたり、はっきりとはしない定説がいくつかある。星はたしか、希望を示している。

「トップオブスターだ。普通は一番上にあるものだろ」

「そうだけど、僕がエドにあげるツリーは、希望がたくさんあるほうがいいなあと思って……」

なんだそれは。意味が分からない、とエドが眉をしかめると、礼は無邪気に微笑みながら、だって、とつけ足した。

「……エドがずっと、一年中、僕に希望をくれてるもの」

控えめで優しい声。礼はいつもそんな声で話す。オルガンのような、耳に心地よい柔らかな声だ。その声で、希望をくれてると言われて、エドは固まった。

なにを？　と思う。ツリーもご馳走も、執事に要らないと、用意しなくていいと言ったのは俺なのに？　お前に冷たくしているのは、誰よりも俺なのに……と。

いい知れない罪悪感が押し寄せてきて、エドは礼から眼を背けた。なにも聞かなかったような顔で、中も読まずにカードをテーブルに放り投げ、「まあ、もらっておく」と言った。

礼は少し淋しそうな眼をした。せっかく用意したのに、喜んでもらえなくてがっかりしたような――そんな顔。けれどすぐに気を取り直し、礼はにっこりして「うん。ありがとう」と言った。

あとはおとなしく食事をとり、時々エドに話しかけてきたが、エドが答えないでいるとやがて話すのをやめてしまった。

……可愛いレイ。

頭の片隅で、やりきれない怒りと一緒に、そんな言葉が浮かんだ。

可愛くて憐れで、愚かなレイ。なんだって俺なんか、お前は愛するんだ――。そんなふうに惜しみなく、傷つけられて拒まれても、素直に自分のすべてを、明け渡して……。

夕飯を終えると、エドはイライラしていたので、お茶も飲まずに自室に引っ込んだ。礼が淋しそうな、引き留めたそうな眼で背中を見ていたのには気付いていたが、そんなものにいちいち付き合えるか、と心の中ではね除《の》けた。

けれど部屋に入り、ベッドに身を投げ出すと、エドは持ってきていたカードをのろのろと持ち上げ――そうして、やはり見ずにはいられなくて、開けてしまった。

『親愛なるエド』

カードにはその言葉から始まって、びっしりと、礼のきれいな英字が並んでいた。

『きみがクリスマスに帰ってきてくれて、嬉しい。話したいことがたくさんあるんだよ。でも緊張して上手く話せないかも。僕はこの間降った雪で、雪兎《うさぎ》を作りました。イングランドにもあるの？』

「……なんだこれは」

エドは思わず呟いていた。礼の文章はとりとめなく、まるで日記か手紙だった。庭の木に小鳥が巣をかけたことや、学校の花壇で冬なのに大きなヘビを見て、あれは冬眠しそこねたのではないかとか、そんなどうでもいいことが書き連ねてある。それから最後には、エドの体調、日々のことを気遣う、優しい問いかけがちりばめられ、そのカードは終わっていた。

（バカバカしい。一体こんなつまらないこと、俺に伝えてなんになるんだ――）

そう思った。思ったけれど、直後、エドの心臓は締め付けられるように痛み、深くて痛い悲しみが、全身に広がっていく気がした。

こんなつまらないこと。

こんな、どうでもいいこと。

これくらいしか、礼の世界にはないのだ。たったこれだけのことしか、礼にはエドに話せることがないのだ。

礼の性格上、カードに愚痴や悲しい話は書かないだろう。少し前、同級生にいじめられていたときも、自分からはなにも言わなかった。

なにか少しでも楽しいことを、と考えると、孤独な礼には、雪遊びや庭の小鳥や、ヘビの心配などしか、書くことがない。それでも、そんな些細《ささい》なことにも心を揺らし、愛に満ちた眼で世界を見つめ、エドを喜ばせようとしている。エドにあげるツリーは、希望だけがいいと言って。

なにも持っていない、小さな子どものくせに――自分の心そのものまで削るようにして、礼はエドの抱えた孤独を、埋めようとしてくれているのだ。

不意に一瞬、鼻の奥がツンと痺《しび》れ、泣きたいような気持ちになった。けれどエドは奥歯を噛《か》みしめ、その感情を押し殺した。

上半身をベッドに起こすと、エドはため息をついた。カードをベッドサイドに置くと、椅子《いす》の上に投げ出していたコートを着る。

そうして階下に下りていき、エドは礼の部屋の扉をノックした。扉を開けた礼は、エドの姿を見ると驚き、それから悲しげな顔をした。

「エド……もしかしてどこかへ行っちゃうの？」

置いて行かれるかもしれないという淋しさが、礼の眼からも声からも、あふれ出ている。エドは無表情のまま、「お前もコートを着ろ」と命じた。

「庭に雪が積もってる。雪兎とやらを作ってみせろ。俺は知らないからな……」

言った瞬間、礼の頰にじわじわと赤みが差し、その眼が嬉しそうに笑んだ。勢いよく頷《うなず》いて、礼はコートを羽織ると、走って寄ってくる。エドはその首にマフラーを巻いてやった。先に立って歩くと、礼は転げるように走ってついてきて、「エド。嬉しい、ありがとう」と言った。

振り返ると、大きな黒い瞳には、ひたむきな愛がきらめいていた。

一緒に庭に出て、エドはキャンプ用のカンテラを灯した。青白い光の下で、礼は雪兎を作ってくれた。柊《ひいらぎ》をつんで、目と耳にしたあと、礼の手は赤くかじかんでいた。

皮膚の薄いその手に、礼は何度も息を吹きかけて温めながら、

「可愛いでしょう。子どものころに、雪がとけて消えるのが嫌で、冷凍庫に入れたことがある

んだよ。小さい雪だるまも作ってね。……でもしばらくしたらだんだん小さくなっていくの」

悲しくて泣いたら、母親が抱き締めて、解けたウサギと雪だるまの精は、空にあがってまた来年、雪と一緒に礼のところへ来るのよ……そんな話をしてくれたと、礼は一人楽しそうに話していた。

エドは無言でそれを聞きながら――ああ、やばいな、と思っていた。

やばい。麻薬のようだ。

礼の子どもっぽさ、無垢《むく》さ。そしてそこから滲み出る、優しい世界。エドが一度も知ることなく生きてきた、愛情深い世界が、礼の周りには広がっている。

礼の手をとり、引き寄せて握り、冷たい指を温めてやった。エドの手の中で、その手はあまりに小さく頼りなく、びっくりしたようにエドを見上げる礼は、寒さのせいか、それとも別の感情でか、頬をまっ赤に染めていた。

（……俺はいつか、こいつを、愛してしまうかもしれない）

頭の隅で、エドは観念するように思った。苦いものが、心の中に広がった。

そんなことはあってはならない。けっしてあってはならないと分かっていた。けれど同時に、もうそのときには知っていたのだ。

礼はいつかとても美しくなるだろう。この子どもの愛はとても広くて深い。やがて多くの人間が、彼に愛されたいと願うようになる。そしていずれ、礼もまた自分以外の大勢を愛し始め

るだろう……。

そうしてエドは、それが死ぬほど嫌なのだ――。

エドの不安は的中し、礼は無防備なまま、魅力的に成長した。エドは誰も礼に近づけまいとし、そして自分も愛すまいとした。

リーストンを卒業し、礼に愛を伝えられるようになるまで、八年がかかった。

それはグラームズという血の重みに、負けない力を得るまでの期間でもあった。

「きみがロードリーを引き抜いていってくれたおかげで、コペンハーゲンは深刻な人材不足だよ。エド、本社から彼クラスの人間を一人、よこしてくれないと困るな」

デンマーク支社から定例報告のために本社に来ているギルが、疲れたようなため息とともにそう言った。二人はちょうど、役員室フロアのフリースペースでソファに座り、ヨーロッパ方面の来年の事業について、打ち合わせを終えたところだった。

「それならもうよこした。お前だ、ギル。まあ俺の高評価に感謝して、せいぜい気張ってくれ」

エドが言うと「やあ、ちっとも褒《ほ》められてる気がしないね」とギルは肩を竦《すく》めた。

ギルはエドのいとこで、礼とはかつて同級生だった。二人は今も仲が良く、エドの社長就任と同時期にデンマークの支社長となったギルは、日本へ出張があると必ず礼と会っているし、電話やメールなどもまめに交しているらしい。

　この八ヶ月、忌々《いまいま》しいが、恋人のエドよりギルのほうが礼と会っているくらいだ。

「お前また、日本に行ってたろう。以前のように、レイの部屋に泊まったりしてないだろうな」

　ちょうど仕事の話が切れたので、エドは思わず、声を低めてそう訊いていた。

　学生時代、飛び級をしていち早く会社の仕事を始めたエドと違い、二学年下のギルはごく普通に進級を重ねた。

　大体にして、イギリスではパブリックスクール卒業後、すぐに大学に進む者は年々少なくなっている。

　およそ一年間のギャップイヤーを取り、入学をあえて遅らせて、海外を見て回ったり、ボランティアをしたりして見聞を広めてから、大学に入る学生のほうが増えているのだ。

　ギルはそのギャップイヤーに、あろうことか日本を選んで旅行していた。それだけではなく、大学に進んでからも、長期休暇になるごとに日本へ行って礼を訪ね、ときには礼の部屋に泊まったりしていたのだ。エドはそんなギルを横目に、礼に会うのを我慢していたのだから、毎度悔しい思いをさせられていた。

　そしてそれはギルに限ったことではなく、リーストン時代の友人、ジョナスやオーランドなどもそうだった。彼らはみんな礼に会ってくると、いちいちエドに自慢した。

——エド、レイはまた素敵になってたよ。

——男からも女からも、色目を使われてたな。

などなど。

ギルは単にエドを悔しがらせたくて。オーランドは面白がって。ジョナスは、こんなに可愛い礼を傷つけたのだから後悔しろという念をこめて、だったろう。

その時は興味がない顔をしていたが、そんなものはすべて演技だった。内心は怨み辛みを募らせていたので、今でも根に持ってしまっている。

「まさか。大体、日本に飛んだのはオリンピックがあるからじゃないか。仕事だよ。まるで俺がレイ目当てに遊びに行ったような言い方しないでくれるかい」

「副社長に行かせてもいいのに、わざわざ自分が出て行ったのはレイ目当てじゃなかったと言えるか?」

エドが睨《にら》むと、ギルはおかしそうに肩を竦めた。

「だけどねえ、さすがにレイにも断られるよ。実際言われたよ、『ギル、エドが嫌がるからごめんね』ってね」

ギルがレイの声マネをしたが、ちっとも似ていないのでエドは顔をしかめた。その反応を見て、ギルは悪戯が成功したように、ニヤニヤする。

「大体、少し過保護じゃないかい、エド。今レイが暮らしてるのはきみのフラットだろ。恐ろしくて入れたものじゃない。男が入ったとたん、ライオンが飛びつくトラップでもあるんじゃないかって、こっちは戦々恐々さ」

礼が、日本に買ってあるエドのマンションへ引っ越したのは付き合ってすぐのことだった。

それまでの礼は、一応オートロックはついていても、稼ぎに見合ったこぢんまりした部屋に住んでいて、エドはそんなところへ礼を残していくのが不安だった。

離れるのだから、安心できる場所にいてほしいと言うと、礼はすぐに聞き入れてくれた。礼には言っていないが、マンションのコンシェルジュには話を通し、礼が男を部屋に入れるときには、たとえこちらが真夜中でも連絡を入れるようにしてある。

「レイは女にもだが、男にもやたらモテる。レイプ未遂になったら大変だろう」

以前そんな事件があったので、エドは心配なのだ。

「それにしても呆れるよ。あんな仰々しいセキュリティにレイを閉じ込めるなんて」

「閉じ込めるとは人聞きが悪いな。レイは自由に出入りしてる。仕事もしてるし、忌々しい芸術家どもとも仲良しのままだ、くそったれ」

つい本音が漏れてしまった。

礼は日本で、美術雑誌の編集員をしている。特殊な仕事で、今は大きな展覧会のキュレーターもしているせいか、とにかく芸術家に顔が広い。芸術家というと、ゲイやバイセクシャルも多く、礼は彼らに大人気なのだ。

「まったく、きみは口が悪いな」

ギルはそう言って呆れ、笑っている。ギルとエドは、仲が良いかというとそういうわけではないが、互いに遠慮がないぶん付き合いやすくはある。

互いが、ある意味では互いに一番の理解者なのだ。

同じ貴族、同じグラームズ家の門閥。ギルはエドと同じ義務と責任、血統の重圧を背負っているが、やっぱりエドと同じように、礼を愛してもいる。

自分とは違う世界に生きる庶民でありアジア人であり、貴族でなく、女でもなく、男である礼を愛している――という一点で、ギルは弱い者にも優しくなった。

そういえば、とギルが思い出したように言う。

「香港《ホンコン》にいるジョナスが三泊で日本に遊びに行ったらしい。レイの写真が送られてきたんだけど、見るかい？」

「……俺のところには送られてきてないぞ」

「本物のレイを手に入れたきみに、どうして写真のレイまで送らなきゃならないの。って、ジョナスなら言うだろうね」

仏頂面になったエドにギルはそう言ったが、実際にはエドは、八ヶ月も礼と会えていないのだ。ジョナスの仕打ちには納得がいかないが、ギルがタブレットを出すと、つい覗《のぞ》き込んだ。

タブレットにはどこかの公園や美術館前、あるいは浅草《あさくさ》などの観光スポットが映っており、カメラに笑顔を向けている礼や、撮られていることに気付かず、ぼうっとハトを眺めている姿があった。

六月で二十五歳になった礼は、昔より背が伸び、さすがに少女めいたところは以前よりは少なくなった。それでも、イギリス人から比べるとまだ甘みのある顔立ち、優しい瞳や長い睫毛《まつげ》、白い肌に癖のない髪など、どれもこれもエキゾチックで魅力的で、愛らしかった。

「……このショットはいい。レイの魅力がよく出てる」

どこかの公園の池端で、礼が柵にもたれ、カメラに向かって微笑んでいる顔。自然の柔らかい光が礼の眼に入り、大きな黒眼は淡く輝いている。長い睫毛がその上に影を作り、礼の瞳は穏やかな愛と深い思慮をたたえてきらめいていて、エドは思わずため息を漏らした。

その浮かれた言葉にはギルも驚いたのか、一瞬口を閉ざした。さすがのエドもハッとなり、居心地悪くソファに座り直した。

「ま、はしゃぐ気持ちも分かるよ。もうすぐレイが来てくれるんだから」

「……お前は顔を出すなよ。言っておくが、お前の家のくだらないパーティにも行かないからな」

照れ隠しにつっけんどんになるエドへ、もちろんさ、と、ギルは肩を竦めた。

ギルがこれからコペンハーゲンに戻るというので、エドは一緒に会社の下まで下りた。午後から商談が入っているから、どうせ外出する。味の良いコーヒーが飲みたかったので、テイクアウトを頼むことにしたのだ。ロードリーには十分後、車を回してくれるようにと頼んだ。

会社の外に出ると、「それで、クリスマスはどこで過ごすの」とギルに訊かれた。

「ハムステッドのきみの借家？　それとも実家かな」

「実家だ。長く帰ってないし、執事がレイにも会いたいと」

エドは会社から便のいいハムステッドにフラットを借りていたが、クリスマスは郊外にある実家に戻ろうと思っていた。

グラームズ家のマナハウスは、今はもう使用人しか住んでいない。エドの両親はこの春離婚し、サラはフランスへ、ジョージはオーストラリアへ行ってしまった。どちらとも、エドはほとんど連絡をとっていないし、あの家へ二人が帰ってくることはもう二度とないだろう。

幼いころは、クリスマスになると、一族中の人間が実家を訪れたものだが、それもなくなった。今では親戚はみんな、ギルの家のほうへ集まっている様子だ。もっともエドは、そこに礼を連れていくつもりはなかった。

「親戚のほうはうまくやっとくさ。……とにかく、きみは成績を出したんだ。これからも贅沢ができると分かれば、連中は満足するよ」

「……助かる」

小さな声で、エドは感謝した。ギルはそれにふっと笑みをこぼし、この話はおしまいになった。

　エドの脳裏にはちら、と、浮かんでくるものがあった。

　年末でお金がないの。口座に少し足しておいて、とだけ書かれた母からのメールが、今朝、私用のアドレスに届いていた。仕事はどう、とか、風邪をひいていないの、などの言葉は一言もなかった。サラはニースで若い男に入れあげて、相当な額を貢いで暮らしている。憐れな彼女から、最後の権力であるグラームズ社の株式を奪うのはたやすかった。若い男に金を渡し、口裏を合わせてもらう。母はジョージと離婚し、男と結婚をするために、口車にまんまと乗り、エドにすべての株式を譲渡した。エドはその後男に成功報酬を与えたが、サラが彼と再婚したという話は聞いていない。

　最後に母に会ったのは、ニースにある別荘だった。

　若いころはとても美しい母だったが、今ではもう見る影もなかった。安っぽいドレスに身を包み、株式譲渡の書類にサインを書きながら、「ようやく私も、幸せになれるのね」とうわごとのように言っていた。

　――あなたにとって、俺を産んで暮らしたことは、幸せではなかった……？

　そのとき、そう頭の隅に湧《わ》いた感傷的な問いを、愚問だろうとエドは振り払ったけれど。

「……生活はあなたがみてくれるのでしょ？　可愛いエド」

「ええ。もちろん。サラ。あなたは母親だから」

エドはそう答えながらも、考えていたのは礼のことだった。

思いを告げる少し前だった。母から株式を奪えれば、自分は一族に認められ、とうとう礼に愛を伝えられる。そう思っていた。

自分の愛のために、実の母からすべてをむしり取ろうとしている――。その事実を考えると、母親らしいことなどなに一つしてくれなかったと、サラを憎むこともできなかった。

(俺も同じだ……あなたを心底からは、愛していない)

――そして全てを奪ってしまった今、愛する資格さえ失ったのだ、と、エドはそのとき思ったのだ。

それでも本当はずっと、愛してみたかったということを、エドは知っている。

もう愛しておらず、愛する資格を失っても、本当は愛してみたかったという想いが、エドを救ってくれている。そしてこんな、愛してみたいという気持ちにさえ、礼がいなければ気付かなかっただろう。

幼いころ、ジョージやサラを殺してやりたいと言い、二人だって、自分を憎んでいると言ったエドに、まだたった十二歳だった礼が教えてくれた。

――サラやジョージが、エドに死んでほしいなんてないよ。エドだって、本当は、違っててほしいでしょ……？

必死に言い募る礼の声が、にわかに耳の奥へ戻ってくる。静かな痛みがエドの胸を刺していった。

(優しいレイ。……お前がいてくれなかったら、俺は)

ギルと別れ、コーヒーを買う。会社の前でロードリーを待ちながら、胸ポケットの私用電話を取り出すと、メールが一件、届いていた。サラからの催促だろうかと思ったが、開くと、礼からだった。

『今夜電話をしてもいい？　何時頃、仕事は終わるの？』

文面からさえ、礼の優しい声音が聞こえてきそうで、エドはホッとし、頬を緩めた。今かけようか、と考えたところで、ロードリーが車を回してくるのが見えた。

『そちらがよければ、俺からかける』

急いでそう打ち、送り返す。

今夜には、礼の声が聞けるのだ。そう思うとエドの心は弾んだ。また浮かれていることを、ロードリーに見抜かれてしまいそうだった。


午後に予定していた商談が終わり、時計を見ると夕方の五時だった。この季節、ロンドンの日没は早く、外はもう真っ暗だ。街中にはネオンがきらめき、行きかう人々の息も凍り付いて、白く浮かび上がっている。

日本は深夜の二時ごろで、約束していたとはいえ、こんな時間に電話をかけるのは気が引けた。エドは商談を詰めていたビルから出ると、車を回してくるという秘書のロードリーと別れ、礼にメールを打った。

『今終わったが、かけてもいいか？　寝ているなら、また明日、朝にかけてくれ。こちらは何時でも構わない』

こんなメールを打ったところで、礼がもし起きているのなら、あちらからかけてくるだろうというのは分かっていた。なんの反応もなければ、眠っていてエドのメールに気付かなかったということになる。

街中に突っ立ったまましばらく電話の画面を見ていたときだ。

「やあ。グラームズじゃないか」

と、背の高い男に声をかけられた。

顔をあげると、知人のヒュー・ブライトが歩いてくるところだった。

白人は寒さに強い体質らしく――というのは、礼を見ているとよくよく分かったのだが――エドもそうだが、ブライトも簡単なトレンチコートを羽織り、マフラーを首に引っかけているだけだった。一応きっちりと着こなしているエドとは違い、ブライトは前ボタンをあけたラフなスタイルで、小脇に丸めた雑誌を持ち、片手にテイクアウトのデカフェを持っていた。

「ブライトか……仕事か？」

エドは思わず、ムッと眉を寄せてしまった。

ヒュー・ブライトは貴族なので、出身校は違うスクールだが、社交界でもともと面識があった。それだけならなんということもない、貴族の次男坊らしい、つかみどころのない男だなという程度なのだが、悪いことにブライトはイギリスの人気デザイナーで、仕事上、礼とも知り合いだった。

礼の魅力ときたら、無差別発砲のようなものだとエドは思っている。

腹の立つことに、ブライトも二、三度会っただけの礼のことをいたく気に入っていて、仕事にかこつけてメールをやりとりしている。礼の周りにはこういう男が大勢いて、あわよくばベッドに誘えないかと狙《ねら》っており、エドは八ヶ月離れている間も、気が気ではなかった。

「まあね。これからヒースローに行ってフライトだ。クリスマスは日本で過ごすんだよ」

ひょい、と肩を竦めてブライトが言う。

ブライトの仕事にも、クリスマスの過ごし方にも興味はなかったが、「日本」という単語に引っかかり、エドは眼をしばたたいた。

「……日本？　あちらで仕事が？　こんな時期にか」

「ロジャー・デューイの写真集が出るついでに、個展が開かれることになっててね。僕がもろもろのデザインを一手に引き受けることになったんだ」

「それにしたってこんな年末に？」

ロジャー・デューイはたしかアメリカの写真家だ。よく知らないが、礼から、今度個展のパンフレットを担当すると聞いたことを思い出した。

「……もしかして、写真集を出すのはレイのいる会社か」

ブライトは甘めのマスクに笑みを乗せ、「まさにそうだよ」と肯定した。

「デューイのワガママでさ、もともと決まっていたデザインはやめろ、デザイナーをクビにしろと言い出したらしい。写真集だけじゃなくて、個展の装飾デザインからなにから全部だよ。それなら新しいデザイナーを探すから、出版月をずらしてくれとレイも頼んだけど、無理だったみたい。今朝電話があって、引き受けてくれないかって泣きつかれちゃった」

ブライトは嬉しそうに話し、エドは（今朝？）と思った。それでは今日、礼は自分より先にブライトに連絡を入れたのか。しかもどうやら大きなトラブルが起きているらしいが、エドはまだなにも、礼からその話を聞いていない。

「昨夜はきっと寝てなかったんだろうなあ。疲れたときのレイって色っぽいね。ちょっとかすれた声で、『ブライト……あなたしかいなくて』なんて言われて」

「……黙れよ、尻軽男め」

思わずエドは舌打ちし、ブライトに悪態をついていた。もはや学生時代ではない。相応の実力をつけ、誰になにを言われても生き抜く自信を身につけたエドは、損にならない相手になら、隠さずに怒りを示す。

とりわけ礼のことになると、どうしても我慢ができない。なにしろブライトは、エドが礼と恋人なのを知っているのだ——というか、エドが自分から、礼と共通の知り合いには進んで申告していったわけだが。それもこれも、礼を盗られないための牽制《けんせい》だった。

けれどブライトは確信犯で、エドが文句を言うと嬉しそうに笑っている。

「おかげさまで、イブもクリスマスもレイと過ごしてくるよ。こんな陰気な国でまずいプディングをつつくより、レイの可愛い顔を見ながら深夜のブラックコーヒーを啜《すす》るほうが、よっぽど楽しいってものさ」

イブ、クリスマス、という言葉を疑問に思ったが、どういうことだと訊き返す前にブライトが腕時計を見た。

「ああ、もう行かなきゃ。じゃあね、グラームズ。きみの恋人を奪っちゃってごめん」

もう一度文句を言う間もなく、ブライトは道ばたでブラックキャブを拾うと、そのまま行ってしまった。

（あいつ、なにがレイと過ごすだ……レイはイブにはこっちへ来るのに——）

ふと嫌な予感がしてきたそのとき、電話が鳴った。見ると、礼からの着信だった。なんとなく、とりたくない気持ちにかられた。エドは深呼吸し、なにを聞いても冷静でいようと決めて、通話ボタンを押した。

『エド？　今大丈夫？』

電話の向こうから聞こえてくる礼の声。それはいつものように優しげだったが、疲れているのか少しかすれていた。

「ああ、いや。レイか。悪かったな、もう少し早くかければよかったんだが——」

『ううん、まだ会社にいるんだ。実はちょっと困ったことがあって……』

礼が気遣わしげな、申し訳なさそうな口調になる。

エドは嫌な予感が的中したことを認めた。あのね、と話を続けようとする礼の声を遮り、

「ブライトに電話したそうだな」と、言っていた。

なぜそんなことから、口にしてしまったのだろう。

失敗したと思ったが、エドは続けて「クリスマスは来れないんだな?」と訊いていた。

『ブライトから聞いたの? その、実は、もともと日本では、この時期年末進行で……』

その言い方に、なんとなくだが腹が立った。

もともと忙しいのに、無理をして空けていた。だから譲歩しろという話か?

俺はお前にとって、その程度か。

そんな気持ちが、ばかばかしいと思うのに湧いてくる。

自分は世界企業ランキングの上位に位置する、グラームズ社のトップだ。冷静と忍耐ならば誰にも負けない。あらゆる感情を理性でコントロールできる——それなのに。

「ああ、たまたま会ったんだ。ブライトは、俺とお前の予定を知っていた。そんなことまであ

いつに話すとは悪趣味だな。他人から、予定の変更を告げられるのは好きじゃない。なんだか間抜けな気分になる」

思った以上に尖《とが》った声が出て、エドはやめろ、と思った。

思ったが、やはり礼はあのヒュー・ブライトとクリスマスを過ごすのだ……と思うと、どうしようもなく胸がざわつき、嫉妬《しっと》した。

——俺は八ヶ月会っていない。こんなに我慢してるのに……。

そう思ってしまう。

『エド、聞いて。今回の仕事は大部分のデザインが変更になるから、自分の担当分だけは終わらせないといけないんだ。デューイは素晴らしい写真家で……ただ、こだわりが強くて繊細な人でね。ヘタなデザインでは満足しない。だけど、ブライトは彼の要求に応えようと努力してくれてる……それに、クリスマスは無理だけど、エドさえ良ければ……』

「ああそうか。俺はお前の中で、その『素晴らしい作家』どもより、ずっと下の存在なわけだ。だから俺には我慢しろと言うんだろ？　八ヶ月我慢した俺を、まだ我慢しろと。分かった、ブライトと熱い夜を。レイ」

むしゃくしゃし、エドは電話を切ってしまっていた。礼がまだなにか言いかけていたが、今は聞く気になれない。

デューイだのブライトだの、他の男を褒めるようなことを、今は言って欲しくない。俺だって努力してる、お前に会うのを我慢して、死にものぐるいで努力してる。そんな、つまらない感情が湧いてくる。

(くそ)

子どもっぽいジェラシーだ。自分で自分が嫌になった。

(ばかげてる。この程度のことで)

本当に愚かだ。なぜ分かってやれない。

八年も待ったのに、八ヶ月耐えたのに、お前は誰だ、エドワード・グラームズじゃないか。なのに大事な恋人の危機に、頑張れと励ませないのか。礼だって社会人で、仕事に誇りを持っている。一時の感情だけで動けないのは、自分だって同じくせに——。

「くそったれ」

そんなことはもう、誰よりもよく分かっているのだ。それでも、もうずっと二十四日を楽しみにしていた。それを諦めるなんて、死ねと言われるのと同じくらい、苦しい。

礼を腕に抱き締め、二人でクリスマスを過ごすことを支えに、今日まで頑張ってきたのに。

街路に立つ、古いガス灯をエドは思わず蹴《け》りつけていた。執事のセバスチャンに電話を入れて、ツリーの飾り付けも、ディナーの準備も要らなくなったと言わなければ。俺は今年、ハムステッドのフラットで過ごす。レイはもう、来ないから——と。

けれどそう考えたとたん、喉《のど》の奥に苦いものがこみあげてきて、エドは数秒うなだれてその場にじっと立ち尽くしていた。

「なにかありましたか？」

車を回してきたロードリーは、エドが後部座席に乗り込んでしばらくすると、そう訊いてきた。相変わらず目敏いやつだ——とエドは思ったが、もしかしたら今の自分は、ロードリーでなくとも分かるくらい、機嫌が悪いのかもしれなかった。

「いいや。なにも」

つっけんどんに返すと、ロードリーは一度黙る。けれどエドは舌打ちし、

「バークライン社の会食、出てもいいぞ。予定がなくなったからな」

と、続けた。どうせすぐに分かることだ。意地を張っているのもばからしかった。

ロードリーは信号で車を停めると、ミラー越しにちらっとエドを見てきた。

「レイ様に……なにかあったのですか？」

「……なにも。仕事だそうだ」

「はあ、なるほど。日本の出版業はこの時期、繁忙期ですからね」

分かったように言う秘書に腹が立ち、エドはムッと口をつぐんだ。忙しいのは俺だって同じだ——といういじけた気分が湧き、エドはなんだか面倒になって「ロードリー。もういい。俺

は歩いて帰る」と言っていた。

ハムステッドの自宅まで、ちょうど一駅分くらいだった。歩けない距離ではない。信号でまだ停まっていたので、エドはロードリーがなにか言う前にさっさとシートから降りてしまった。

「エド。できていないのなら、レイ様と話し合いを」

運転席から降りてきたロードリーが、街路にあがったエドの背中にそう声をかけた。

「彼は、あなたのすべてではありませんか」

まったくよくできた秘書だ――。そのとおり、礼はエドのすべてだった。

礼がいなければ、エドには働いている意味も、生きている意味さえなくなってしまう。エドが会社のために力を尽くすのも、有能な社長でいられるのも、なにもかも礼がいるからだ。

冷たい冬の外気にさらされて歩き通し、ハムステッドの自室に帰り着いたときには体が芯《しん》から冷えていた。

しかし頭はまるで冷えておらず、むしゃくしゃした気分のままシャワーを浴びると、ゆったりしたリクライニングチェアに身を投げ出し、度の強いウィスキーを飲んだ。

私用の電話が鳴っていたが、エドは見なかった。きっと礼だろうと思ったが、今電話に出ても、また同じように嫌なことを言ってしまう。かといって、ごめんよレイ、どうぞ仕事をしてくれ、と気持ち良く励ませるような心境でもない。

やがて電話は鳴らなくなり、エドはそれでもまだ飲み続けた。

ストーブに火はついているし、部屋の中は暖かい。美しく趣味の良い調度。礼の写真も飾られている――。けれどそのどれもが、不意に寒々しく、空しく見えた。

ただ、礼と会えない。そう思うだけで。

ひどいものだ。世界トップクラスの企業を背負う社長が――仕事のことなら、どれほど耐え難いことでも何年でも耐えられる自分が、恋人のことでは、こんなにも我慢が効かないのか。

そのショックを紛らわせるように、エドはどんどんグラスを空けた。

そうして気がつくと、いつの間にやら眠りに落ちていた。

――やあエド。卒業おめでとう。来月にはオーストラリア支社の社長だって？　きみには恐れ入るよ。

朗らかな声はオーランドのものだ。夢の中、エドは二十歳のころに舞い戻っていた。

場所はどこか、イングランド貴族のマナハウスだろう。

その日は夜で、季節は初夏。ケンブリッジを飛び級して卒業したばかりのエドは、晩餐会《ばんさん》に招かれて出席していたが、一通りの挨拶《あいさつ》が終わると、人付き合いも面倒くさく、会場の外のバルコニーで一人ワインを飲んでいた。

そこへ、同じように招かれていたオーランドが、エドを見つけて話しかけてきた。

　オーランドは貴族ではないが、家は金持ちで社交界に出入りしている。ニューリッチと呼ばれて影ではバカにされているが、経営手腕のない貧乏貴族は次々と没落しているご時世だ。オーランドの家の資本力は、どの貴族も喉から手が出るほどほしいものの一つだった。

　とはいえ、いずれは一家の当主となるだろうオーランドも、今はリーストンを卒業し、ギャップイヤーの最中で、ようは気楽な身の上だった。

「残念だよ。きみと学生生活を楽しみたかったのに。ボクが入るのと同時にいなくなるなんて」

「……ふん、心にもないことを」

　エドはバルコニーに置かれた、スチール製の冷たい椅子に腰を下ろしていた。オーランドは笑いながら向かいの椅子に座り、「いやいや。本当さ……ところで、ジョナスから聞いた？」と言ってくる。

「無事に大学へ合格したレイのことだけど。あの子、ずいぶんモテて、とうとう恋人を作ったって話だよ。ちなみに、二つ上の先輩で、日本人の男だってさ」

　ワイングラスを持つ手が、ぶるっと震えた。

　忌々しく、腹立たしく、死ぬほど深い憎悪の塊が腹の底からこみあげてくる――。今すぐ世界中のものを壊してやりたいような衝動。けれど数秒それを味わったあと、エドは奥歯を噛みしめるだけですまし、顔にはちらとも感情を乗せずに、「……興味ないな」と言ってのけた。

「ふうん？　でも良かったね。レイもようやく、きみのことを忘れられるかも。なにしろあっちに帰っても、結構引きずってたからなあ」

そんなもの、俺だってそうだ。

そう言いかけたが、エドはぐっと唇を引き結んで耐えた。言ったところでどうなるというのか。みじめになるだけだし、こんなみじめな気持ちを、他人の前で認めたくもなかった。

「お前のおしゃべりはそれだけか？　悪いが付き合いたくない」

礼の話なんてこれ以上聞きたくなく、立ち上がろうとした矢先、オーランドがニヤニヤと笑みを浮かべて「あれ、いいの？」と訊いてくる。

「ボク、一週間前までしばらく日本にいたんだ。レイの写真、見たいかと思って持ってきたんだけど」

聞いた瞬間、にわかに、エドの背中に抗《あらが》えない圧力のようなものがかかった。立ち上がりたいのに、立ち上がれない。

——一週間前までの、礼の姿が見られる。その誘惑に勝てない——。

気がつくとオーランドを睨みつけ、エドは「見せてみろ」と小さな声で言っていた。

「相変わらず、偉そうだなあ」

文句を言いながらも、オーランドはおかしそうだ。たった一つしか違わないのに、この男のこの余裕ぶりはどこからくるのだろう——と、エドはいつも気にくわないのだが、同時にオーランドのことを、嫌いきれないでもいる。

それはなんにせよ、彼が一応、エドにも情けをかけてくれていることを、感じるからかもしれなかった。

「どうぞ。きみのためにわざわざ焼いてきてあげたんだよ」

オーランドは上着の内ポケットから、写真の束を取り出した。葉書よりまだ少し小さなサイズで、きれいな仕上がりだ。

「日本のフォトサービスで焼いてきたんだよ。データカードから直接読み込んで、二十分もせずに出来上がる。しかも、一枚十ペンス程度だ。日本の印刷テクノロジーは最高峰だよ、そう思わない？」

興奮気味にオーランドが語るが、実際、ロンドンの写真屋で現像してもこうは美しくないだろうと思われるほど、写真はきれいだ。最初の一枚めはオーランドとジョナス、それからギルの写真だった。日本の観光地らしきところで、三人が並んで映っている。

「お前らの写真じゃないか」

エドが悪態をつくと、「レイが撮ってくれたんだよ」としゃあしゃあと肩を竦める。エドはオーランドしかいないので、遠慮なく舌打ちした。

なんとも言えない苦い、悔しい気持ちが、舌の上に広がっていった。

休暇中のギルが、礼を訪ねて日本にいることは知っているし、ジョナスもよく遊びにいくと聞く。三人はたまたま時期が合ったので、申し合わせて礼を訪ねたのだろう――。

（……会えない俺に、見せつけやがって）

そう思うが、次の一枚をめくると思わず、見入ってしまった。そこには礼が一人だけ、大きく写っていた。日本の印刷技術が素晴らしいのか、オーランドのカメラの腕がいいのか。どこかの公園を歩いている途中、こちらを振り返って笑っている礼のスナップは、まるでその息づかいや声が聞こえてきそうなほど、生き生きとしていた。

（レイ……）

笑っている礼は、十六のころより少し背が伸び、そしてますますきれいになっていた。

エド。

そう呼んでくる、温かな声音が耳の奥に返ると、眼の裏側が熱くなり、こみあげてくるものがあった。それを力尽くで抑え込み、エドは次の写真をめくる。

礼が公園のベンチでアイスクリームを食べていたり――子どものようで可愛い――、ギルやジョナスと肩を組んで写っていたり――正直に言えば、少し腹が立つ――写真はバリエーションに富んでいたが、どの礼も愛らしかった。

この礼が、とうとう恋人を作ったのだ。

突然そのことを思い出すと、エドは頭を重たいもので叩《たた》かれたようなショックを受け、眼の前が真っ暗になるような気がした。

「……返す。感謝する」

小さな声で言い、写真の束を差し出したが、オーランドは受け取らなかった。

「あげるよ」

と、少し優しい声音になって言う。

「レイは悩んでたよ。……きみのことをまだ愛してるのに、他の誰かと付き合えるだろうかって。ジョナスが試してみろと言って、付き合いだしたけどね。きみが本気になれば、まだまだ奪い返せると思うな」

肩を竦め、オーランドはワインを飲みきった。エドは「なんの話だ」と呟いた。

「なんの理由もなく、飛び級までしたわけじゃないんだろ？　きみの根性には、正直少し心動かされてる」

「……おかしなことを言う。俺はただ、早く社会に出たかっただけだ。このままじゃ、親父と一緒にグラームズ社は心中することになるからな」

「レイ以上に大事なものなんてないくせに――」

含み笑いしながら、からかうように言うオーランドを、エドは思わずじろりと睨みつけていた。

「……レイ以上に大事なものなんてないくせに、一生会わないでいられる？」

一生。

その言葉の重みに、エドは不意に勢いを削がれ、「そうしろと言ってきたのは、お前らだろうが……」と、小さな声で返していた。

「きみが飛び級までするとは、思ってなかったからね」

「それはレイとは関係ない」

エドはきっぱりと言ったが、オーランドは「じゃあ、そういうことにしとくよ」と笑った。

椅子から立ち上がり、「でもまあ、安心してよ」と付け加える。

「レイは元気だったよ。大学では友だちもできたみたい。部屋選びも手伝ったけど、ちゃんとセキュリティのあるところにしたよ。彼、初めは、すぐにでも空き巣に入られそうな場所に住んでたからね。全員で説得して、引っ越させた」

エドはオーランドを見なかったが、「そうか」とは答えた。

そうか。ちゃんと暮らしているのか――。

そう思うと、胸の奥が鈍く痛んだ。ホッとしたような、淋しいような気持ち。

「……たびたび行ってくれて、感謝はしている」

憎らしくもあるが、安堵《あんど》してもいる。ギルやジョナスやオーランド。彼らが礼の生活にいる間は、礼は淋しくないと分かるから。

オーランドは目許を緩め、De rien、と言った。フランス語で、どういたしましての意味だ。

これ以上は話すこともないと思ったのか、オーランドはバルコニーから会場のほうへ戻っていった。華燭《かしょく》の宴の、華やかな音楽が窓の向こうから漏れてくる。

結局受け取ったまま返せなかった写真に、エドはもう一度眼を落とした。

一番上にあったのは、礼がこちらを振り向いて、笑っている写真。六月ごろに撮ったものらしく、瑞々しい夏の陽射しが、明るく礼を包んでいる。Tシャツに薄手のパーカーというラフな格好から、礼のすんなりした、細い肢体が浮かび上がっている……。

見ていると、知らず知らず、重たいため息が漏れた。

こめかみが痛み、エドは頭を垂れた。眼の裏がじくじくと痛み、たまらずつむる。

(レイ——……)

会いたい。今すぐにでも。

車を飛ばして、ヒースロー空港に行けば、まだ最終便に間に合うかもしれない。そうすれば、十二時間後には日本へ着く。明日には礼に会えるのだ。住所なら、執事に訊けば分かる。部屋のフォンを鳴らし、礼が出てきたら抱き締める。そうして言えばいい。

——愛してる。だから男とは別れてくれ……。

けれど、その後は?

エドはゆっくりと眼を開いた。上等な革靴の爪先が、視界の先に浮かんでいる。

抱き締め、愛を伝え、キスをして抱いたところで、その後はどうなるというのだろう?

婚約者も地位も名誉もかなぐり捨てて、どうやって礼を守るのか?

そんなふうにすれば、あとは礼にすがりつき、礼の足枷《かせ》となるだけなのは眼に見えている――。あの小さな子、天涯孤独の子を、愛だけで生きている子を苦しめてしまう。

会えない。会うわけにはいかない。

激情が美しいのは一瞬だ。その一瞬を続けるためには、金が要るのだ。社会的な地位も、力も、相手を守るために。そしてそれほどの自由も力も、エドにはない。礼を奪えるわけがない。腹の奥ではごうごうと、悔しさが煮え立っていた。胸が苦しく、エドは息を詰めた。血を吐いて死ねるのなら楽になれると思う。飛び級して卒業し、社会に出て、力をつけようとしている自分。けれどどこまでやれば、望む未来が手に入るかなど分からない。今自分は大きな賭《か》けに出ているが、この先にあるのはただ、敗北かもしれないのだ。

いつか、いずれ、もしかしたら……。

そんな未来を信じたいと思う一方で、無理だろうと思っている自分もいる。叶《かな》わない夢は捨てて、ただ望まれるまま、一族の王として生きていけばいいのではないか。そう迷う気持ちもある。礼だって、きっと自分の運命に巻き込まれるより、そのほうが幸せなはず――。

(だがそれは……俺の精神の、死を意味する)

サイドテーブルにワイングラスを置き、エドは片手で目元を覆った。ずきずきと痛むこめかみを、ぐっと押さえる。

エドはもう知っていた。本当は心の底から、深く理解していた。礼を突きはなし、日本に帰した数ヶ月後。

そのときはまだ、きっといつか忘れられる、礼への慕情は、少年時代の名残のようなものだと自分に言い聞かせ、そう思い込もうとしていた。けれどすぐに思い知った。

ケンブリッジの寮生活。リーストンのころとは違い、そこにはアジア人も多くいた。なかには礼に似た少年もいて、エドはそういう相手にはつい優しくなった。けれどやっぱり、礼本人は一人もいなかった。

学生時代、遊びの愛を囁《ささや》いたこともあったし、誘われたベッドに男と入ったこともある。けれどそのたびいつも、これが礼なら……と思わされた。ひどいときには途中で萎《な》えて、エドは役に立たなかった。

やがてエドは、構内のあらゆる場所に礼を探している自分に気付いた。

あるとき突然我慢できなくなり、ネットで日本行きの航空券を手配した。荷物をまとめ、空港に向かう途中で、ハッと我に返った。雪の日だった。エドはケンブリッジの街中を、大学に戻りながら、不意に泣けてきた――。

どれほど自分が礼を必要としているのか、認めないわけにはいかなくなって。

礼以上に誰かを愛することは、二度とない。そして礼以上に自分を愛してくれる人間も、もう二度といないだろうと。

それはなにか特別な理由ではなかった。探せばいくらでも理屈はあるが、そんな次元の問題ではない。魂の問題だった。エドの心の奥底、命そのもの、あるかないかも分からない魂そのものが、礼を求め、礼を愛している。

礼に二度と会えなければ、自分は一生を墓場で暮らすことになるのだ。

「To be, or not to be……」

エドは小さな声で呟いた。これは有名な、ハムレットの台詞《せりふ》だ。

今までは教養程度に知っていたただの知識。

けれど今のエドには、この言葉が他人事《ひとごと》ではなく痛く、苦しいものとして感じられた。

自分はこれから数年、本当の決定打が下されるまで、ずっと二つの道の前で苦しむだろう。

今はわずかな希望を捨てることができない。それでも、たとえオーランドがどう言おうと……。

（俺の賭けが成功するより先に、レイが……俺よりも、誰かを愛するようになったら）

礼が誰かと一生をともにすると決めたなら。

他のすべての条件がエドの側に揃《そろ》ったとしても、エドは礼を諦めるしかないのだ。礼を不幸にはできない。幸せにしなければ意味がない。そうしてエドが目的を果たすためには、まだあまりに長い年月が必要で、礼がその間、エドを待っているとは到底思えなかった。

（結局俺がもう一度レイに会える保証は、どこにもない。……もう一度、愛してもらえる保証も）

エドは頭を振り、忘れてしまおう、と思った。一度忘れて、ただ眼の前のことに取り組むのだ。オーストラリアの支社に異動したら、そこで実績を出す。それしかない。その間に、礼が誰かべつの人間を愛しているかもしれないこと、恋人がいること、あの美しい体を、自分以外の人間が抱いているかもしれないことも、すべて忘れなければならない。

そうでなければ前に進めない。ままならないことばかり考えていれば、エドはやがて発狂してしまうだろう。

エドはため息をつくと、礼の写真をポケットにしまった。しまったが、これはもう二度と見るまいと思う。家に帰ったら、くずかごに捨てよう。

写真の中の礼を見ても、会える希望が持てない限り、ただ辛く、苦しむだけだ。

感情を見せないこと。理性でコントロールすること。幼いころから、エドはそう自分を訓練してきた。

——眉一つ動かさず、敢然と辛苦に立ち向かえ。

これはイギリス人の好きな表現の一つだ。

顔をあげたときには、エドはもういつもどおりの無表情だった……。

ストーブの中で薪《まき》が爆《は》ぜて崩れ、その音でエドはハッと眼を覚ました。

気がつくと、エドはリクライニングチェアで寝こけていた。足元に、空のグラスとボトルが

転がっている。時計を見ると朝の六時で、ストーブの火は消えかけていた。

ため息をつきながら体を起こすと、寝違えたのか少し首が痛かった。窓の外へ眼を向ければ、闇の中にシンシンと雪が降り、ガラスは曇っている。

「……雪か」

冷えるわけだと思う。乱れたガウンを着直し、エドはぶるっと震えると、カーテンを閉めるために窓辺に寄った。ハムステッドの街はまだ日の出前で暗いが、いくつかの店から灯りが漏れている。

「カフェにでも行くか……」

体が重たく、気分が落ち込んでいた。気持ちを切り替えたくて、エドは簡単に着替えると、街路へと出た。ハムステッドはゆったりとした住宅街だが、ハイストリートにはカフェが軒を連ねている。六時頃から空いているショップもあり、暗闇の中にぽつぽつと灯りが点って、これから仕事に行くらしいビジネスマンや、夜どおし起きていたような学生などが、店内にいる。エドは自宅からほど近い店で、時々早朝に、エスプレッソとブリオッシュを買う。

(……夢見が悪かったな)

そう思うが、理由は分かっている。礼に冷たくしたからだ――。

無意識のうちに、またため息をつきながら店へと続く短い階段を上っていると、「……エド?」と、声をかけられた。男にしては細めの、柔らかい声だ。ハッとして顔をあげると、そこにはエドより頭一つほど背の低い、小柄なアジア人が立っていた。

「……お前は……ヤンか？」

エドの脳裏に、ふっと六年前の記憶が蘇《よみがえ》ってきた。彼は、ケンブリッジの同窓生だった。香港出身の学生で、一年間寮で同室だった。卒業以来会っていなかったが、ヤンは飛び級せず、普通に四年で卒業したはずだ。

偶然の再会を喜んでか、ヤンは控えめに、少しだけ微笑んだ。小柄で色白、黒眼黒髪で、もう二十七歳のはずなのにまだ二十歳くらいにしか見えず、服もカジュアルなダッフルコートにブーツで、今でも学生のように見える。

「エドがハムステッドにいるなんて思わなかった。こっちに住んでるの？」

「ああ。ロンドン本社で働いてる。部屋を借りてるんだ。お前も？」

「ううん、僕は今、香港で家業を手伝ってる。こっちには休暇できたんだ。いとこが近くに部屋を借りててね」

「へえ……」

大学時代、寮は四人一部屋だった。リーストンとは違い、世界各国から優秀な生徒が集まっていた。庶民も多く、エドがいた部屋にはヤンとエドの他にはギリシャ人とインド人がいた。

エドは同室者の中で、ヤンだけにあからさまに親切にしていた。他の二人から、「またエドのヤン贔屓が始まった」と揶揄《やゆ》されるほどだった。

理由は簡単で、ヤンは礼に少し似ていたのだ……。

けれど大学をたった二年で卒業してから、エドはともかく忙しく、ヤンにも連絡一つ入れることなく、七年が過ぎていた。彼の近況は、当然ながらなにも知らなかった。

「びっくりした。でも会えて嬉しいよ。これ、僕の住所。よかったら連絡して」

ヤンはそう言うと、さっとポケットから名刺を出してきた。幼げな顔だが、ちゃんとした会社のもので、やはりそれなりの肩書きが書かれていた。エドは名刺を持っていなかったので、ヤンのメモ帳に私用電話の番号と、アドレスだけ書いて渡した。

時間はあったが、引き留めてゆっくりお茶でも、という気分でもなかった。ヤンのほうもテイクアウトで済ませたらしく、メモを受け取ると、「じゃあね」と笑って、あっさり闇の中へ消えていった。

街灯の淡い光の中、ちらつく雪をコートの肩に積もらせた、彼の小さな背中が消えていくのをしばらく見送る。

(……もうレイとは、似ていないな)

と、ふと、エドは思った。

似ていない。そうだ。初めからそうだった。礼は世界中でたった一人だ。

そのときエドの頭の中を、とある雪の日のことがかすめていった。

日本行きのチケットを取ったあと、ヒースローに向かい——途中で我に返ってケンブリッジに戻った。あれは十九歳の冬だ。なぜあんなことをしたのか。

　エドははっきりと覚えている。

　その日の午後、エドはヤンと連れだって大学の中を歩いていた。ちょうど授業の切れ目だったか、雪が降っていたせいなのか、あたりには人気《ひとけ》がなく静かだった。

　雪帽子を被《かぶ》った森の景色と、凍てついたケム川があたりをシンと冷え込ませていた。

　もしかして僕が好きなの？　と、エドはそのとき、ヤンに訊かれた。

　どうして、と思ったが、それはエドがやたらと、ヤンを贔屓するからなのは分かっていた。

『もし、エドがそうなら寝てもいいよ』

　ヤンは淡々と言った。そんなことは考えたこともなかったが、もしもそうすれば、とエドは思った。

　そうすれば、礼を忘れられるかもしれない……。

　エドはヤンの肩を抱いた。今なら寮には誰もいない。よければベッドに行かないかと誘おうとした――けれどそのとき、大学の林の中で、コマドリが鳴いたのだった。

『コマドリの声だな』

　と、エドが言うと、ヤンは『そう？』と大きな眼を少し細めた。そうして関心がなさそうに、

『鳴き声なんかでよく分かるね、エド。僕にはニワトリの声もコマドリの声も、たいして変わらないや』

エドは、ヤンの肩に回そうとしていた手を止めてしまった。

そうして頭の奥から、すうっと熱が退いていくのを感じた。

どうしたの、とヤンは不思議そうに訊いてきた。いいや、なんでもない、とエドは言った。

実際、なんでもなかった。

——ただ、礼ならヤンのようには言わない、と思っただけだ。

……今年は寒いから、群れが渡っていったかかな。はぐれた子でなければいいけど。

礼ならそんなふうに言うかもしれない。それか微笑み、可愛い声だねと言うかもしれない。

エドが言うより先に、コマドリの声だと気付くかもしれない。

突然洪水のように、エドの頭の中に、礼の声が押し寄せてきた。エドと名前を呼ぶ声、笑う声、きみが好き、と囁く声。愛に満ちた、あの優しい声。

絵を描き、詩を詠《よ》み、森や動物を愛して、どれだけ傷ついてもまだ、優しい世界の真ん中に立っていた礼のこと。愛以外ならすべて持っているエドとは対照的に、愛だけを持っていた礼。

礼でなければ、と思った。

あの礼でなければならない。あの礼しかほしくない。あの礼だけを、愛したい……。

ヤンが悪いわけではない。ただ彼が礼ではないことに、エドが気付いただけだった。

『ヤン。その……きみのことは好きだ。だが、そういう気分じゃないんだ』

エドは遠回しに断ったが、ヤンはさほど、傷ついた素振りもなかった。グラームズ家の御曹《おんぞう》司《し》と、本気の恋愛などハナからする気はないような、そんな顔で『そう？　じゃあ、またね』と、素っ気なく立ち去ってしまった。

ヤンは軽い気持ちだったのだろうと思うと、傷つけずにすんでホッとしたが、同時に、そんなヤンに礼を重ねていた自分の愚かさを、思い知らされた気がした。

不意になにか、言葉にはできない熱のようなものに背を押されて、エドは寮に戻ると、ネットを繋《つな》いで日本行きのチケットを手配していた。荷物をまとめ、歩いて地下鉄の駅へ向かった。

そうして――エドはケンブリッジの駅前で、その行動の浅はかさに気がついたのだ。

大学に戻ったあと、エドは飛び級を決めた。

そこからありとあらゆるものを乗り越えて、礼にたどりつくまで。長い時間がかかった。

（……もう写真を、見ないように捨てる必要はなくなった）

今では、礼に愛してると言えるのだ。

たとえクリスマスに会えなくても、そのうち会える希望も持てる。一生会えないかもしれない。そんな恐怖に、震えることもなくなった。

（知らないうちに、贅沢になっていたんだな。……レイが来れないなら、俺が行けばいいだけのことじゃないか）

たとえイブもクリスマスも礼が仕事でも、彼のことを部屋で待てる。そうすれば、一日でも一時間でも会えるのだ。会えるかどうかも分からなかった、昔に比べればずっといい。

瞼《まぶた》の裏には、泣き出しそうな礼の姿が浮かび上がり、エドの心は罪悪感に苛《さいな》まれた。

(ひどい態度をとってしまった。嫉妬から、レイにかわいそうなことをした……)

後悔で我慢できなくなり、エドは店に入るのをやめて、もう一度街路に出た。

コートのポケットから電話を出すと、画面には着信の文字があり、思ったとおり、礼から不在着信と、メールが届いていた。日本時間は昼の十五時過ぎだった。エドはメールを見る時間も惜しく、とにかく早く謝りたくて、礼に電話をかけ直した。

数度のコール。出てくれ、頼む……と願っているうちに、繋がった。電話の向こうから、『エド?』と声が聞こえ、それは少し震えていた。

「レイか? すまない。今、いいか? 仕事中だろうから、すぐに切る」

大丈夫、と礼は返事し、それから、感極まったように涙声になった。

『怒って、もう電話をくれないかと思ってた――エド。ごめんなさい。僕も会いたいのに……』

礼の涙声に、はからずも、エドのほうまで泣きそうになった。

会いたい。

そのシンプルな一言で、予定の変更を、礼のほうこそとても悲しんでいることが分かった。

我慢しているのは自分だけだなどと、どうして思っていたのだろう。八ヶ月、礼だって自分を待っていてくれたに違いないのに――。

傲慢《ごうまん》さが恥ずかしく、エドは街灯に片手をついて、うなだれてしまう。

「……レイ、泣かないでくれ。俺が言いすぎた。……がっかりしたんだ。八ヶ月、ずっと、会いたいのを我慢してたから」

『僕もだよ。エド……ごめんなさい』

礼はそう言ったが、やっと気を取り直したようで、少しだけ、声に元気が戻ってきた。ちょうど外にいるらしく、礼の周りからは雑踏が聞こえてくる。

「外か？　忙しければかけ直すが……」

『大丈夫。今は一人だよ。駅に向かう途中で……これから、ブライトを迎えにいくんだ』

その名前にはムッとしたが、エドはそれでまた礼を傷つけたくはなかったので、流すことにした。礼は仕事をしているのだ。

「なあ、考えたんだが、俺が日本に行くのはどうだろう？　お前は仕事をしてていい。俺は勝手に部屋で待っているから、終わったらゆっくり過ごすのも悪くないだろ？」

『エド……』

礼はエドの提案を聞くと、感動したようにため息をこぼした。エドはすると、急に嬉しく、楽しくなってきた。

『それも素敵だね』

「だろう？　お前が仕事をしてる間は、適当に観光地でも巡るよ。アサクサで鳩に餌《えさ》をやってもいい。俺はきっと人気者になれるさ」

礼はその冗談に、くすくすと笑っている。エドはホッとした。礼が笑ってくれて、素直に嬉しい、と思う。礼の笑い声は、エドをなにより幸せにする。

『でもエド。もう一つ案があって……あの、二十七日にはそちらに飛べるから、もしきみさえよければ……そのまま、三月いっぱいまで、僕と……暮らしてくれる？』

けれどエドは、礼のその言葉に固まった。

三月いっぱいまで？

聞き間違いだろうか、と思う。礼は『再来年の展覧会のために、長期のヨーロッパ出張が決まったんだ』と続けた。

『どうせ年末に、イギリスに渡る予定だと言ったら、そのまましばらくいてくれないかって。まずはイギリス近辺の作家からあたって、調整をしてほしいと頼まれて。ヨーロッパの芸術委員会にも出入りする人間が必要だから、もし自費で泊まれる場所があるなら、留まってほしいそうでね。編集の仕事は、パソコンを持っていってデータでやりとりすることになったから、きみの部屋をオフィスにすることになるけど……あの、もしもきみが嫌じゃなかったら』

――きみの部屋で、きみを待ちたい。エド。

礼はそう言った。

『きみにお帰りって、言いたいんだ。……迷惑かな』

そんな迷惑など。

あるものか、と言いたくて、けれど言葉にならなかった。じわじわと涙が浮かんでくるのに、エドは驚き、慌てて目尻を拭《ぬぐ》った。

けれど拭うと、突然、長い間我慢していたものが切れたように、涙はまた溢《あふ》れてきた。

これ以上の幸せがあるだろうか？

この世界に、自分の帰りを待ち、お帰りと言いたいと想ってくれる相手がいて――自分もその人に、同じことを言いたいのだ。

幼いころに信じていたこと。この世界には愛があり、それは自分にも与えられているものだという、あの不思議な自信が、突然戻ってきて、それはエドの体も心も、温めてくれる。

たった一つの真実。それは、たとえなにもかも持っていても、愛がなければなにも持っていないのと同じだということ。そうして愛さえあれば……生きていける。たとえなにがあっても。

エドはそれを、礼から教えられたのだ。

雪はいつの間にか、エドの頭にも肩にも積もっているのに、なぜかちっとも寒くはない。

「いいや、レイ……」

嬉しいよ、とエドは言った。それならおとなしく、自分は少し遅いクリスマスの準備をして、礼をイギリスで待っていよう。あの淋しい、グラームズのマナハウス。二人が初めて出会った場所で。八年越しのクリスマスを期待して。

「……ありがとう」

心をこめて、エドはそう言った。
二、三の言葉を交わして電話を切ったあと、エドは小さく息をついた。涙は止まっていたが、目尻は少しひりついている。
礼がやって来てくれたら、二人きりの夜に、話をしたい。

孤独だった八年。ケンブリッジにいたころ、会いたいあまりに、ヒースローに走った雪の日があったこと。あの冬鳴いていた、コマドリのことも。

もう一度踵《きびす》を返し、今度は軽い足取りで店に入ると、エドはカウンターでエスプレッソとブリオッシュを注文した。テイクアウトで、と付け加える。

「なにか良いことありました？」

顔なじみの、太った初老の男性店主が、エドを見ると訊いてきた。

そんなに分かりやすい顔をしていたのかとエドは思い、淡く微笑んだだけで答えはしなかったが、準備を待つ間に、レジの横にあるクリスマスカードを手に取った。

星と天使の絵が描かれた、ロマンチックなカード。エドは店主に、これも、と二枚差し出した。

「海外の両親に、送り忘れててね……」

言わなくていいことだったが、なぜかそう口に出していた。

エスプレッソとブリオッシュ、それからカードを受け取りながら、エドは思った。

銀行が開いたら、母のサラに金を送ろう。ついでに郵便局に寄って、両親に、カードを送ろう。

愛しい父さん。愛しい母さん。

嘘かもしれないが、そう書いてみたい。

愛する資格はもうないかもしれない、愛せるかも分からない自分の家族。それでも——礼のことを思い出すと、まだ、愛せるのではないか。愛しても、いいのではないか。本当は……愛してみたい。そう思っている二人へ。

メリークリスマス、よいお年を、と。

つる薔薇の感傷

――どうしよう、ジョナス、僕、夢を見てるのかも。

ノートパソコンの画面の向こうで、親友の中原礼《なかはられい》が可愛《かわい》らしく頬《ほお》を染め、困惑気味に言っている。ジョナスは胡乱《うろん》な眼でそれを見つめていたが、インターネット通信の電話を切ると、ため息をついていた。

――エド。エドワード・グラームズめ。とうとうレイに会いに行ったのか。

ちくしょう、という言葉が唇から漏《も》れ、その言葉の汚さに思わず口元に手を当てる。社会に出てから四年弱、あちこちで揉《も》まれているうちに、すっかり口が悪くなってしまった。

しかし、それもまあ許してほしいとジョナスは思う。

なにしろジョナスにとっては、ある意味、恋人や家族以上に大事な大事な友だち、中原礼が、ついに一人の男の毒牙にかかってしまいそうなのだから――。

（あーあ。結局レイは、エドが好きなままだったな……）

それはそれで一途で、可愛いと思うのだが。

一友人としては、もっと普通の男で良かったじゃないか、とも思うので、複雑だった。

食べ終えたパスタの皿を片付けてから、なんとなく気持ちが落ち着かず、いとこのオーランドにメールを打つ。

『元気？　もしかしてもう聞いてるかもしれないけど、エドがレイに会いに行ったらしいよ。今度の土曜にデートだって。エドのやつ、きっとプロポーズするよね』

現在、香港《ホンコン》で働いているジョナスと、イギリスにいるオーランドとでは八時間の時差がある。こちらが夜なので、あちらは朝のはずだが、それでもジョナスがそう打つと、すぐさまオーランドから着信が入った。

『や、久しぶり。エドとレイが再会したって？　今年一番ハッピーなニュースだよ』

電話口で、オーランドは嬉しそうだったが、ジョナスはため息をついてしまった。

「きみは二人のこと応援してたもんね、オーリー。僕は正直、懐疑的」

『ジョナスはレイのことになるとペシミストだね』

「そういうわけじゃないよ。ただ、エドが背負ってるものをレイにも背負わせるのが嫌なだけ。……エドはサラから株を奪えたの？」

『ちょうどそうしてる真っ最中さ。そうまでしても、エドはレイを手に入れたいんだ。きみもそろそろ、許してやったら』

ジョナスはしばらく考え込んだ。

いとこのオーランドはなんでも混ぜっ返す、クセのある性格だが、基本的に真面目で根が優しく、寛容で、そしてなにより公平な人間だ。八年間、エドのことをそばで見てきて、どうやらすっかり同情しているらしく、わりと早い段階から、エドの恋路を応援するようになった。

けれどジョナスは、オーランドほど楽観的にはなれなかった。かつて一度は、エドと恋愛の真似事《まねごと》をし、そのせいで家族を破滅させかけた経験があるからとも言える。庶民の自分たちと、名門グラームズ家を背負うエドとでは、どうしても埋められない溝があるのを、ジョナスは誰よりもよく知っていた。

もちろん、この八年のエドの努力も、分かっている。

エドは礼という愛すべき人を取り戻すためだけに、一族に認められるよう、死にものぐるいで働いてきた。

そしてそれを横目に、ジョナスは礼が誰かから告白されるたび、「付き合いなよ」「エドのことを忘れなきゃ」と後押ししてきた。礼は困り、悩み、迷いながら三人と付き合ったが、初めてエド以外の人とキスをした日には、

――エドを思い出して、それ以上できなかったんだ。あまりに申し訳なくて、その場で別れてきたけど、傷つけてしまった……。

と、泣きじゃくって電話をかけてきた。それはとても可哀相だったが、それでもなんでも、やっぱりジョナスは礼に他の相手を推しつづけた。

いつかエドを忘れ、エド以上に好きになれる相手が見つかるなら――そのほうが、絶対に礼にとっては幸せで、そしてエドにとっても幸せなはずだと、そう思っていたからだった。

けれど礼は結局誰とも長く続かず、正直いって、セックスさえ最後までできたか怪しい、と

ジョナスは考えている。なにしろキス程度で狼狽《ろうばい》していたのだから。

「……切るよ、オーリー。僕は今、お葬式したい気分。だってそうでしょ？　あのエドがレイに求愛なんてしたら……レイはどう答えると思う？　イエスって言うに決まってる。一も二もなくね。それでもエドがレイを捨てないなんて、誰に言えるのさ」

たとえ今は愛し合っていても、いつかその血の重みに耐えかねて……。

などと、嫌な想像が湧《わ》く。そんな想像をしてしまうほど、エドの血は重いのだ。礼だってそれを知っているから、必死になって、エドが会いに来てくれたのは偶然で、好意があるわけじゃないと言い聞かせている。

『どうせ百年もすれば死ぬんじゃないか。きみもボクも、エドもレイだってね。だから愛は美しい。ジョナス、安心しなよ。エドの愛は本物さ』

オーランドは笑って言ったが、生憎《あいにく》、ジョナスはその冗談に付き合うのも面倒だった。電話を切り、借りているフラットの中に置いたお気に入りのチェアに座ると、ため息をこぼした。

——百年もすれば死ぬ、かあ。

（……そんなこと、十代のころは考えもしなかったのにね）

ジョナスの脳裏にはふと、イギリスの重苦しく陰気な曇り空が浮かんだ。古びたパブリックスクール、リーストンの校舎。森と黴《かび》の匂い。

同室だったエドと、ほんの出来心でベッドをともにした。

互いに、本当に男しか愛せないのか、確かめたかった。それだけの理由で。

あのころ、ジョナスはエドと、薄っぺらいブランケットの下、裸で重なりあったまま、いつか将来本当に愛する人と出会ったら……という夢想を語り合った。抱き合った直後に妙な話だが、二人にとってそれは自然で、ちっともおかしなことには思えなかった。

『いつか本当に誰かを愛したりするかな。その人が、やっぱり男だったらどうする？』

そんな未来を想像して、怖々と切りだしたジョナスに、エドは『分からない』と神妙な面持ちで答えた。

『一族は許さないかも。でも、もしかしたら、両親は——世界中が敵になっても、本当に俺が本気だと知ったら、味方になって……応援してくれるかもしれない……』

けれどそのエドの期待は、あっさりと裏切られたのだ。

他ならない、ジョナスとの行為のために。そうしてエドは、この世界に愛を期待しなくなった。

（……変なところが純粋だったからなあ。エドは）

それは恵まれすぎていたがゆえかもしれないが。そして純粋すぎたために、大きな裏切りを経験したあと、エドはすっかり変わってしまった。

放校同然にリーストンへの停学を余儀なくされたジョナスのところへ、エドはたった一度だけ、電話をかけてきたことがある。すまない、俺のせいで、父親のせいで、と何度も謝るエドを、ジョナスは心配した。

――僕は大丈夫。それよりきみは平気なの、エド。

電話口で、エドは唸《うな》るように言った。

――ジョナス。聞いてくれ。俺は愚かだった。……俺はもう二度と、父親を、母親を、世間を信じない。あいつらが、俺を信じてなどないからだ――。

復讐《ふくしゅう》してやる。一生をかけて、あいつらに俺の憎しみを注いでやる。

エドはそう言って、一方的に電話を切った。ジョナスの耳の奥に、その声はいつまでも残った。エドはおかしくなってしまった。どうしたら助けられるのだろう。そう思いながらも、なにもできなかった。ジョナスはジョナスで、自分についた傷を癒《いや》すことに精一杯だった。

そんなエドを良い方向に導き、癒してくれたのが礼だ。

あとになって礼と会ったとき――ジョナスは理解したものだ。なるほどこういう子が、エドの心に愛をもたらしたのかと。

エド以上に純真で、誰に対しても隔てがなく、愛を信じている子ども……それが礼だった。

ジョナスは礼と、この九年ずっと近しい友人として親交を深めてきた。

エドとは関係なく、ジョナスは礼を愛している。天涯孤独の礼を愛しく、可哀相にも思っている。礼には幸せになってほしい。悲しみの涙など、一粒も見たくないのだ。

「時間をとらせてごめんね。でもギルから、きみが香港経由で日本に戻るって聞いて、つい連絡しちゃった」

翌々日の昼、ジョナスは香港の国際空港で、乗り継ぎ便を待っていたエドを捕まえ、空港内のカフェに連れて入ることに成功した。

前日まで仕事でイギリスにいたエドが、日本への直航便を押さえられず、香港を経由するという情報を、ジョナスは学生時代の友人であるギルにしつこく訊《き》いて知った。ちなみにギルはエドのいとこで、現在はイギリスにいる。

エドはというと、一年前に家業の日本支社に転属になっていた。それはジョナスも知っていて、いつか礼に会いに行くのでは……と、思ってはいたのだ。

「……それはいいけどな。なんなんだ、突然。お前が俺に会いたがるなんて珍しいが」

眼の前に座ったエドは、少し不機嫌そうだった。

たしかに、ジョナスはエドとはさほど連絡をとりあっていない。月に一度ほど、用があってメールをするが、それも大抵仕事がらみだ。彼が香港支社にいた間も、プライベートで会ったのは数えるほどだった。

「大した話じゃないんだけど……いや、大した話かな。レイに訊いたよ。きみ、あの子に会いに行ったんだって？」

ストレートに言うと、エドの肩がぴく、と揺れた。エドはイギリス貴族らしく、感情を表に出さないタイプだが、礼のこととなるとやはり違うようだ。

「土曜はデートするらしいね。はっきり言わせてもらうけど、引っかき回すのはやめてくれないかな」

自分でも遠慮がないとは思ったが、乗り継ぎ便の到着までさほど時間がない。前置きは無駄なので、ジョナスはすぐに本題に入った。

「……なんでお前がそんなことを言う」

とたんに、エドが苦い顔になる。

「俺の勝手だろう。大体、俺は八年も努力したんだぞ。ついに会社が俺の言う条件を飲むというんだ。サラの株さえ手に入れれば、レイとのことを認めてくれることになった」

「まさか、社長になれば万事解決とは思ってないだろうね？　レイをイギリスに連れていくつもり？　彼は今幸せで、必要とされてる。仕事だって頑張ってるんだよ」

「そんなことは分かってる。俺は封建時代の遺物じゃないんだぞ。仕事は好きにさせる。あいつなら、イギリスでも働けるしな」

「イギリスに住めば、レイは針のむしろだよ。きみの親戚にいびられて、苦しめられるのなんて眼に見えてる。きみがどこまで守るつもり？　会社で手一杯なのに」

「守れるさ。その力がつくまで待った」

「貴族ってのはやり方が陰険なんだから、そんなの分からないじゃないか。きみの知らないところでレイは傷つくに決まってる。大体……」

ジョナスはじろりとエドを睨《にら》んだ。

「もし、誰かに苛《いじ》められたとしても……レイが言うと思う？　きみのために苦しんでるって。あの子は絶対に言わない。きみは気づけるの？　そんな余裕ないだろ？」

「……」

エドはムッとしたように黙ったが、数秒後、唇を嚙《か》みしめ「だから……」と呻《うめ》いた。

「だから、お前が、いてくれるんじゃないのか」

ジョナスは一瞬、なんのことかと思った。

お前？　お前とは、自分のことだろうか。問うようにじっとエドを見つめていると、エドは突然、強い眼でジョナスを見つめ返してきた。

「ジョナス。……やっとなんだ。やっと会えた。本当に……八年、俺は会いたくて気が狂いそうだった。それを我慢して我慢して……やっと、レイに会えたんだよ」

白皙《はくせき》の、エドの頰には血の色がのぼり、いつも冷静な緑の瞳が、感情を灯して揺らめいた。

「可愛かった。きれいになってた。……笑ってくれた。俺を見て、俺の名前を呼んで、俺のことを……覚えてくれていた。俺がどんな気持ちだったか、お前なら、分かるだろう？」

覚えてくれていた、と言うとき、エドの声は少しだけ震えていた。それに驚き、ジョナスは息を止めてしまう。

「子どものころ話しただろう。いつか本当に誰かを、愛する日がくるかって。……俺にはレイなんだ。レイしかいない。だから、頼む」

エドは苦しそうに、頭を下げる。

「俺を支えてくれ。……レイが苦しんだら、お前に助けてほしい。悔しいが……俺には話さないことも、お前になら話すだろう」

八年間、ずっとそうだったように――。

呻くように言うエドの声があまりに切羽詰まっていて、ジョナスは呆然《ぼうぜん》としてしまった。これまで、ジョナスはエドの口から直接、礼への気持ちをこれほどはっきりと聞いたことはなかった。突然、腹の奥に怒りにも似たもどかしい感情が浮かんでくる。

(……そんなに好きだったなら、どうして――)

どうしてもっと早く、言わなかったのだ。どうしてもっと早く、助けてくれと頼んでくれなかったのだ。もしも今のように頭を下げられていたら、自分は……。

(レイに恋人なんて、作らせなかったのに……)

――いや、これは理不尽で、見当違いの腹立ちだ、とジョナスは思った。たぶん今自分は、エドのあまりの真剣さと、普段の尊大な態度からは想像がつかないほどの切実さに打たれて、ショックを受け、彼がかわいそうになり、その憐《あわ》れみが怒りにとってかわっている……。

なにしろエドが、これほど素直に弱みを見せるなんて、ジョナスにはあまりにも意外だった。

(それだけ……エドがレイを愛してるってこと……)

知っていたはずなのに、知らなかった自分を、ジョナスは急に悲しく、そして恥ずかしく感じてしまった。

「お前に祝福されないと、レイはきっと悲しむ。……俺を許してほしい、ジョナス」

もう一度そう訴えるエドの言葉に、ジョナスは切なささえ覚えた。

恋する男とは、憐れなものだ。そう思う。

(きみったら、今、丸裸じゃないか。もし僕が卑劣な人間で、きみのことを裏切ろうとしていても……恋心の前じゃ、きっと気づけないだろうね)

近い将来、世界的企業のトップに立つだろうエドの、下げられたままの頭を見つめながら、ジョナスは心の中だけでそう言った。

「ずいぶん、自信あるね。まだ告白もしてないのに、もうきみはレイを連れて帰る話をしてる」

ため息まじりに言うと、顔をあげたエドが「自信なんかあるか」と呟《つぶや》いた。

「ないさ、そんなもの。どうあっても奪い取るつもりでいるが、それでも……レイが俺を拒まない自信なんて、これっぽっちも持ってない」

「……レイはイエスしか言わないよ」

　小さな声で返すと、エドはそれを信じていないように「ならいいんだがな」とため息をついた。

「俺は俺の価値観しか知らない。……ジョナス、俺が間違っていたら、叱《しか》ってくれ。ただ、信じてほしいんだ。俺は本気で、レイだけだ。レイを愛せなければ……俺の魂は、死んでしまう」

　魂か。きみがそんな、ふわふわしたものの名前を口にするなんて。

　と、ジョナスは思ったが言わなかった。ただ憐れみをこめてエドを見つめ、それから、分かったよ、と肩を竦《すく》めた。

「レイがイエスなら……許すよ、エド。そのかわり……僕は、僕だけはきみを叱るよ。たとえレイが悪いときでも、僕はレイの味方をする。隙《すき》あらば、きみらを別れさせようとするかも。……でも、それでいいんだろ？」

　そう訊くと、エドはホッとしたように、口元を緩めた。

「それでいい。……いや、そうあってくれ。お前がレイの……親や兄弟のかわりになってくれるなら、俺は嬉《うれ》しい——」

　胸の奥に痛みが走った。

　——オーリー、たしかにきみの言うとおりだ。エドの愛は本物だよ。

心の中だけで、そう観念する。世界中が敵になっても、味方をしてくれる。それが家族というものへの根拠のない信頼だろう。エドはそれをとうに失っている。ジョナスとの行為が原因で、彼は家族に裏切られた。それなのに、礼のために、ジョナスにそうあってほしいと、心から願っている。

（自分は持っていないくせに……レイのためになら、きみは世界に、無償の愛を望むんだね）

空港内にアナウンスが流れた。日本への乗り継ぎ便の、搭乗案内だ。エドは顔をあげ「もう行かないと」と言った。

立ち上がったエドに、ジョナスはふと声をかけた。

「エド。僕はレイの家族がわりのつもりだけど……きみとも、友人だよ」

大事に思っている。礼と同じくらい、傷ついてほしくない。そんな想いをこめて言うと、エドはふっと笑った。分かっている、というように。

その顔にどうしてか、幼いころ、戯れに寝ていたときの、エドのあどけない顔が重なって見えた。無二の親友だったエド――。愛を夢見て、世界に希望を抱いていた。

カフェを出て、小さくなっていくエドの背中を見つめながら、ジョナスは遠くまできたなあと思った。イギリスから香港へ。十三歳から二十六歳へ。

世界を恨み、親を憎み、復讐を誓っていたエドの声。ジョナスの耳の奥に長らくこびりついていたはずのその声を思い出そうとしたが、なぜだかちっとも、思い出せなかった。

そうか。あのエドはもう、いないのか。

そんな気持ちが胸に浮かんだ。

「……愛とは美しいものだってさ、エド」

つい先日、オーランドから聞いた言葉をジョナスは呟いていた。それはもしかしたら、十三歳のエドに向けて、だったかもしれない。美しく、だから悲しい。

（たとえどれだけ傷ついても、きみはもう、レイしか愛せないんだね……）

それは同じく、礼にも言えるのだろう。どれほど傷ついても、礼はエドを愛するだろう。そんな愛に出会ってしまった二人は、魂で繋《つな》がってしまっていて、引き裂かれればどちらも死んでしまうのだ。

残ったコーヒーを飲み干すと、ジョナスは携帯電話を取りだした。つい先日婚約したばかりの恋人のナンバーを、画面に呼び出してコールする。

――どうしたんだ、こんな時間に珍しい。

やがて出た恋人が、少し驚いたように、そして嬉しそうに言うのを耳に心地よく聞きながら、ジョナスはなんでもないよ、と嘯《うそぶ》いた。

「ただ、急にきみの声が聞きたくなったんだ……」

日本行きの乗り継ぎ便が、出発間近のアナウンスを流している。

数時間後、エドは東京《とうきょう》に降り立って、やがて近いうちには、礼へ言うだろう。

——愛してる。

礼はきっと、イエスと答える。きっとそう答えるだろうと、ジョナスは考えていた。

八年後の王と小鳥

一

クリスマスを終えた十二月の終わり、ロンドンのヒースロー空港から外へ出ると、風は突き刺すように冷たく、あたりはどんよりとした重たい霧に覆われていた。

防寒はしっかりしてきたつもりだったし、五年は暮らした国だけれど、およそ九年ぶりに訪れるイギリスの風は、想像以上に底冷えして感じられた。

礼《れい》は白い息を吐きながら、鼻の頭が凍るのに、細い体を大きく身震いさせた。けれども体の内側では、二十五歳になった礼の心臓が、熱く昂《たか》ぶってドキドキと鳴っている。

――イギリスにいる。何度も夢に見たイギリスに……。

それが信じられず、しばらくのあいだ、礼は重たく垂れ込めた霧をじっと見つめていた。

日本人にしては平均より少し高めの身長だが、ここ、イギリスでは小柄なほうに入る。細い体と白い顔、陽が射しこむと琥珀《こはく》色に見える黒い瞳は、こぼれそうに大きく、礼の容姿を少し少女めいたものに見せている。

と、コートのポケットで、携帯電話が鳴った。

迎えに来てくれているはずの、エドワード・グラームズだろうか――と、恋人のことを思ったが、意外にも、相手は会社の先輩、佐藤《さとう》という女性だった。

ロンドンは現在午後二時。

ということは、日本の東京《とうきょう》は夜の十一時ごろだろう。礼が働くのは美術系の出版社で、年末進行のこの時期、抱えている仕事によっては徹夜は当たり前だが、休暇をもらって渡英している手前、佐藤がまだ仕事中だと思うと、さすがに申し訳ない気持ちになった。

「もしもし、佐藤さんですか？　お疲れ様です」

『あ、中原《なかはら》くん。よかったー、そっちにもう、着いてたんだね』

電話口からは、佐藤のハキハキとした声が聞こえてきた。

明るい彼女の性格には、いつも救われている。

ちょっと確認があって、と、佐藤が続けたのは、つい先日まで礼が販促関係を担当していた、とある写真家の件だった。その仕事はおおよそ終え、礼は正月休みと長期出張を兼ねて、イギリスに渡っていた。しかし販促物担当は礼でも、企画そのものの担当者は佐藤だ。仕事じたいはまだ続いている。

『ロゴデザインの確認はしたの覚えてるんだけど、パンフレットってどうなった？　今回急ぎだったから、稟議《りんぎ》が後回しになっちゃってるでしょ。デューイはオーケーしてたっけ』

そこが一番面倒なとこよ、と佐藤が苦い口調になる。

「それならブライトが了解をとってくれて、入稿済みです。展覧会は無事に開けそうですか？」

佐藤に言うと、ホッとした息のあとで、ぼちぼちね、と返ってきた。それから、『うちの小さい展覧会も大事だけど……こんなこと言うと、ロジャー・デューイには悪いけどさ』と、どこか弾んだ声が繋《つな》がった。

『国美の企画展。頑張ってよー。うちの編集長なんて、そりゃもう張り切っちゃって。中原くんの担当するリストにデミアン・ヘッジズの名前があったもんだから』

デミアン・ヘッジズ。

その名に、礼は少し緊張し、薄い肩を強張らせると、数秒息を止めてしまった。

礼が編集者として勤めるのは、日本では老舗《しにせ》の美術系出版社、丸美《まるび》出版である。

美術好きの礼は、学生時代にアルバイト募集を見つけ、飛びつくようにして丸美出版に雇ってもらった。もう五年働いているけれど、正式に入社してからだと、まだ三年目である。

とはいえ、中高生時代をイギリスで過ごし、貴族の子女とともにパブリックスクールで勉強した礼は、その遺産として、数ヶ国語を自由に話す能力と、ヨーロッパのセレブリティに見劣りしない礼儀作法や所作を身につけていた。もちろんそうなるまでには相当な努力があったものの、日本の、一般的な二十五歳と比べると、そのおかげで、はるかに重たい仕事を任せてもらっている。

結果として、礼は今、イギリスにいるのだ。

というのも、再来年日本の国立美術館で開かれる大きな企画展示会に、キュレーターの補佐として大抜擢《だいばってき》されたからだった。

本来なら、優秀な人材を多く抱えている日本一の美術館が、二十五歳の一編集者にそんな大役を任せるわけはないのだが、そこは礼の語学力と、人脈あってのことだった。

礼には、ヨーロッパ出身の作家に友人や知人が多い。

それも特に、貴族の家柄に連なるような、お金持ちの作家に受けがよかった。まず、彼らの多くは礼と同じパブリックスクールで学んでいる。そして彼らは、いわゆるパブリックスクールイングリッシュと呼ばれる、独特のイントネーションで英語を話す。それは礼も同じだった。人は自分と似た者に信頼を寄せやすい。

作家もそうで、いくら国立の美術館の依頼でも、自分の命にも等しい作品を、遠いアジアの国まで貸し出すことに難色を示す者もいる。作品の貸し出しを取り付けるのにもっとも必要なのは、一にも二にも信頼だ。その点、既に親しくしている礼になら、安心して預けられるという作家が何人かいて、礼はイギリスに拠点を構える作家との交渉役を任されたのだった。

期間はとりあえず、今日、十二月二十七日から、来年の三月末までの約三ヶ月間。

この期間、礼は単身イギリスに拠点を置くことになっていた。

そんな礼が交渉にあたる作家の中で、一番の目玉であり、一番の難関だろう相手が、デミアン・ヘッジズという作家だった――。

彼とは会ったことがなく、作品の来日歴もない。それどころかデミアンは、イギリス国内でも、ほとんど出展がない謎に包まれた芸術家だった。

そのわりに、作品の噂《うわさ》だけは一人歩きしており、世界中に熱狂的なファンがいる。当初は、イギリスで開かれていた小さな個展に、偶然立ち寄った旅行者が、彼の作品を携帯電話で撮影し、SNSにあげたことがきっかけだった。その投稿はワールドワイドに広がるインターネットの海で拡散され、何百万という閲覧を稼ぎ、日本でも話題になり続けている。デミアン・ヘッジズの名前は知らなくとも、作品はどこかで見た気がする、という若者は圧倒的に多いのだ。

国立美術館の企画担当者も、なんとしても彼の作品を日本へ、と熱意が強い。

『デミアン・ヘッジズが呼べたら凄《すご》いわよ。うちでもSNSのアカウントをとらなきゃなんて編集長が言ってるの。若い世代を美術界に呼ぶチャンスだもの』

期待してるわよ、と発破をかけられ、礼は控えめに笑って返すだけにした。まだ会ってもいない相手だから、どう答えたものか返答に迷った。どちらかというと真面目でおとなしい性格上、口先だけのことも言えないのが礼だ。

けれど電話をきると、胸のうちにはむくむくとやる気が湧《わ》いてきた。

(頑張ろう)

そう思う。せっかくイギリスにまで来たのだ。愛する美術業界へ、なんとしても貢献したいし、期待されているのなら、それなりの結果を出したいとも思う。

とはいえ、まずは休暇だ。

もう一度顔をあげると、相変わらずヒースローの上空は重たい霧に覆われていたが、その霧を割いて、黒いベンツが流れるように近づいてきた。ベンツは礼の前に横付けされ、運転席のドアが開くと、誰かが「レイ！」と声をあげて出てきた。相手を見たとたん、礼の胸はときめき、顔にはパッと満面の笑みが咲き開くようにこぼれてしまった。

仕事のこともデミアン・ヘッジズの名前も、このときだけはつい、忘れた。

「エド……！」

呼び返す声が小さく震えた。

嬉《うれ》しい。嬉しい、嬉しい。言葉にさえならないそんな想いが小さな胸いっぱいに突き上げてきて、気がつくと持っていた荷物も忘れ、駆け寄ってきたエドに抱きついていた。

薄手のセーター一枚。

それだけしか着ていないエドの体温が、分厚い自分のコートごしにさえ、感じられる気がした。力強く逞《たくま》しい二の腕が礼を包み、ぎゅっと抱き締めてくれる。そうすると全身がふわふわとして、力が抜けていく。

「レイ、お帰り……」

低音の、優しい声が懐かしかった。電話で毎晩のように聞いているはずなのに、薄い耳たぶをくすぐっていく呼気の温かさがあるからだろうか？

体中に湯のような、ぬくぬくとしたものが満ちていく。隙間《すきま》という隙間が埋められ、安堵《あんど》に全身が包まれて、心が蕩《とろ》けていくようだ。これを幸せというのかもしれない。

エドに恋をして十三年め。

結ばれてからやっと、八ヶ月め。

けれどこの八ヶ月は、礼とエドは日本とイギリスでずっと遠距離恋愛だった。

世界で一番愛しい恋人であり、かつては義兄で家族でもあったエドワード・グラームズ。

その関係を説明すると、あまりに複雑で言葉に迷う。

パブリックスクール時代は、学校の先輩で支配者でもあったけれど、誰より懐かしいエドの胸の中で、礼は会えたことがただ、たまらなく嬉しくて、けれど言葉もなく、

「ただいま」

とだけ呟《つぶや》いた。

会いたかった。会いたくて会いたくて、恋しくて恋しくて、気が狂いそうな八ヶ月だった。

もちろん、礼はそんなことを饒舌《じょうぜつ》に訴えられるような、大胆な性格ではない。エドも似たようなものだ。抱き合って、軽くキスをしたあとは、離れがたい気持ちのまま車に乗り込んで、とりあえずは休暇を過ごすグラームズ家の屋敷へと向かうことになった。

少し車を走らせればまた触れあえるし、これから三ヶ月一緒だと分かっていても、八ヶ月ぶ

りの抱擁《ほうよう》を解くのは、たまらなく難しかった。車に乗り込みながら、このままどこか、適当なモーテルでもいい、などという不埒《ふらち》な考えがちらっと脳裏をかすめ、

（僕ってば……）

礼は顔をまっ赤にし、うつむいてしまった。

けれど電話やメールでは感じられない、生身のエドの感触は、それだけ強烈だったのだ。外国人ならではの高い体温や、頬《ほお》を擦《す》り寄せたときに感じる胸板の厚さ、抱いてくれる腕の強さに、淡いオーデ・コロンの匂い……自分とはまるで違う作りの、雄々しさと美しさを兼ねそなえた体が、生々しく迫って、車に乗ってからも、触れあった感触は全身に残っていた。

胸がドキドキと高鳴り、なにか話そうと思うのに、言葉が上手《うま》く出てこない。隣のエドを一瞥《いちべつ》すると、ほんの一瞬、眼と眼があった。エドは小さく微笑《ほほえ》んだだけ。礼も嬉しくて、急いで笑む。顔が笑み崩れて、少し恥ずかしい。そうしてしばらくは無言のまま、互いの間に流れている幸福な空気を、照れながら感じていた。

「あの……迎えに来てくれてありがとう」

なんでもいいから言葉を交わしたくてそう言うと、ハンドルを握ったエドが、「ああ」と小さく呟き、頷《うなず》いた。

ブロンドの睫毛《まつげ》の下の、エメラルド色の瞳は、今の礼と同じように楽しげに、弾んで見える。

「正月休みは郊外の屋敷で過ごす。それから、ロンドンに借りてるフラットに移ろう。そこな

らお前も仕事がしやすいだろうし」

既にメールで確認しあった決め事を、エドが珍しくも無意味に繰り返す。エドもきっと、礼と会えて喜んでくれているのだ――。

それが分かって嬉しかった。

(幸せだ)

車のフロントミラーを見ると、少年のように眼を輝かせているエドの笑顔がある。

幸せだ、と礼はまた思った。

(夢みたい。……エドとまた、暮らせるなんて)

八ヶ月前までは、想像さえするのが難しかった。けれどこれは夢ではなくて、現実なのだ。

ふと車窓に眼を向ければ、車は街を抜け、郊外に出たところだった。ロンドンを少し離れたなだらかな丘には白銀の雪が積もり、灌木《かんぼく》は葉を散らして寒そうだ。ロンドンを少し離れただけで、イギリスの風景はのどかで美しく、そして淋しいほどに静かになる。

鬱蒼《うっそう》と生い茂る森の木々や、降り積もった雪の中へ、あらゆる喧噪《けんそう》が吸い込まれて、あたりがシンとしている……そんな静けさには、この国の古い歴史の重みが隠されているように、礼には感じられるときがある。

――こんな美しい国の、貴族のエドと……僕が、本当に恋人同士なんて。

不意に、その疑問は降って湧き、礼の心にさざ波をたてていった。

心の中ににじんできた不安を、けれど、礼は慌てて振り払った。

今日からはとにかく、楽しい三ヶ月になるはずだった。エドと暮らし、毎日おはようとおやすみと、お帰りとただいまが言えるのだ。一緒に食事ができ、好きなときに口づけあえる。触れようと手を伸ばせば、いつだってエドに触れられる。それは礼にとって、とてつもない奇跡だった。

その奇跡さえあれば、他に望みなんてない。

――そうだ。愛さえあれば大丈夫。

もうずっと前から、そう信じてエドと結ばれた。

答えなどとっくに知っている。愛さえあれば、大丈夫なのだと。


「お帰り、レイ。あらためてようこそ、わが家へ」

広大な敷地をぬけ、屋敷前のロータリーに車が停まる。エドは助手席のドアを開けて、そう言ってくれた。車を降りると、冷たい十二月の風の中、グラームズ家のマナハウスは八年前と変わらぬ佇《たたず》まいで建っていた。白い柱に歴史を感じさせる、色の沈んだレンガ。数百年変わらずこの土地に根を下ろす、それは美しい城の威容だった。

緊張しながら階段の手すりに手をかけると、エドが礼の荷物を持ち、エスコートするように隣に立ってくれた。その自然な仕草に、思わずドキドキとする。

「変わっていないね。この屋敷……」

「ああ。俺も年に数回帰るだけだがな。来てくれ、懐かしいものが見られるぞ」

促されて中へ入ると、広いロビーにはツリーが飾られ、暖炉《だんろ》の焚《た》かれた温かい居間には、美味《おい》しそうな食事がたっぷり載ったワゴンも用意されていた。

定番のターキー、スプラウトのソテー、ローストビーフ、ミネストローネや赤キャベツのマリネ、パン、オリーブとニンニクだけのシンプルなパスタ……。

なにやら既視感があり、礼は眼をしばたたいて、それからあっと思った。

「……これ、九年前と同じメニュー?」

イギリスで過ごした最後のクリスマス、礼がディナーに用意してもらい、エドや学校の友人たちと楽しんだのと、同じ内容の料理だった。

「不味《まず》いミンスパイと不味いクリスマスプディングも、ちゃんと用意してあるぞ」

エドは冗談めかして肩を竦《すく》め、礼はそれについ、眼を細めて笑ってしまった。

エドはきっと、礼がどうすれば喜ぶか考えて、そうして九年前礼がエドにしたのと同じことを、返してくれたのだろう。その心配りを思うと、礼は胸の中が熱くなるようだった。

「暖炉の前で食べよう。パラソルも水筒もないが。あのときは邪魔な連中がいて、お前の隣を横取りされたからな。今回こそは俺が隣だ」

「うん。エド。ありがとう……すごく嬉しい」

エドはどこか照れたように微笑み、暖炉の前に広げたラグに座った。礼も隣に、いそいそと腰を下ろす。コートは脱いで、ソファに放った。

エドはワゴンから料理をよそい、紅茶まで淹《い》れてくれた。イギリス人の男性はパートナーに献身的だとはよく言われることだが、エドもなんの躊躇《ためら》いもなく、自分が先に立って働いてくれる。そのことが新鮮で、礼は少しそわそわした。

「お前はスプラウトが好きだったな。パスタはまだ温かいぞ。ホットワインも作ろうか」

皿を渡して言ってくれるエドに、礼はドキドキしながら、「いいよ、エド。十分。ありがとう」と何度もお礼を言った。

「優しいね。……こんなもてなしを受けるなんて思ってなかった」

「恋人には尽くすもの。イギリス貴族にはナイトの血が流れてる」

礼の素直な言葉に、エドは茶目っ気たっぷりに肩を竦めている。それがおかしく、心の中が温かく、満足感と、愛されている実感とで、礼はくすくすと笑った。外は風が吹いているらしい。古い窓枠が時々、小さく震え、暖炉の中でパチパチと火が爆《は》ぜる。

礼はニコニコしながら、よそってもらった料理を、小鳥のように少しずつ、大事に大事に運んだ。「美味しいね」「懐かしい味」と、一口ごとに小さな声で感想を付け加えると、エドも嬉しそうに眼を細める。

「あー……。イギリスでの仕事は、いつから始めるんだ？　交渉にあたる作家は決まってるんだろ？　誰と会うんだ」

食事があらかた終わる頃、エドが、なにやら言葉を選び選び、訊《き》いてきた。

礼は「イギリスの作家が四人と、あとはフランスやノルウェー、スウェーデン……」と答える。するとエドは、「具体的に？」と、身を乗り出してきた。その顔はいかにも、

「もうちょっとこらえようと思っていたが、つい訊かずにはおられなかった」

という、エドの心情が表れているようで、礼は、

（エド……また心配してる）

と、おかしくなった。

エドは礼が、どんな作家と会ってどんな話をしているのか、やたらと気にする節がある。それは離れている八ヶ月の間もそうで、いわく、作家たちは礼に「色目を使っている」らしい。礼からすると心配しすぎだと感じるものの、エドのこういうところは、少しだけ可愛《かわい》い――と、思ってしまう。

それにエドがいくらヤキモチ妬きとはいえ、世界的企業のトップだ。基本的に常識があり、信頼できることは分かっているので、礼は携帯電話に読み込ませておいたファイルを見せることにした。

「これがリスト。チェックが入ってる人たちは、初対面。……きみの知り合いがいたら、紹介

してほしいけど……いるかな？」

端末を受け取ったエドは皿を床に置いてまで、真剣に、そしてしかめ面で画面を見ていた。が、その顔はだんだんとしかめられ、

「なんだこの人数。それも初対面は大物ばかりじゃないか。お前、キュレーターとしては初仕事だろう。こんなに任されてたら、休暇がなくなる。ボスは頭がおかしいんじゃないか」

心配半分、怒り半分といった口調で言うエドに、礼はついたしなめた。

「イギリスにまで出してもらったんだから、簡単な仕事じゃむしろ申し訳ないよ」

エドはふん、と息をつき、

「まあ……期待されてるんだろうな。……それは分かる。俺でもそうするだろう」

と、なにやら小さな声でもごもごと言った。エドが礼を、認めてくれているのかと思うと嬉しくなり、パッと眼を輝かせる。と、エドは「だが。だがだぞ」と声を大きくした。

「デミアン・ヘッジズまでリストに入ってる。こいつはお前には、荷が重すぎるんじゃないのか？　ちょっと神経を疑うぞ。ベテランキュレーターを同伴させるべきだろう」

「エド、デミアンを知ってるの？」

礼が今回、どうしても借り入れを成功させたいデミアンは、実はリーストンの卒業生だった。学年はエドの一つ上。なので礼も、一応二年はかぶっている。ただし、彼は監督生《プリフェクト》だったわけではなく、寮も違っていたので、礼の記憶にはなかった。

エドは知っているらしい。紹介してもらえるかと身を乗り出したが、エドは「ただ知ってるだけだ」と否定するような口調だった。

「イギリスでも有名な作家だ。若い人間の間で受けてる……俺の会社のコーヒーショップチェーン店で、少し前にコラボレーションの企画があがったが、立ち消えたと報告を受けたことがある。成功した場合の収益見込みの額が、俺の想像よりはるかに大きくて、バカバカしい、こんなわけあるか、と担当者に突っ返したから覚えてるんだ」

「へ、へえ」

なんだかスケールの大きい話だ。その対応がエドらしくて、礼はその担当者を少し気の毒に思った。

「それに……ヤツの父親には昔ビジネスで、頼まれて出資もしてる。その会社はもう、倒産したがな。それだけの関係だ」

「……エドの会社は手広いものね」

このイギリスで、いやヨーロッパで、グラームズ社と関係していない人間などいない……そう言われるのが当たり前なくらい、エドの会社は大きい。とりあえず、どうやら紹介してもらうのは無理そうだ。

「それにしても……ロペスにコール……しかもヒュー・ブライトにジョゼフ・ド・リオンヌ……お前のファンの巣窟《そうくつ》じゃないか」

まだリストを見ているエドが、ぶつぶつと呟いては、嫌そうに顔をしかめている。礼はそっとため息をついたが、以前一度は大きな喧嘩《けんか》をしたせいか、さすがにこいつらと会うなとは言ってこない。

エドがこんなに嫉妬《しっと》深いなんて、付き合ってみるまで気付いていなかった。仕方がないなあと呆《あき》れはするけれど、完璧なエドの、珍しい子供っぽさで、礼は嫌だとは思いきれないのが困りものだ。

機嫌を直してほしくて、礼は微笑み「エド」と、エドの逞しい腕に白い手をかけた。

「今はお休みなんだから、仕事の話はおしまいにしよ」

今さら、他の誰かになびくなんてこと、礼に限ってはない。

分かってほしくて、細い体をぴたりと寄せると、エドの眉間《みけん》の皺《しわ》が、だんだんに緩んでいく。窺《うかが》うような視線を向けられ、礼ははにかんで、小さな唇を少しすぼめて微笑む。エドがやっと、リストから眼を離してくれた。

「初めて出会った日、あそこのバルコニーから、きみが見てたんだよ」

礼は居間の天井へ張り出した、屋内バルコニーを見上げた。

十三年前のことだ。螺旋《らせん》階段の上に設えられたその場所に、十四になろうとするエドが頬杖をついて、十二歳の礼を覗《のぞ》き込んでいる——。その姿は、今でも瞼《まぶた》の裏に鮮やかに思い描けた。

「きみは僕より五つは上に見えて……それにとってもきれいだった。きみの瞳は、夜空に浮かぶ星みたいだと思ったよ――」

エドはそこで、思わずというように小さく噴き出した。

「ずいぶん詩的な子どもだったんだな、レイ」

「きみだって詩的だったよ、僕をSacrificeなんて呼んだし、それに……ラベンダーをくれた」

子どもっぽく反論してみせながら、内心で、礼はエドが機嫌を直してくれたようでホッとした。

「ラベンダーなんて雑草と同じだ。そんなことした覚えもないしな……」

「嘘。きみは一緒に寝てくれたんだから」

「違う、一緒に寝たんじゃない。泣いてるお前がしがみついて離れないから、相手してたら眠くなっただけだ」

「ほら、やっぱり覚えてるじゃない」

他愛ない言い争いだった。じゃれあっているのが嬉しくて、思わずくすくすと笑うと、エドもとうとう笑った。とたんに二の腕を摑《つか》まれ、ぐっと引き寄せられる。

あっと思う間もなく、エドの強い腕が背にまわされ、礼は口づけられていた。

「エド……」

抱き締められて体勢を崩し、礼はエドの胸になだれこんだ。薄手のセーターごしに、厚い胸板を感じる。手を乗せると、皮下でどくどくと脈打つエドの心臓がある。それがエドの興奮をも伝えてきて、礼は顔を赤らめた。体の奥がきゅうっと切なくなり、熱い気持ちが心の底からこみあげてくる。

（ここにいるのは、エドなんだ……。僕はエドの、腕の中にいる――）

十二歳で初めて出会ったとき。バルコニーから、傲慢《ごうまん》に見下ろしてくる少年にこうして抱いてもらえるとは、とても思っていなかった。

甘酸っぱい気持ちが押し寄せ、吐き出す呼気がこもる。潤んだ眼でじっとエドを見上げると、エドは満足そうに眼を細めた。

「可愛いレイ……俺に会いたかったか？」

「……うん、エド。会いたかった。……きみが恋しかったよ」

エドは「俺もだ」と囁《ささや》くと、もう一度、かき抱くように腕に力をこめる。礼の細い体は、エドの腕の中で砕けて溶けてしまいそうだ。

「会いたくて恋しくて、毎晩夢に見た……会わないうちに、お前が俺を忘れたらどうしようと心配もしたよ。今だって、明日の朝起きたら俺は、ハムステッドのフラットに一人でいて、お前は日本にいるんじゃないか――そう思うくらい、不安だよ……」

甘ったるい言葉を次々に口にし、エドは礼の薄い瞼や、柔らかくまろやかな頬にキスを降らせた。そのまま二人、ラグの上に倒れ込む。

「エ、エド……」

思わず、声が上擦る。居間は温かいが、窓のカーテンは開いたままで、庭が見えている。

「レイ……悪い、我慢が効かない……」

エドの呼気は少し荒れている。シャツの中へ無造作に手を入れられ、胸の飾りをつままれて、礼はびくんと震えていた。八ヶ月もの間、与えられなかった切ない疼《うず》きが体の奥に灯《とも》る。

「エド……あ、ま、待って。あ……あ」

キスの合間に、エドの胸に手をついて突っ張る。エドの胸板はびくともしないが、一瞬だけエドは動きを止めてくれる。

「こ、こんなところで……ま、窓際だし、だ、誰かに見られたら」

自分でも、顔がまっ赤になっていると分かる。けれど言葉とは裏腹に、心の奥底ではもうエドの行動を許していて、それどころかきっと求めていることを、礼は自分でも知っていた。

瞳が潤んで視界が揺れ、エドにもう一度乳首を弄《いじ》られると、内腿《もも》が震えて、性器が熱を帯びてくる。

「外はすぐ、うちの庭だ。誰にも見られない。使用人はここへ来ないよう言ってある……」

「あ……で、でも、あ……っ」

口ばかりの抵抗だった。

口づけられ、「もう待てない」と囁かれると、背筋がぞくぞくと震えた。

本当は蕩けそうなほど愛しているエドに、求められて嬉しい。待てない、したい、抱きたいと言われて嬉しいのだ。

その証拠のように、股間《こかん》を足に押しつけられ、スラックスの下で、張り詰めているエドの性器を感じさせられると、礼の小さな後孔は、きゅうっと締まる。

（ああ、もう思い出してる……）

この体は八ヶ月も抱かれていなかったのに、エドに求められると、とたんに男を受け入れようと変わってしまう。

「ほら、レイ……お前の顔をよく見せてくれ」

切ない声で言いながら、エドは乳首を弄る手は止めず、赤らんで震えている礼の顔を覗き込む。視線を返すと、そっと微笑まれた。

「夢で見たとおり、いや、夢よりきれいだ。……お前の、黒くて柔らかな髪。琥珀と黒檀《こくたん》を混ぜたような瞳……象牙の肌も、美しい。唇は、さくらんぼのように愛らしい……」

睦言《むつごと》を繰り返し、エドは礼のシャツをあっという間に剝《む》いてしまう。

「俺に触られて……桃色に上気したこの体……きれいだ、レイ。ダ・ヴィンチがいたら、きっとお前を囲う。ミケランジェロはお前をモデルにしただろう。ゼウスがいたなら、ガニュメデのようにさらったな。その前に俺がさらえて良かった……」

まさか、冗談ばかり。歯が浮くようなセリフに、

「エド……僕はそんなに、きれいじゃないよ」

思わず笑うと、エドは礼のこめかみにキスし、「どうして」と言った。

「お前は俺にとって、世界で一番美しいよ……」

エドは礼の戸惑いをどう思っているのか、悪戯《いたずら》っぽく微笑んでいる。

きっと半分からかわれている。分かっているけれど、想い人に言われる褒《ほ》め言葉は、どんなものでも嬉しい――。それがエドからなら、尚更だ。

結ばれるまで、エドはこんな甘い言葉を言うようなタイプではなかった。

それが今では、時折嘘をつかれているのでは、と不安になるくらい、折に触れては礼を褒め、愛していると繰り返す。普段は慎み深くても、プライベートな空間では愛情表現を惜しまないのは、エドがやはりイギリス人だからだろうか？

「ベッドの上で口説かない男は男じゃない。そうだろ？」

ここは床の上だけどな、とエドは小さくつけ足し、礼の細くすんなりした足を大胆に広げると、衣服越しに性と性を擦りあわせてきた。とたん、背中をびりびりと快感が走り、礼は「んん、ん」と唇を噛《か》みしめる。

「……愛してる、レイ」

耳たぶを甘く囓《かじ》られ、息を吹き込まれると、礼の体は震え、力が抜けていく。ベルトを抜かれ、下着の中へするりと手を入れられて、エドの手に、秘めた窄《すぼ》まりを触れられる。

「……ここへ入りたい。お前の奥まで……俺の愛を注がせてくれ――」

——ダメだ。とても抗《あらが》えない。

礼はぎゅっとエドにしがみつき、まっ赤になって震えながら、軽く愛撫《あいぶ》してくる指へ自ら秘所を押しつけて、「あ、ん……」と切ない声をあげていた。

恥ずかしさより、欲望が勝ってしまった。礼だって、ずっとエドに抱かれたかった。エドが愛の言葉を惜しまないのに、自分が惜しむのはなんだかずるい……。そう思えて、礼は上目遣いにエドを見つめると、恥ずかしいのを我慢して、必死に言葉を紡ぐ。

「エド、僕も……早く、きみがほしい……」

エドは口角を持ち上げると、満足そうに微笑んだ。

緑の瞳に、ぎらぎらと獣めいた欲望が光っている。それだけで、礼の体はぞくぞくと感じた。

そこからはもう、エドの独壇場だった。

礼は毛足の長いラグの上で全裸に剝かれ、キスされ、後ろを解され、入れられ、高められ、何度も突かれて中に出された。それは夜をすぎてなお続き、結局翌朝まで、礼があまりの快感に喘《あえ》ぎ疲れて声を枯らし、気を失うまで——それこそ、回数も覚えていられないくらい長い時間、続いたのだった。

二

「あ、あ、エド、だめ、もうだめ、もう、おかしくなる——」

一体セックスしはじめてから、どのくらいの時間が経ったのだろう。

既に何度も絶頂を迎えた礼《れい》は今、窓枠に手をつかされ、立ったまま後ろを突かれていた。窓の外はもう真っ暗で、真夜中なのはたしかだ。

乳首は腫《は》れるほど弄られてまっ赤に膨《ふく》れ、くりくりと捏《こ》ねられただけで激しい愉悦が体を襲って、そこだけで達しそうになる。礼の下半身は白濁にまみれ、腹の中にはエドの精が何度も吐き出されて、揺さぶられるたびぐちゅぐちゅといやらしい音がたっていた。

気が狂いそうなほどの悦楽だった。

八ヶ月抱かれていなかった体は、数時間ですっかり淫《みだ》らに変えられた。何時間もそそり勃《た》ったままの桃色の性器からは、薄まって透明になったつゆが、ぴゅくぴゅくとだらしなくこぼれていた。

「レイ、足りない。まだお前を抱き足りない……」

熱に浮かされたようにそう囁く、エドの体力は底なしだ。

雄々しい性は幾度果ててもすぐにまた勃ちあがる。今ではエドも衣服を脱ぎ、全裸で礼と交わっている。動くたび、鍛えられた筋肉が引き締まり、エドの体は一本の撓《しな》る鞭《むち》のようだった。

「あっ、あっ、あっ、あああ……っ」

暖炉とフロアランプに照らされた室内。エドから後ろを犯され、だらしなくよがり狂っている自分の、乱れた顔が品のいいガラス窓にも映っていて、恥ずかしい。

時折窓の中で、後ろにいるエドと眼が合い、はしたない姿を見られている羞恥《しゅうち》で礼は身悶《みもだ》える。

それなのに後孔を掻《か》き回されると、もう喘ぐ声を止められない。

激しく最奥を突かれたとたんに、全身を貫くような快感に襲われて、礼は声にならない声をあげた。

「あっ、あっ、あー……っ、ん、ん、あ、や、あん、い、いく、いっちゃう」

いっちゃう、いっちゃうと繰り返しながら、礼は体をびくびくと跳ねさせた。

感極まって全身震えているのに、性器からはもはや薄い精液しか出てこない。

（あ、あん、あ……こ、こんなに感じ続けたら、も、もう……）

おかしくなってしまう。

エドと遠距離だった八ヶ月、礼は自慰すらほとんどしなかった。したところで、エドから与えられるような快感は得られずに、ただ空しくなってしまう。思い出すと体が淋しく、疼くので、なるべく考えないようにしていたくらいだ。その我慢が祟《たた》ってか、久しぶりの快楽は強すぎ、礼は全身をがくがくと揺らして感じ入っていた。

「あ、あ……んっ、あああ……っ、エド、や、はぁ……っ」

達したばかりで揺さぶられ、後孔はきゅうきゅうと勝手に収縮する。

「あっ、ああっ、あ、だめ、エド……、また、また僕……」

いっちゃう……と泣きながら言う。窓枠に手をついて、もう耐えられずに尻《しり》を高くあげて揺らすと、エドは礼の背に覆い被《かぶ》さるようにして、胸元と腰を抱き締めてくれた。

「八ヶ月してなかったのに、すぐに後ろだけで感じてるのか。……いやらしいな、レイ。……そんな体で、ちゃんと仕事ができるのか?」

意地悪く、けれど嬉しそうに囁きながら、エドは礼の乳輪をくるっとなぞった。

「ひぁっ、んっ、だめ……っ、さわら、ないで……っ」

「どこを?」

まだ乳輪をくるくるとなぞりながら、エドが訊いてくる。礼の腰はそのたび跳ね、すると尻がゆさゆさと揺れて、ぐずぐずに蕩けた後ろが快感に切なくなる。

「どこを触らないでと?　レイ」

言われなきゃ分からない、とエドは囁き、礼の乳首をぎゅうっとつまんで引っ張った。

「あ……っ」

また、体の奥から熱波がやってきて、礼の脳を溶かしていった。がくがくと足を震わせ、礼は「ち、ちく、ちくび……」と小さな声で訴えた。

「どうして？　レイはここ、好きだろう？」

大きく手を広げ、エドは親指と小指で、礼の乳首を両方押しつぶした。きゅうっと快感が走って、背がしなる。後孔が勝手にうねり、エドの杭《くい》を締め付けて腰が揺れる。

「あっ、ん、あ、だ、め……っ、い、いっちゃう、エド、もう、イキすぎて、おかしく、なっちゃう――」

「可愛いレイ……。乳首とお尻で何度もイってるんだな……」

エドはひくひくと震える礼の尻を掴むと、ぬるぬると性器を出し入れする。体に力が入らず、礼はもう窓に額を押しつけて、「あん、あ、あん……っ」と悶えた。ガラスが揺れて鳴り、エドが強い突き上げをすると、礼の足は床から浮いてしまった。すぐさま両手をとられ、後ろに引かれて繋ぎ留められる。そうして、まるでエドの性器に磔《はりつけ》にされたようにして貫かれる。

口からはだらしなく唾液がこぼれ、喘ぎ声はもはや叫びにさえならない。連続する愉悦の波に思考は消えて、礼はされるがままになりながら、いつしか繰り返し、エドの名前を呼んでいた。

「エド……エド……あ、ああ、あー……あ、エド……すき、きみがすき、すき……」

「レイ、俺もだ、俺もお前を愛してる、誰より、この世界で一番、お前が愛しい……お前は、こんな俺を」

体を撓らせ、礼に打ち付けながら、エドもそんなことを言っている。

もう何度めかも分からない、エドの精が腹に放たれ、礼は悦びに震えた。きゅうきゅうと後ろを締め付けながら、その精を一滴もこぼしたくなくて、下腹がうねる。

「あっ、エド……あー……、あ……っ、あっ……」

もうなにも考えられず、また達した礼の耳に、エドの声が聞こえたのはそのときだった。

——俺を、諦《あきら》めないでくれるか？

それは聞き間違いかと思うほど、小さな声だった。

……どうして僕がきみを、諦めるの？

眼を閉じる直前、礼はそう思ったけれど、訊《たず》ねることはできなかった。体からは力がぬけ、礼はさすがにこれ以上耐えられず、意識を手放していたからだ。

礼は夢を見ていた。

夢の中で、礼は日本の、自身が働く丸美出版のオフィスにいた。外は暗く、定時はとっくに過ぎている。机上のカレンダーは十二月二十五日。けれどクリスマスなど祝うどころではなく、突然持ち上がったトラブルに困り果て、デザイナーと根を詰めて相談している……。

めまぐるしく忙しい日々。オフィスでは電話が鳴りっぱなし。

とってもとっても、またかかってくる。

印刷所がもう待てないって。そこをなんとか。今年中でなければ困るんです——。

電話口で頭を下げ、パソコンにひっきりなしに入ってくる気むずかしい芸術家からのメールに返信する。イギリスから急遽《きゅうきょ》来てもらったデザイナーは、コーヒーを飲みながら、「レイ、ちょっと休んでて。彼とは僕が話してみるよ」と笑っている。

ありがとうブライト、そう言いながら、頭の片隅で泣きたい気持ちになっている。

エド。会いたい。エドに会いたい。


眼が覚めたのは、どこかから、英語が聞こえてきたからだ。たった今打ち合わせしていたデザイナーかと思い——眼を開けた礼は、自分がアンティークの、美しい天蓋《てんがい》を見上げていることに気がついた。

真ん中が湾曲し、丸くなったその天蓋には黄道十二宮の絵が描かれている。これはどこかで見たことがある……そうだ、グラームズ家の屋敷、ゲストルームに置かれたベッドの天井だ、と思い出してから、礼は我に返った。

思わず体を起こすと、そこはたしかにグラームズの屋敷の中で、豪勢なベッドに寝ているのは礼だけだった。

「……エド？」

部屋の中を見回したが、エドの姿はない。年代物の暖炉では火が燃えて部屋は暖かく、窓の外にも淡い朝の光が射している。そろそろと床のスリッパに足を突っ込んで立ち上がると、礼の体はきれいに清められ、肌触りのいい上質なガウンを着せられていた。

とはいえ、明け方近くまで散々攻められた体は重たく、細い腰の辺りに倦怠感《けんたいかん》が残っている。礼は昨夜の激しいセックスを思い出し、ついついまっ赤になってしまった。熱くなった頬を両手で押さえても、火照《ほて》りは消えない。

（しょ、初日からあんなに……これから三月まで、毎晩、あんなだったら……）

お互い仕事もあるのだから、そんなことはできようはずもないのに、我ながら浮かれたことを考えているものだ。

自分に恥ずかしくなりながら、礼は窺うようにして、そっと部屋のドアを開けた。けれどそこにもエドの姿はなく、だだっ広い廊下はシンとしている。

（エドは……居間か、食堂にいるのかな。それともエドの部屋かな？）

礼はきょろきょろとあたりを見回しながら、喉《のど》の渇きを感じたので、食堂へ下りていくことにした。ベッドサイドには水差しがあったが、少し歩いてみたい気分だった。

十二歳から五年間、思春期を過ごしたグラームズ邸。

廊下は古い記憶と変わらず、窓枠の真鍮《しんちゅう》もピカピカに磨かれている。ガラスの向こうは白い雪景色で、広大なイングリッシュガーデンは白く染まっていた。枯れたような木のなかに、明るい緑のくす玉が見えた。ヤドリギだろう。

（変わってない……まるで子どものころに、戻ったみたい――）

五年暮らしていたことがあっても、礼は屋敷の中を正確には把握していない。ゲストルームと与えられた自室は同じフロアにあり、エドの両親の部屋もその一つ上で、それ以外だと居間や書庫くらいしか用事はなかった。

広すぎる屋敷はいつもひっそりとしており、大勢使用人がいるはずだが、親しく口をきいたことがあるのは執事のセバスチャンだけ。ハウスメイドやフットマンなども何人か顔を知ってはいるが、彼らはいつも礼から距離をとっていた。たぶん、主人であったエドの父親、ジョージからそう言い渡されていたのだろう。

そしてクリスマス中の今は、さらに人の気配がないようだ。

けれど昔は通ったことのない階段を二つ下り、半地下に入ると、ふと、人の話し声が聞こえてきた。エドだろうか。礼はなんとなく足音を忍ばせ、その声のするほうへ寄っていった。

なにやら物音がし、開け放たれたドアの向こうに、銀器を磨いている手が見えた。どうやらここはパントリーだ。あの、水をもらえますか。そう言おうとした礼は、けれど不意に聞こえてきた声にぴたりと足を止めた。

「まさか、エド坊ちゃまのお相手が本当にあのアジア人だとは、驚いたな」

ため息まじりの男の声。年齢は中年だろう、低くて落ち着いている。その言葉に対して、同じく中年らしきハウスメイドが笑うのが聞こえた。

「あら、私は気付いていたわよ。坊ちゃまは昔、そりゃあもう、あの子を可愛がってたもの」

「それくらい俺だって知ってるさ。だが考えてみろ、坊ちゃまはグラームズ家の長子だぞ。あの子はアジア人でしかも男じゃないか」

「いいじゃないの。サラ奥様がいらしたときのことを覚えてる？　高慢ちきな英国娘より、よっぽどいいわ。……あの子優しげな子だった」

中年の男はフットマンか。メイドの言葉にため息をつき、お前は気楽だなあと続けた。

「坊ちゃまはいい。あの子もきれいで俺は偏見はないよ。だが坊ちゃまに群がるハイエナの輩《やから》は黙ってないだろうよ。現にこないだだって、カーラ様がすごい剣幕で、見合いをするよう乗り込んでいらした……」

「あの場はギル様がいてくれて、助かったわね」

カーラの名前に、礼はドキリとした。それはエドの伯母で、礼にとっては異母姉にあたるが、とてもそうは思えない人だった。彼女は礼のことを、薄汚い混血児――だと、蔑《さげす》んでいる人だ。

そのカーラが、『すごい剣幕で』エドに見合いを迫った、ということは、当然のように礼は知らなかった。

礼は八ヶ月前、エドに求愛され、そのときにはただ、親戚連中にはなにも言わせない、俺がお前を選ぶことは了解させてある、と説明されていた。頭からそれを信じていたわけではないが、やはり納得していない人たちがいるのだ……ということを立ち聞きしてしまい、胸のあたりがモヤモヤと不安な気持ちに包まれていく。

もうとても、水のことなど訊く気にはなれず、礼は数歩後じさった。物音をたてないよう、そっとその場を離れ来た道を戻る。と、

「レイ様」

後ろから声をかけられて、礼はハッと振り向いた。見ると、この屋敷の古くからの執事、セバスチャンが立っていた。出会ったころと変わらない、品よく、けれど執事らしく目立たないスーツ姿で、ぴんと背筋を伸ばしている。頭部に載る髪の量は少し心許なくなっていたけれど、きれいに撫《な》でつけられた白髪は清潔で、感情を抑制したその瞳には、それでもどこか優しい色が見つけられた。

礼は幼いころから、なにかと彼に助けられてきた。顔を見るとホッとし、同時に、ついさっき立ち聞きしたことが一気に頭に押し寄せてくる。とたんに、礼の心臓はどくどくと早鳴り始めた。

「セバスチャン、お、お休みじゃなかったんだね」

会えたことは嬉しいが、気まずさで声は上擦ってしまった。思わずうつむくと、セバスチャンはなにか察したように、パントリーのほうへちらりと眼を向けた。

「……ご朝食がまだでしょう。お部屋にお持ちしますよ」

執事はそっと、ごく自然に礼を誘導し、パントリーから足を遠のけさせてくれた。

「……このお屋敷はどこも変わっていないね。サラとジョージは？　クリスマスには帰ってこなかったの？」

「旦那様と奥様は、それぞれオーストラリアとフランスで過ごされています」

旦那様というのはエドの父、ジョージのことで、奥様とはサラのことだ。

会社の経営権を手放したジョージは、そのときから行方をくらますようにオーストラリアに渡り、自分で起業したらしい。「息子に負けた父」として、社交界に顔を出すのが恥ずかしいのだ――とは、人づてに聞いた。

それでも爵位はまだ、ジョージの手にある。イギリスの爵位は普通、前代が死ななければ世襲されない。だからこそ、セバスチャンは、不在であってもジョージを旦那様と呼ぶのだろうし、使用人たちはエドを坊ちゃまというのだ。

エドの母、サラも、ジョージとは今年の春離婚し、ほとんど一文無しになってフランスに住んでいる。本来なら奥様ではないが、一応はこの屋敷の女主人だったわけで、慣例上奥様と呼ばれているのだろう。

そしてその両親とエドの仲が今どうなっているのか、礼も詳しくは知らない。だがクリスマスにも帰っていないのだから、良好ではないのだろう。余計なことは口にしない性分のセバスチャンは、知っていても話しはしないだろうとも思った。

「……ですが、今年のクリスマスは久しぶりに良い年だと、使用人で話しておりました」

と、セバスチャンが言葉を続け、礼は顔をあげた。いつでも冷静な執事の眼に、どこか優しい光がある。

「数年ぶりにツリーを飾りましたし、ローストビーフにチキンも……。なにより、エドワード様が張り切っておられましたから、これほど喜ばしいことはありません」

微笑まれて、礼はドキリとした。エドが張り切っていたというのは、自分が来るからだと思うと、頰に熱がのぼってくる。同時に、執事の言葉はなんだか嬉しく、同じくらい申し訳なくもあった。

先ほどの使用人の会話を聞けば、彼らはエドの恋人が礼で、不安がっているようだった。

長年この家に仕えてきたセバスチャンなら、普通はエドに女性と結婚してもらい、子どもをもうけて、ここに住まってほしいだろう……。そう思うと、うまく顔が見られずに、ついつい礼は小さな頭を、うつむけてしまった。

もといたゲストルームの前までくると、セバスチャンはすぐに食事を持ってくると言った。けれど一度下がろうとした彼は、ふと、物言いたげな眼を礼に向けた。

なんだろう、とその静かな瞳を見返すと、

「エドワード様がどう仰《おっしゃ》るか分かりませんが……もし、レイ様にそのご希望があれば、滞在中のオフィスはロンドンではなく……この屋敷になさってもよいかと、私は思っています」

珍しく、はっきりとしない物言いだった。

礼は一瞬セバスチャンの真意を解しかね、大きな眼をしばたたいた。

「悪い意味ではないのです。市中はなにかと騒がしく、エドワード様は注視されておりますから。レイ様のお気持ちに負担があってはと……いえ、さしでがましいことを申し上げました」

戸惑っている礼の反応を見てか、執事は途中で言葉を切り上げてしまった。そのまま頭を下げて辞するセバスチャンに、礼はなにも言えなかった。

その言葉の意図するところは、よく分からなかった。かろうじて分かったことは、あまり
——楽しい話ではない、ということだけだ。

——坊ちゃまはグラームズ家の長子だぞ。あの子はアジア人でしかも男じゃないか。

先ほど聞いた使用人の言葉が、ふっと礼の脳裏をかすめていく。

「レイ？　眼が覚めたのか。どうした、そんなところで」

しばらくその場で立ち尽くしていた礼は、不意に聞こえた声に我に返った。顔をあげると、携帯電話を片手に、ガウンを羽織っただけのエドが上機嫌で歩いてくるところだ。

「エド……電話だったの？」

「ああ。仕事のな。つまらないことさ。よく眠れたか？　ダーリン」

エドは仕事の話は、いつも詳しく話さない。立場上、恋人とはいえあまり部外者に話せることがないのだろう。するりと話題を変え、甘ったるい声で言うエドに不満はないけれど、ほんの少し淋しいとは思う。なにか言葉にならない、小さな溝のようなものを感じた気がした。それはきっと、先ほど聞いた使用人たちの言葉のせいもあるだろう。

（……お見合いのことだって、なにも知らなかったし）

エドは礼に、一体どれだけ、話していないことがあるのだろう？

イギリスと日本。普段は、飛行機にして十二時間離れているから、勘ぐるようなこともなかった。けれど――。

――俺を、諦めないでくれるか？

ふと耳の奥に、エドの声が蘇《よみがえ》った。情事の最中に聞いたはずだ。

あの言葉は、どういう意味か問おうとして、けれどなぜだか言えなかった。せっかく楽しいはずのイギリスの滞在を、まだ二日めなのに深刻なものにしたくない。難しい話は、あとでもいいじゃないか……という、ずるい気持ちが、礼の中に湧く。

「レイ？　どうしたんだ。なにか嫌なことでもあったのか？」

エドは、心配そうに顔を覗き込んでくる。礼はハッとして顔をあげた。

「九年ぶりのイギリスは……お前の思い描いていたのと、変わってたか？」

珍しく、言いよどみながら訊いてくるエドに、礼は慌てて首を横に振った。

「ううん、エド。違うよ。少し……仕事のことが心配になっただけ。上手くやれるのかなって」

「そうか」

エドはホッとしたように息をつくと、優しく礼の腰を引き寄せて髪に口づけ、鼻先を頬に擦り寄せてきた。まるでネコのような、あどけない仕草がくすぐったく、礼は思わずくすくすと笑った。

「大丈夫だ。俺がついてる。俺はエドワード・グラームズだ。それも、鬼のな」

「……そうだったね」

エドの冗談のおかげで、礼は不安がまぎれていく。笑いながらエドの背に腕を回すと、エドの口づけがそっと落ちてきて、礼は眼を閉じた。

「幸せなはずなのにため息？　レイ、なにか気がかりでもあるの？」

その日、ため息をついた礼に、そう訊いたのは向かいに座るジョナス・ハリントンだった。

昼の十二時。場所はハムステッドのパブだ。

カフェ風の店内は明るく、そこそこに混んでいて賑《にぎ》やかだった。

暦も一月に入り、クリスマス休暇は終わっていた。今日は仕事はじめの一月四日。

幸い、今年は二、三と週末にあたっていたので四日から通常運転の企業が目立ったが、日本と違ってイギリスの年末年始は短く、公休は一日だけだ。いつもより休みが長かったから雑事がたまっていると、今朝はエドも慌ただしく会社に出て行った。

「ねえ、もしかしてエドに苛《いじ》められてないよね？」

ジトっとした眼で訊いてくるジョナスに、礼は苦笑した。

ジョナスは礼にとって、家族同然の親友だ。

普段は香港《ホンコン》で家業を手伝っているが、クリスマス休暇でイギリスに帰国し、そのまましばらくこちらの本社で働くという。生まれは庶民だが、ハイソサエティに出入りしているジョナスは、それも納得するほどの美貌《びぼう》の持ち主だ。女性のような細面に、亜麻《あま》色の髪、琥珀色の瞳は長い睫毛に縁取られている。

彼とはパブリックスクール時代に知り合い、それからもずっと、連絡を取り合っている。たおやかな見た目とは違い、芯《しん》が通り言うべきことをはっきり言うジョナスは、礼を弟のように思ってくれている。学生時代から九年、エドへの恋心を一番相談してきたのも、やっぱりジョナスで、礼が郊外にあるグラームズの屋敷から、便の良いハムステッドのフラットへ移ってきたことをメールすると、「昼に行くからランチしようよ」と誘ってくれた。

しかし自分でも、「天涯孤独の礼の、家族代わり」を公言しているジョナスは、少々礼に過

保護で、エドに厳しいところがある。今も疑いの眼を向けられ、

「苛められてなんかないよ――、むしろ、エドはすごく優しくて……驚くくらい」

礼は急いで、ジョナスの誤解を解こうとした。

実際、十二月二十七日にイギリスに着き、そこから一月二日までの実に七日間、礼はエドとグラームズの屋敷に籠《こ》もりきり、なにをしていたかというと――。

「えっ、どこにも行かずにセックスだけしてたの⁉　セックスだけ⁉」

ぎょっとしたように言うジョナスに、礼はまっ赤になって「ジョ、ジョナス、声が大きいよ」と言ったものの、それは事実なので、その反論も空しかった。なにしろ、エドは一回や二回出したくらいでは満足できないほうなのだ。礼はいつも失神するまで相手をさせられ、起きるとまた再開――の繰り返しだった。しかしそんなことを、あけすけに言えるはずもない。

「……よくやるね。まあ、久しぶりだから仕方ないか。じゃ、そのため息は疲労のため息か。幸せってことだ」

呆れ半分、といった様子で言うジョナスに、礼はなにも言えずに赤くなる。恋に溺《おぼ》れた恋人たちの、とんだノロケを聞かされた。ジョナスはそう思っているだろう。けれど礼は、それほど浮かれているわけでもなく、少しだけ、悩んでもいた。

エドと過ごした七日間は最初から最後まで甘ったるく、日本を発つときに礼が夢想していたのと同じ、夢見心地の日々だった。けれど礼の頭の片隅には、二日めの朝、偶然立ち聞いてし

まった使用人の言葉がこびりついていて、どうしても離れてくれなかった。

——男で、アジア人。貴族でもない自分。

そのことがどうにも気になってしまう。

（……やめよう。エドとのことを考えてばかりいても、仕方ない。七日も休んだんだから、今日からはしっかり働かないと——）

エドだって昨夜までは礼にべたべたとくっついていたけれど、朝になるとさすがに切り替えて、フラットを出て行った。礼だって負けてはいられない。イギリスに長期出張が許されているのは、それだけ大きな役目を負ってきたからだ。

「それより、ね、実はジョナスに訊きたいことがあるんだ。デミアン・ヘッジズって芸術家のこと、知ってる？　リーストンの卒業生なんだけど……」

ジョナスは頼んだコッド・チップスを食べながら、「デミアン・ヘッジズ？」と、その名前を繰り返した。

デミアンは明らかに変わり者のアーティストだ。

イギリスでは、力のある芸術家はギャラリーと雇用契約を結ぶことが多いが、デミアンはそうではない。窓口となるギャラリーやエージェント、あるいはパトロンもおらず、連絡先は簡素なホームページに書かれたメールアドレスだけ。ヨーロッパのコンテストで何度か入賞しているが、大きな展覧会には飾られたことがない。ファンが多いのでギャラリーに出ればすぐ売れてしまうそうだが、多くは彼が手元に残しており、個展でしか飾られないものがほとんどだ。国立美術館が交渉を要請してきたのも、そうした作品のうちの一つだった。

「インタビューにもあまり答えない人で、彼自身のポートレイトはどこにも載ったことがないんだ。同じリーストン出身だからって僕が担当になったんだけど……」

礼自身、デミアンの作品には詳しくない。やりとりはメールで何度かした。最初は送っても送ってもなしのつぶてだったが、簡単なプロフィールのなかに、「五年生までリーストンに通った」と書いたところ、やっと返事があった。

しかしその返答も、会える日時がいくつか列挙されただけの簡素なもので、彼がどういう人間なのかは、結局のところよく分かっていない。

こうも勝手が違うと、さすがに作品を貸してもらえるのか不安だ。礼はジョナスに、カバンの中から、持っている資料を見せた。

「国美が指定してる作品はこれなんだ。『醜悪と美　作品群』……」

礼が広げたのは、かつてロンドンで開かれたデミアンの個展の、簡単な図録だった。特定のパトロンやギャラリーと契約をしていなくても、彼が個展を開くと言えば協力者は多いという。国立美術館が借り入れを熱望している作品は、今もデミアンが所有している。

タイトルに作品群、とあるように、それらは四号キャンバスの六つの連なりから成るもので、牛や鶏、鮫《さめ》や蛇、あるいは人間などが、キャンバス一つにつき二体、荒々しくもどこか歪《いびつ》で繊《せん》細《さい》な線で描かれていた。特徴的なのは、その絵のどれも、なにかしら対をなし、そしてもれなくグロテスクなところだ。例えば、牛の絵は白牛に黒牛が並んでおり、上半身はどちらもごく普通の牛だが、下半身は骨や肉の剝けた姿だったり、人間の絵は、美しい女性と醜い女性、二人ともの顔半分が溶けて目玉がこぼれていたりする。

「……悪趣味だね。あまり好きにはなれない」

ジョナスは顔をしかめ、礼も好きかと問われると確信を持って頷くことはできないのだが、美術分野に携わる者としては、デミアンの作品は挑戦的で、面白く感じた。

「今度の企画展は『現代ヨーロッパのデザイン』がテーマなんだ。彼の作品、デザインと捉《とら》えると、インパクトがあっていいと思う」

「そう？　……まあ、ポストカードに向いてるかもね」

ぽつりとジョナスは呟き、それから皿の料理をきれいにたいらげていった。

それ以上なにも言わないので、デミアンを知らないのかと思っていると、食べ終えたジョナスが意外にも「覚えてるよ」と答えた。

「彼とは美術史の授業で一緒だったよ。キングスカラーで目立ってたから、印象に残ってる」

「デミアン・ヘッジズは、キングスカラーだったの？」

礼は驚いて身を乗り出した。

キングスカラーとは、特に成績優秀な、わずかな生徒にのみ与えられる特権で、リーストンでは授業料が免除になるほか、寮も特別に用意されており、正装の際、長い黒のローブを着ることが許されていた。黒いローブは『知』の象徴であり、スポーツで秀でる者や、権力を持つ寮長や監督生と並んで、一目置かれる存在だった。

「当時から突出して絵は上手かった――ただ、やっぱり少し変わってた。僕は一度、彼にこう訊ねられたんだ。純粋な庶民なのに、貴族の連中と仲良くするのは、どういう気持ち？　って」

「え……」

そのあけすけな言葉に礼は驚き、ジョナスを見返した。

ジョナスは淡々とした顔で、「あのときは十三歳で、急にケンカを売られたのかと思って、緊張したよ」と肩を竦めた。

リーストンは全生徒が貴族の子女といっても過言ではないくらいの、いわゆるお坊ちゃま学校だ。庶民の身分で入る肩身の狭さなら、礼だって嫌というほど知っているから、ジョナスがそう言われたときに相当戸惑ったのは想像にたやすい。

「デミアンは貴族なの？」

「どうかな……ヘッジズの姓は社交界じゃ聞かないし、さほどの名家じゃないとは思うよ。子爵以下のレベルになると、さすがに僕も知らない。ただ、リーストンに入学できるんだから育ちは悪くないと思う。彼と親しくしてた人は、いたのかな。授業ではいつも一人だった」

肩を竦めるジョナスに、礼はますます、デミアンの人となりが分からなくなる。

「……キングスカラーだったたってことは、すごく頭が良い、勉強のできる人で、努力家でもあるんだよね。なんだか、作品のイメージとは合わないな……」

キングスカラー。日本語で言うなら、王の給費生。

国王がその学生の知と努力のために、金を出そうというような、いわば優等生である。

普通、キングスカラーならオックスブリッジに進み、研究職や教授職に就くものだ。けれどデミアンの作風は言ってみればアンダーグラウンドで、反抗的で、とても優等生風とは言い難かった。もちろんそれが、若者を魅了しているのだが。

（……本当に、作品なんて借りられるんだろうか？）

礼は不安が募るのを感じた。リーストンの卒業生、のコネを使おうにも、あまりあてにはならなさそうだ。となると正面からぶつかるくらいしか手はない。とはいえたった三ヶ月の期間に、彼の信頼を勝ち得るにはどうすればいいのか、情報が少なすぎて手土産《みやげ》一つさえ思いつかない。黙り込んでいると、後ろから、

「そんなに悩まなくても、なんならきみにはすごい強みがあるじゃない」

という声がして、礼はハッと顔をあげた。

「……オーランドッ？」

ジョナスの隣の席をひき、当然のように座る男を見て、礼は思わず眼を丸くしていた。

次の瞬間、胸に広がる、懐かしさ、嬉しさ、感動――。それらが一緒くたになった、言葉では言い表せない喜びに、礼は思わずいっぱいに笑みをこぼしていた。

それはオーランド・マーティン。

イギリスに暮らしていたころ、パブリックスクールでできた初めての友だちだった。

礼とは同い年だが、学年は一つ上だ。フランス帰りの編入生で、当時は変わり者だと揶揄《やゆ》されていたけれど、ジョナスのいとこらしく、モデルのように整った顔だちをしている。そのオーランドは、仕事中に会社を抜けて来てくれたのか、スーツを着ている。ただ彼らしく、ノーネクタイで首もとにはスカーフを巻いており、フランス風のいでたちがお洒落《しゃれ》だ。長めの髪に、いつも楽しそうなハシバミ色の瞳。今日もその眼は悪戯っぽい笑みを浮かべて礼を見ていた。

「レイ。可愛いコマドリくん。お帰り。きみがここにいるって聞いて、勝手に来ちゃったよ。お邪魔だったかな？」

身を乗り出したオーランドに、礼の胸は弾んだ。

「邪魔なわけないよ。オーランド……来てくれるなんて」

会えたことは素直に嬉しかった。イギリスに来ることが決まったとき、一応すぐに連絡は入れておいたのだが、オーランドは家業が忙しくいつ会えるか分からなかったのだ。ハムステッドはロンドン内とはいえ、オーランドの会社からは少し離れている。わざわざ来てくれるとは思っていなかったから、予想外の喜びに笑顔を見せると、オーランドは嬉しそうに眼を細め、頬と額に、啄《ついば》むようなキスをしてくれた。

「ボクだって。またきみにイギリスで会えるなんて、嬉しいよ。コマドリくん」

……コマドリくん。

その呼び名が懐かしく、礼は眼を細めた。

十六歳のとき、オーランドがそう呼んでくれた日から、礼の運命は動き出したのだ――。

そのことを、今でもはっきりと覚えている。彼がいなければ、礼はエドとは結ばれていなかっただろうし、こうしてイギリスに来るようなことも、二度となかっただろうと言い切れた。

家族のように近しく、誰よりも親しく付き合っているのはジョナスだが、オーランドは礼にとって、別の意味で特別な人だった。

人生の導き手、まるで遠く離れていた父親のような、道しるべのような、そんな相手。

心の柔らかな部分で、とても大切にしている存在なのだ。

「オーリー、さっき言ってたことだけど。レイの強みってなに？」

と、感動の再会を割って訊いたのはジョナスだった。その言葉に礼も我に返る。そういえばオーランドは、デミアンの作品借り入れについて、「きみにはすごい強みがある」と礼に言ったのだった。

「オーランド、デミアンのこと知ってるの？　なにか秘策がある？」

思わず意気込んできくと、カウンターでもらってきたカフェオレを飲みながら、オーランドは「なに言ってるの」と呆れた様子だった。

「レイには、エドワード・グラームズっていう最強のコネがあるじゃないか」

「……でも、エドはデミアンのことを知らなくて」

「プライベートじゃなくてビジネスの話だろう？　エドに頼めばデミアンに繋がりのあるツテくらい、すぐに見つけてくれるよ。適度なプレッシャーだって与えてくれる。彼はきみに作品を貸すに決まってる」

さらっと言いのけるオーランドに、礼は一瞬言葉を失った。ジョナスも若干、顔をしかめている。

「……オーリー、レイにそんな腹芸はできないよ」

呆れたようなジョナスの言葉に、オーランドは肩を竦めた。

「できるようにならなきゃ。だってレイは、エドの隣に立つんだ。見た目はコマドリでもいいけど、中身くらい、猛禽《もうきん》になったほうが楽だよ」

オーランドの言葉が礼には解せず、かわりに真っ先に反応したのはジョナスのほうだ。彼は今度こそムッと眉《まゆ》をよせ「やめて、オーリー」と明らかに嫌悪した様子だった。

「変なことを吹き込まないでよ。レイは今のままでいい。社交界のやり方なんて必要ない」

「ジョナス——ボクだってレイを汚したいわけじゃない。ただイングランドにいれば、嫌でもボクらの流儀を身につけることになる。つまり、貴族に対抗する庶民の術ってやつをさ」

ジョナスは本気で腹を立てたらしく、音をたてて席を立つと「行こう、レイ。のっけからこんな話するなんて、オーリーはどうかしてる」とイライラした声をあげた。礼は戸惑い、オーランドとジョナスを交互に見た。一緒に立たない礼を見て、ジョナスはあからさまにムッとしていたけれど、そのときジョナスの携帯電話が鳴りだした。

ため息まじりに電話へ出たジョナスは「定例報告なら秘書から受けたよ」と返しつつ、荷物は置いたまま店の外へ出て行った。

どうやら気を利かせたか、腹立ちで尖《とが》った神経を冷やしにいったのだろう。

「オーランド。……なんとなくだけど、エドの権力を使って仕事をするという話なら、僕にはできないよ。フェアじゃないと思う」

ジョナスの口ぶりから察するに、そういった類《たぐい》の話だろうと言うと、オーランドはふっと口の端だけで笑った。

「レイ……きみは正直で優しい。それはすごくいいところだけど、あんまり純粋すぎると、ハイエナどもにヤラれるよ。ここは日本じゃないからね。ボクは単に、きみが心配なんだ」

「……ハイエナ？」

思わず訊き返すと、「グラームズ家に巣くう金喰い虫どもさ」と答えが返ってくる。礼はドキリとして、オーランドを見つめた。ハイエナという単語は、つい先日も聞いたばかりだ。それは、グラームズ家の使用人の口からだった。

——坊ちゃまに群がるハイエナの輩は黙ってないだろうよ。

彼らが言うハイエナは、エドが礼といることを歓迎しないだろう——そんな話だった。

「もし……勘違いじゃなければ、ハイエナってグラームズ家の……エドの親戚のこと？」

分かってるなら話は早い、とオーランドは頬杖をついた。

「もちろん、他の、きみとエドの仲をよく思わないだろう貴族のことも入ってるよ。そういう人たちはたぶん、きみが思うより多い——」

肩を竦め、オーランドは意地悪で言ってるんじゃないんだ、と付け加えた。

「久しぶりに会えた今日この日に、この話をしたいわけでもなかった。でもたぶん、近いうちにグラームズ社は大規模な人事再編をやるからね。先に言っておこうかと。あ、これはナイショね。ボクが知ってるのはエドとボクの会社が深〜い関係にあるからさ」

唇に人差し指をたて、オーランドは悪戯っぽく笑い、声を潜めた。

（……大規模な人事再編？）

エドの口からは、もちろんだが聞いていない。なにが起こるのか、一抹《いちまつ》の不安が胸をよぎる。

礼は芸術方面には明るいが、世の中の経済には一般人なみに疎かった。

「エドは足許のコンテナ業を主体にした新体制に切り替える方針を打ち出してる。でも、あその会社は他にもいろいろやってるでしょ？」

それは礼も知っている。グラームズ社は海運業を主体としたコングロマリットで、その業種は多岐にわたっている。

「なかにはコンテナより利回りのいい業種もある……もちろんそれは、短期的な話だ。で、エドの方針に反発する人間てのは、大抵視野が狭い。視野の狭い反発分子のなかには、ハイエナの筆頭格もいるって寸法さ」

　だけどエドはそいつを切るよ、たぶん、躊躇いなくね。

　と、オーランドに囁かれて、礼は一瞬息を止めた。

「彼はエドの弱みを探すだろうね。……もちろん一番の弱みはきみさ、レイ」

　止めた息をもう一度戻すタイミングが摑めず、礼は固まっている。オーランドは声を落とし、もはや冗談めかして笑うでもなく、じっと礼を見つめると、言い聞かせるように続けた。

「三ヶ月。イングランドにいる間に、ちゃんとテストするんだ。レイ。きみがこの陰湿な戦場で耐えられる戦士かどうかをね。……ジョナスはああいうけど、持てるもののすべてを利用してでも生き残ることは、なにも汚いことじゃない。世間に紹介されたとき、なにも持たない普通の日本人というより、あのデミアン・ヘッジズの信頼を得た希有《けう》な日本人、のほうがいいだろう？　まあバカげた論評なのは別として。でもね、そのバカげた論評を、利用するくらいの覚悟がなけりゃ——王のそばにはいられない。ボクは、そう思う」

　最後にはニッコリ笑い、オーランドは「嫌な話になったね。なにか甘いものでも頼もうか」と、話を切り上げてしまったから、礼はそれ以上、なにも訊けなかったし、なにかを言うこともできなかった。

――ここは日本じゃないからね……。

なにげなく言われたオーランドの言葉が、警告のように頭の中で繰り返された。

薄い胸の奥で、心臓はドキドキと嫌な音をたてて鳴っている。

甘ったるい生活。三ヶ月という期限付きの、楽しいロンドン出張。

それはもしかして、勘違いだったのではないか。不意に、そんな疑問が礼の中をかすめていき、こみあげてきた不安は、体の中につかえ、わだかまりに変わろうとしていた。

三

やがて昼休みが終わるからと、ジョナスとオーランドはパブを後にし、礼《れい》もエドのフラットに戻ることにした。

ジョナスは別れ際、

「オーリーになにを言われたか知らないけど、気にしないように」

と言ってくれたが、オーランドから受けた忠告はショッキングで、とても忘れられそうになかった。

（……エドには敵がいて、彼らは僕を利用するかもしれない。バカげた論評って、世間の噂《うわさ》かなにかだろうか……）

よく分からないまま、礼はため息をつきつつ、ハムステッドのハイストリートを歩いた。

ハムステッドはロンドン中心部の北西に位置する場所で、閑静な住宅街と大きな公園のある静かな土地だ。ハイストリートはこぢんまりとして洒落《しゃれ》た店が軒を連ね、古くからあるパブなども残っていて、住むには楽しい場所だった。

エドはここに広いフラットを借りており、礼も三月まで一緒に住まわせてもらう。帰り道、礼は夕食に使う材料を買うため、食料品店に立ち寄った。料理は得意というわけではないが、エドよりはできる自信がある。おおよそイギリス人は、日本人よりも食べることにこだわりがない場合が多く、エドももれなくそうだった。

エドの部屋は広々したリビングとキッチン、寝室と書斎のあるフラットで、建物自体は古かったが中はきれいだ。家具はシンプルなもので統一され、グラームズの屋敷とは大分違う。現実的で懐古趣味のないエドの性格がそのまま表れたような部屋だなと、礼はそれはそれで、現代イギリスのスタイリッシュなデザインに囲まれるのを楽しく思っていた。

部屋に戻ってから、夕飯の下ごしらえをし、それが終わるとノートパソコンを起ち上げた。一通りメールをチェックし、日本の編集部から送られてきたPDFに校正を入れて戻す。それから、作品を借りるにあたって、アポイントを取っている作家たちの一覧を見直した。

スティーブン・コールにポール・ロペス、ヒュー・ブライト……彼らとは親しいので後ろに予定をとった。イギリスからほど近い国外の作家たちにはもう一度日程調整のメールを送る。

予定表には、明日の午後に、「デミアン・ヘッジズ」と名前を入れてある。

一体、どういう人なのか――もう一度不安が頭を持ち上げてきたが、礼はそれを振り払った。

（会ってみなければ分からない。会って、話して、考えるのはそれからだ）

頭の片隅には、オーランドから言われた、エドの手を借りろ、という言葉も残っていたけれど、礼はそれも今は忘れることにした。

（……やっぱりそれは、フェアでもなければ、エドに対しても……対等じゃない）

割り切って使えるものは使え、というのは、オーランドらしいといえばオーランドらしい。礼と違い、オーランドはエドと同じく大企業を支える一人で、いずれはその家業を継ぐことが決まっている。そういう人なら、利益を出すためには手立てを選ばない冷徹さが必要だろう。

実際、もしもエドが礼の立場なら――と想像してみると、エドはきっと、権力でもなんでも使って、目的を達成するのだろうな、という気がした。

（でも……絵を借りる借りないは、ビジネスではあるけど、もっと繊細《せんさい》な分野だし……）

第一、仕事のなかに、エドとの恋人関係を持ち込むのがなんだか嫌だ。日本人的な感覚だろうが、どうしても抵抗がある。礼は礼で、プライドを持って今の仕事をしているのだから、まずは自分の力でやりたいと思うのだ。

そんなふうに、悶々《もんもん》と仕事をしているうちに、時間はどんどん過ぎていった。

冬のイギリスはあっという間に日が暮れる。暗くなってから、礼はチキンをオーブンでローストした。ハムとチーズのサンドイッチの他に、卵を茹《ゆ》でてマヨネーズとマスタードで和《あ》え、卵サンドも作った。芽キャベツと根セロリ、人参を茹でて付け合わせる。

シンプルだが、皿に盛るとまあまあ美味《おい》しそうになった。礼は満足してエドの帰りを待った。

居間の窓辺には座り心地のいいリクライニングチェアがある。そこに座り、本を片手に窓の外を眺める。一時間、二時間と過ぎていき、電話を見たがエドからはメールも着信もない。

（遅いだろうとは思ってたけど……いつも何時に帰ってくるんだろ）

今朝出るとき、エドには帰りの時間は聞かなかった。いってらっしゃいと言って、キスしただけだ。しかも、昨夜エドに抱かれたので、だらしなくもベッドの中から見送った。時計が九時半を回っても、エドが帰ってくる気配はなく、さすがの礼もお腹が空いてきた。メールで帰宅時間を訊《き》こうか迷っていると、すぐ下の道路に、高級車が一台滑り込んできた。覗《のぞ》いていると、後部座席から降りてきたのは見覚えのある金髪だった。

（エド！）

帰ってきたのだと思うとつい胸が弾み、礼はチェアを下りて玄関のほうへ向かった。この瞬間ばかりは、やっぱり礼の頭の中は、オーランドから言われたことも使用人から聞いたことも忘れ、ただの、恋する気持ちだけでいっぱいの、単純な人間になってしまった。

外からはツカツカと早い足音が聞こえ、ドアが開く。

飛び込んできたのはスーツ姿のエドで、

「レイ、ただいま。遅くなって悪かった」

駆け寄った礼を抱き締めてくれた。とたんに、ふわふわと優しい気持ちになった礼だが、それも束の間、エドはすぐに離れ、それから「紹介したいヤツがいる」と早口に言った。

（紹介したいやつ？）

突然のことに眼を白黒させていると、背後に人の気配を感じて、礼は振り返った。

そこには見知らぬ青年が一人、立っていた。

エドほどではないが上背があり、すらりとした四肢の、整った顔だちの男だった。黒茶の髪を柔らかく撫《な》でつけ、静かで品の良い佇《たたず》まいに、彼の知性を感じさせられる。ぬけるような白い肌に、髪と同じ色の瞳。すっと通った鼻筋に知的に引き結ばれた唇。

静かに見つめられて、礼は思わずドキリとした。その瞳の中に、じっと礼を観察するような、そんな色が浮かんで見えたからだろうか。

「レイ、秘書のロードリー・クローグだ。ロードリー、こちらがレイ・ナカハラ。俺の恋人だ」

礼はぎくりとした。エドがためらいもなく、礼を恋人、と紹介したからだ。

秘書と言えば、仕事上でのエドの右腕だろう。そんな人に男の、アジア人が恋人だと言っていいのか――礼は戸惑いながらも、子どもではないのだから、とできるだけ平静を装い、お辞儀した。

「レ、レイ・ナカハラです。あなたのお話は……エ、エドから何度か聞いています」

優秀で信頼に足る部下。エドの話ではそういう相手だった。

遠距離恋愛中、何度か電話でロードリーの名前は聞いていた。優秀なので、コペンハーゲンの支社から引き抜いたとも言っていたはずだ。エドの眼鏡《めがね》にかなうのだから、よほどの人材なのだろうと、礼も感心した覚えがある。意外だったのは、彼が思った以上に若く、エドともさほど年が離れて見えないところだった。

挨拶《あいさつ》をすると、ロードリーは「ロードリー・クローグです。お見知りおきを」と静かに返してくれた。

それにしても、秘書と自分を会わせるとは、エドはどういうつもりだろう。

頭の隅には『ハイエナ』の単語がちらつき、礼はロードリーが自分の味方かどうかはかりかねて、緊張してきた。自分が仕える社長の、男の恋人など——普通、秘書から見れば疎ましい存在ではないだろうか？　そうでなくとも、品のある佇まいからロードリーは貴族、あるいはそれに連なる家の出に見えたし、庶民で混血児の礼をどう思っているかは分からなかった。

（どうしよう……なにを言えば？）

自分が必要以上に緊張していることを、礼は感じずにはいられなかった。こんなことは、日本ではそれほどなかったと思う。

頭の上に、庶民や男、アジア人、という言葉が、ちらちらとよぎっていくのが、礼は自分でもなんだか情けなく、恥ずかしい気がした。

「レイ、お前、俺に見せてくれたリストがあっただろう。お前の仕事の、担当作家のリストだ。あれと、大まかなスケジュールのファイルなりメモがあるなら、それをロードリーに渡してやってくれ。心配しなくてもすぐに返す。書斎にはコピー機もスキャナもあるし、タブレット端末も持ってきてあるから」

けれどエドにそう言われたときには、さすがに礼は緊張も忘れ、なんのことだか分からずに大きく見開いた眼をしばたたいた。

「もし他にも、会う日が決まった相手がいるなら……ああ、直接ギャラリーに赴くなら、その担当者の名前も教えてほしい。普段の編集作業はどこでやる？　この家か？　そうでないときもあるだろう。急な変更のために、クラウドサーバーにスケジュールのソフトを入れてある。お前の端末で入力した予定を、そのまま同期できる仕組みだ。アクセスできるのはお前以外には、俺とロードリーの三人。これならお前の予定を、瞬時に知れる」

「エ、エド？」

「俺も頻繁《ひんぱん》に覗けたらいいが、仕事上そうもいかない。ロードリーならスケジュール管理は得意分野だ。俺の他にお前の分くらい増えても、そう負担は変わらないからな。作家やギャラリーへのアポも、こいつが手伝ってくれるそうだ。そこは任せるといい」

「……エド。ちょ、ちょっと。ちょっと待って」

礼は慌てて、エドの言葉を遮《さえぎ》っていた。

なにかありえない、考えてもみなかったことを言われた——そのことだけは分かって、まだ混乱したまま、礼はこめかみに手を当てた。ちらりとロードリーを見たが、彼は無表情で、なんの感情も見せていない。

「あの……僕の勘違いじゃなかったら……きみは、きみの秘書に、僕のスケジュール管理をさせたいの？　しかも、作家とのアポイントを、僕じゃなく、彼にとらせたいと？」

「なにか問題が？」

エドは悪びれたふうもなく肩を竦《すく》め、礼はそれに、呆気《あっけ》にとられてしまった。

（な、なにを言ってるんだろう。この人……）

出会ってからこの十三年間で、何度か思ったことを、久しぶりに思った。

エドの思考回路が分からない。困惑して言葉を探していると、エドはさらに話を続ける。

「必要なら、作家やギャラリーの担当者と会うのに、ロードリーを連れていくといい。こいつは車も運転できるしな。デミアン・ヘッジズだが、改めて調べた。難しい人間のようだから、お前、そいつと会うときはロードリーを連れて行け。なにか役に立つはずだ」

なにを勝手に決めているのか——。

礼はまだ呆気にとられていたが、エドがテーブルの上に置いてあった携帯電話を勝手にとって、ファイルを出そうとしはじめた時点でハッと我に返った。

「エ、エド。やめてよ」

思わず飛びつくように携帯電話を取り返し、ポケットにしまう。エドはムッとしたように眉《まゆ》根《ね》を寄せる。

「なぜ拒む。いい話だろう。お前の仕事は捗《はかど》るし、俺はお前の予定を知れる。互いに効率がいい。それに、余計な心配をしなくてすむしな」

「余計な心配ってなに？」

「お前が作家の餌食《えじき》になってないか、悩まなくてすむってことだ。ロードリーがそばにいれば、逐一俺に報告がくるわけだから」

「……きっ、きみは僕を監視するつもりなの⁉」

　さすがにカッとなり、礼は怒った声を出していた。エドは「監視じゃない。効率の話だ」と言った。

「この国じゃ、俺の助けを借りたほうが上手《うま》くいく。合理的な話をしてるだけだろう？」

　言われて、礼はますます困惑した。エドの考えが理解できず、とにかく、と急いで言葉を継いだ。

「僕の行動をいちいち報告させたりしないで。大体、クラウド上に僕の予定をさらすのに、きみのほうは公開しないんでしょ？」

「俺の仕事は複雑だし、守秘義務がある」

「ぼ、僕の仕事だって守秘義務くらいあるんだよ。どの作家さんといつ会うかを漏《も》らすなんて、それこそ一級のプライバシー侵害だ」

　けれど礼の反論をきいても、エドはふん、と小馬鹿にするように嗤《わら》うだけだった。

「ベッドでは俺に教えるのに？」

「……教えたのはベッドじゃない！」

「似たようなものだろ。すぐに俺に抱かれたんだから」

礼は真っ赤になって、エドを睨《にら》みつけた。なんてことを言うのだろう――初対面の、ロードリーが見ている眼の前で。

大体、エドに誰を担当するか教えたのは、エドを信頼しているからだ。礼だって、エド以外には簡単には話さない。もちろん、ジョナスやオーランドなど、作家の紹介をしてもらえそうだと思えば話すが、それだって彼らの口が硬いからであって、仕事仲間以外と共有するつもりは毛頭ない。

「……仕事は一人でやります。スケジュールのことは……ロードリーさんのお気持ちはありがたいけど、自分でやれますし、エドが心配なら朝予定を伝えておくし、同行者は必要ない。作家さんにだって失礼になる」

一体今のやりとりをロードリーはどう思っているのか。自分をどう思われたか。

礼は怖くて、まともに顔をあげられなかった。自分がロードリーの立場なら、きっと上司がこんなことを言い出すような、面倒な恋人の存在を、疎ましく感じるに違いない。

けれどきっぱり断っても、エドはまるで退く気配はなかった。

「なんの意地を張ってるんだ。この国で、俺の後ろ盾があるのになぜ使わない」

舌打ちし、エドは理解に苦しむ、といった顔で、窓際のリクライニングチェアにどさっと腰を下ろした。ロードリーはなにを思ったか、すうっとキッチンのほうへ行ってしまう。礼はエドを追いかけ、その横のスツールに座った。

「後ろ盾なら他にもあるよ。日本のナショナルギャラリー、それと丸美《まるび》出版の名前」

言うと、エドは眼を細め、ハ、と明らかに嘲笑《ちょうしょう》した。

「お前のリストにあがっていた作家……お前が、リーストン出身だからだろう。貴族の連中ばかりだった。やつらがそれほど純粋に、お前の後ろ盾とやらを信じると？　そんなものより、俺の名前を出したほうが楽なのは眼に見えてる。グラームズの名前を言えばいい。ヨーロッパのどこでも通じる。もちろん、手紙だって書いてやるさ。俺直々に、直筆でな。俺の信頼するレイ・ナカハラ。彼をあなたがたに紹介したい。そう言えば、二つ返事で絵でも宝石でも貸してくれる。これについては疑う余地はない。権力は使うためにあるんだ。日本でなら躊躇《ためら》うのも分かるが、ここでは不要な感傷だ」

言い切られると頭がくらくらした。信じられない。エドは礼のしている仕事を、なんだと思っているのだろう。

「……そんな簡単なものじゃないよ。……そんな、そんなふうにきみの名前を使うだけでどうにかなるわけない……。作品は作家の命なんだよ」

「レイ。……俺だってそれくらい分かってる。だが家臣は、王に命を預けるものだ。そして俺は、お前の作家たちにとっては、王になりえる名前を持ってる。つまり俺の名前は信頼そのものだ。分からないか？　ただ、それだけのことだ」

「やめて。もうこの話は終わりにしよう。きみとは感覚が違うんだもの。僕が誰かと会うと、すぐに浮気したと思うし――」

いくら話しても平行線だ。断ると、とたんに、エドが少し声を大きくした。

「あのなあ、レイ。俺は単純な嫉妬《しっと》や独占欲で言ってるんじゃない――そりゃ、それもある。あるがな、それ以上に効率と、合理性の話をしてる。分からないのか？　個人の話じゃない、国の話だ。次元が違う」

訴えるように言ってくるエドに、礼は困惑した。

（国の話……？）

「お前が相手する貴族は……次男坊や三男坊ばかりだ。爵位を継ぐ俺と違ってなんの責任も義務もない。日本から来たいたいけな編集員をだまくらかして、作品を貸すかわりに抱かせろと言うくらい、わけないヤツらだ。なかには睡眠薬を嗅《か》がせて、ベッドに運ぶようなやつがいないとも限らない。広い屋敷に連れ込まれたら終わりだ。助けは絶対に来ない」

言い聞かせてくるエドに、礼はしばらく口を開けてぽかんとしていた。

怒りが湧《わ》いてきたのは、聞き終えて数秒後だ。内側からふつふつと迫ってくるそれは、悔しさにも似ている。

「……ちょっと待って。仮にも海外に招かれるほどの作品の作家だよ？　よく知らないのに、彼らを最初から強姦魔《ごうかんま》扱いなんて……」

「ブライトにロペスにコールのことならよく知ってる。日本じゃおとなしく猫をかぶっていただけさ。お前に気に入られるようにな。こっちじゃ相当遊んでる」

「……こっちでどうかは関係ないでしょ。ブライトなんて、年末に僕が頼んだら、他の予定を繰り上げて日本に来てくれて——気むずかしい写真家のデューイと、何度も何度も交渉してくれた」

「バカ言うな、こっちでどうかがそれが重要なんだ。ここは日本じゃないと言ってるだろうっ？」

エドはとうとう我慢を切らせて怒鳴り、足をドンと踏みつけた。

「大体——大体、なんなんだ？　俺は会うなとは言ってない。誰と会うか教えろ、危なそうなヤツのときにはロードリーを連れて行け……そう言ってるだけだろうが！　それを拒むってことは、なにか疚《やま》しいことでもあるのか！」

「……は、はあっ？」

礼はさすがに驚き、困惑してのけぞってしまった。ものすごい言いがかりだ。まるでエドだけが常識的で、礼が意地っ張りのような言いぐさだ。

「な、なに言ってるの？　疚しいことなんてあるわけないでしょっ？」

大体礼は、イギリスに来てからの七日間、ずっとエドと二人きりだった。部屋にこもって、一日中礼を抱いておいて——それも、気絶するまで何度も何度も——どこからそんな言葉が出てくるのだと思う。

「あの、あのねえエド。この際だから言うよ。僕は普通の男で……同性愛に抵抗がない作家から、好意は持たれてるけど……彼らはべつに、ある程度好みなら、相手が僕じゃなくてもそういう気持ちを持ってる」

けれど礼が言うと、エドは忌々《いまいま》しげに舌打ちした。

「本気で言っているのか？　お前がそんじょそこらの女よりずっと魅力的だと、そろそろ自覚しろ。体だってな、あそこの具合が最高にいい」

「な、なにを言ってるの」

礼はまっ赤になってエドの言葉を遮った。

「遊び慣れてるとな、なんとなく分かるんだよ。ベッドでそいつが美味《うま》いかどうか……俺は最初から思ってた。レイはたぶん、仕込めばすぐ覚える。初めから、男に抱かれるためにできたような体をしてると」

「……っ、そ、それをまさか褒《ほ》め言葉で言ってるんじゃないよね？」

なんだかものすごく侮辱《ぶじょく》された気持ちで震えていると、エドは大真面目に付け加えた。

「ふざけるな、誰が褒めてるか。お前がそんな体じゃなきゃ、こっちだってもっと呑気《のんき》に構えていられたんだ！」

怒鳴られ、礼は唖然《あぜん》とした。なんという勝手な言いぐさだ。

「大体、ここにいれば俺以外とも試したくなるかもしれないぞ」

ぷい、とそっぽを向いていじけたことを言うエドに、礼はもうなにを言えばいいのか分からない。声は出ずに口だけをぱくぱくさせ、怒りで細い体を震わせる。

「……道楽貴族なら金はあっても、義務はない。俺のような責任も……面倒ごともな。イングランドにいて、やつらに求愛されれば……お前は俺じゃなくてもいいと思うんじゃないのか」

まるで自分の気持ちを信じていないようなエドの言葉に、礼はショックを受けた。

（な、なんでそんなこと言うの……僕がエド以外を選ぶなんて、本気で思うの？　八年もかけて――やっと結ばれたばかりなのに）

エドはまだそっぽを向いたまま、窓の外を睨むようにして見ている。

二人の間に張り詰めた沈黙が落ち、互いに黙り込んだままどうにもできないでいると、不意に「エド、レイ様」と声がかけられた。

ハッとして振り返ると、いつの間にかロードリーが立っていて、手に大きなトレイを持っている。トレイに載っていたのは、礼が作った夕食の皿と、香りの良いホットワインだった。とはいっても、それは一人分で、もう一人分はサンドイッチも茹で野菜も、ワックスペーパーにきれいに包んであった。

「申し訳ありませんが、お時間です。エドはフライトでしょう。着いてすぐ会議ですから、遅れては困ります。シモンズからはさきほど連絡があり、空港で待機しているとのことですよ。

レイ様も、お食事をなさっては？　キッチンのサンドイッチ、エドの分は包ませていただきました」

ロードリーの眼は静かで、口調も事務的で、淡々としていた。

「……は、はい。……あ、ありがとうございます」

差し出されたトレイには、スプーンやフォークもきちんと載っている。エドは荒々しくため息をつき、サンドイッチの包みをわしづかみにすると、チェアを立ち上がった。

「レイ様、エドはアメリカにフライトです。戻りは明日の夜更けです」

ロードリーに言われ、礼は戸惑いながらも、「あ、は、はい」と頷《うなず》いた。それをなぜ、エドが言わず彼が言うのか、とは思ったが、もしかしたら気を利かせてくれているのかもしれない。

「ロードリー、レイにメールのアドレスを渡しておけ。レイ、スケジュールのファイルなりメモを、ロードリーにメールしろ。追ってスケジュール管理の方法を伝えさせる」

だから僕は、それはしないって――と、言おうとしたけれど、エドはさっさと玄関に向かったので、礼は口をつぐんだ。

ロードリーは先ほどまでの言い争いを聞いていたのか、なにを考えているのか、うつむいた礼をちらりと見ている。エドに名前を呼ばれると「アドレスは、玄関のカウンターに置いておきます」とだけ言い、お辞儀をしてその場を立ち去った。

けれど見送りにいけず、じっと座っていると、やがて玄関からバタバタと足音がして誰かが戻ってきた。見ると、エドだ。

いじけた顔をしながらも、エドは「レイ、仲直りのキスは？」と怒ったような声で言った。まるでやんちゃでわがままな、子どものような言い方だ。びっくりして眼を丸くしていた礼は、やがて気が抜けて笑ってしまった。

立ち上がり、ふて腐れた顔のエドの頬《ほお》に背伸びしてそっとキスをする。エドはまだいじけた──けれどわずかに気が済んだような顔で、

「……怒鳴って悪かった。だが考えておいてくれ」

そう、囁《ささや》いた。

しおらしくされると、礼は弱ってしまう。嫌だとは言えず、黙り込んだ。ただ、「仲直りしにきてくれて、ありがと」とだけは言った。喧嘩《けんか》したままで行かないでくれた、エドの気持ちは嬉《うれ》しかったのだ。

エドはちらりとレイを見て、こめかみにキスすると、今度こそ踵《きびす》を返した。礼も、今度は追いかけて、玄関先で見送った。ステップの下で待っているロードリーの、無感情な視線と一瞬眼が合い、ドキリとする。

（……効率と合理性、かあ。……いつもみたいに、嫉妬してるんじゃなくて？）

エドが車に乗り込み、行ってしまうと、礼はしばらく冷たい外気にあたりながら、玄関に立って考え込んでいた。

……個人の話じゃない。国の話だ。

必死になって、どこか訴えるように言っていたエドの声が礼の頭の隅に燻《くすぶ》り、なかなか、取れそうになかった。


翌朝、キングサイズのベッドで眼が覚めた礼の隣は空っぽだった。エドはロードリーが言っていたとおりアメリカに飛んだらしく、携帯電話にメールが届いていた。そこには今夜遅くには帰ることと、礼の予定をロードリーに伝えるようにという指示、それからデミアン・ヘッジズとの会見日を一日ずらすように、それならロードリーが同行できるし、自分も根回ししてやれる、ということが書いてあり、礼はどうしたものかとため息をついた。

(予定をずらせなんて……できるわけない)

エドはなにか、礼が一人で仕事をすることに大袈裟《おおげさ》な心配を寄せている。

それは分かったし、どうやら嫉妬だけで言っているわけではない……のかもしれない。もっとも礼にはよく、分からない。

(イギリスで仕事することが、日本と違うのは分かるけど……でも、僕だって一応、ここに暮らしていたことはあるし)

それにいちいちエドに頼っていては、なにもできなくなってしまう。

礼はフライトへのねぎらいだけを書き、スケジュールについては無視することにした。下手に反論しても言い争いを繰り返すだけだし、デミアンに会うのは今日の予定だ。アメリカにいる間にさっさと会ってしまえば、エドも手出しできないだろう。礼が一人でちゃんとやり通せば、エドも安心してくれるはず。

礼はとりあえず、そう考えることにした。

そうして礼はその日、午前遅く、日本から持ってきた手土産《みやげ》を片手に、少し早めにエドのフラットを出た。地下鉄とバスを乗り継ぎ向かった先は、閑散とした田舎の町だった。

バス停を降りると、ハイストリートは小さな商店やパブがぽつぽつとあるだけで、閑散としていた。観光地として来るような人はいないのだろう。通行人はほとんどいなかったが、たまに通る人たちは日本人の礼を見ると、珍しげに振り返る。道路にはまばらに雪が残り、荒れた灌木《かんぼく》があちこちに野放しになっていた。

（えーと……多分この大通りをまっすぐ……）

もらった住所を検索し、インターネットの地図を印刷して持ってきていた礼は、赤く丸をつけた目的地まできょろきょろしながら向かった。行く道々も物寂しく、どこか荒れた雰囲気だった。住宅と住宅の間を吹き抜けていく風は寒く、礼はコートの前をぎゅっと握って閉めた。

迷いながらなんとかたどり着いたところにあったのは、大きく古めかしいガレージだった。手前の庭は手入れされておらず、枯れた雑草が雪に埋もれている。ガレージの奥には、石造りのボロ屋があったが、玄関が見えない。礼はしばらく入り口を探し、それからようやく、ガレージの脇に小さなインターホンがあるのを見つけた。他に家らしき建物はない。

(……もしかして玄関はガレージ? 一体どういう作りなんだ)

他に押せるものもないし、早めに出てきたわりに、迷ったせいで約束の時間はもうすぐだった。礼はとりあえず、そのインターホンを押した。それはボタンだけのもので、最新の通話機能などはついていない。ドキドキして待っていると、ややあってから、ガタガタとガレージの壁が音を鳴らした。と、鉄の錆《さ》びた音をキイキイ響かせて扉が開き、中から若い男が一人、ぬうっと顔を出した。

「メールくれた人?」

つっけんどんに訊かれて、礼は反射的に「は、はい」と頷いていた。

入って、と続けられ、慌てて開いた扉をくぐる。ガレージの中はガランとしていたが、対流式のストーブがついていて温かく、大小様々なキャンバスや、なにが入っているか分からないバケツやポリ缶、スチール製の作業台が数脚、椅子《いす》や画材まみれの古びたカウチなどが乱雑に、無造作に置いてあった。

「あの、デミアン・ヘッジズさんでしょうか? 私は、レイ・ナカハラと言いまして……」

素っ気なく、乱暴とも言えるアトリエの様子に礼はどぎまぎしてしまった。イギリス出身で親しくしている作家は何人かいるが、彼らにアトリエの写真を見せてもらうと、みんな雑誌に出てきそうな洒落たインテリアに、最新の機器を取り揃《そろ》えているのが普通だった。

やはりデミアンは彼らとは違うのだ。緊張しながらも、急いでコートを脱ぎ、名乗る。けれど入れてくれた男は「ああ、いいよ。名前なんて意味がない」と礼の声を遮ってしまった。

短い言葉だったが、そこには彼の他人への無関心と拒絶がはっきりと表れている。

礼はショックを受けたが、一方で彼のアクセントがたしかにパブリックスクールイングリッシュであることも知った。ということは、彼がやっぱり、デミアン本人なのだ。

礼はさっと、デミアンの姿を確かめた。

背はイギリス人の平均身長より高いほうだろう。けれど体は細身で、ひょろっと長く、スポーツなどはしていなさそうな体つきだった。濃い灰色のパーカーに、スウェットのゆったりしたパンツを穿《は》き、クセのある黒髪は伸びたまま、顎《あご》の髭《ひげ》も剃っておらず、ちょろちょろと薄く生えている。眼だけは深い青で、肌の色も白く、髪と髭さえ整えれば美形かもしれないと思われた。しかしデミアンは身なりに構わない性質《たち》なのだろう。鼻の上にかけた眼鏡はフレームが歪《ゆが》んでいて、昼日中の日本を歩いていれば、間違いなく職務質問を受けそうな、ようは宿なしめいた雰囲気だった。

（やっぱり、変わってるみたいだ……）

礼が親しくしているイギリス人作家はみんなスタイリッシュで、清潔で、お洒落に気を遣う。デミアンはここでも、彼らとは真逆らしい。

（リーストンに通っていたそうだけど……貴族出身じゃないのかな？）

貴族出身者なら、もう少し見てくれを気にしそうだと思うのは偏見だろうか。

礼は戸惑いながらも、持ってきた手土産を差し出した。

「これは日本の洋菓子です。珍しいものではありませんが、よろしければ……」

老舗《しにせ》ブランドの焼き菓子を差し出すと、デミアンはふうんと箱だけ見て、作業机に載せてしまった。ポケットからシガレットを取り出し、火を点《つ》ける。

「きみ、俺の作品を借りたいんだっけ。希望作品は『醜悪と美』？」

いきなり本題に入られてドキリとしたが、礼は「そ、そうです」と言いながら身を乗り出した。

「メールでもお伝えしましたが、企画展は来年です。ヨーロッパの現代芸術をデザインの点から捉《とら》え、若い世代にも美術に触れてもらうきっかけにしたいと……あなたの作品は日本でも大変話題なんです。もちろん私自身も、わずかな資料を拝見しただけですが……あなたの作品の斬新さは、他にはない魅力だと……」

礼は交渉のとき、作家には嘘は言わない。心から思っていることを伝えようと言っていると、やがてデミアンが「いいよ、そういうのは。いつも大体同じことを言われるから」とにべもなく言う。眼鏡の奥で、青い瞳はつまらなさそうで、礼は失敗したかと口をつぐんだ。

と、デミアンはなにを思ったか「来て」と素っ気なく言い、礼を手招きした。

きちんとした挨拶もできないままだったが、礼はおとなしくついていくことにした。デミアンはガレージの奥へ進み、するともう一つ扉が見えた。開くと、向こう側には廊下が続いていた。どうやらガレージの中で、奥の家屋と繋《つな》がっているらしい。

「ここは半地下。階段をあがる」

デミアンが言ったとおり、廊下の先には短い階段がある。のぼると、天井の低いガランとした部屋になっており、そこの壁一面に、絵や造形が飾られていた。天井近くに通気口があり、換気扇が回っている。壁には湿度と温度をコントロールする計器が取り付けられており、部屋の隅っこには、薄いマットレスと毛布が丸めてあった。

「……うわ」

と、礼は思わず、息を漏らした。飾られている作品は様々だったが、どれも異様な迫力があった。部屋の真ん中には巨大な水槽が置かれ、中にはホホジロザメの造形が宙づりにされている。張りぼてらしいが、質感が見事で恐ろしかった。ばっくりと開けた大口に鋭く三列に並ぶ歯、そこには肉片がこびりつき、歯肉は黒い血で濡《ぬ》れている。しかしその下半身は、やはり骨と肉が無残に剝《む》き出されている……。

大きな作品だったので初めはそれに眼がいったが、見渡して、礼はハッとなった。壁の片側に、資料で見ていた絵がずらっと並んでいた。

「きみが借りたいのはこれだろ？」

「そ、そうです。『醜悪と美　作品群』……」

　思わず足早に近寄り、礼はそのキャンバスの連なりを見た。六つのキャンバス、牛、鶏、蛇、鮫《さめ》、そして肌の白い人間に、肌の黒い人間……。

　どれもが二体いて、そして下半身、あるいは半分、欠けていたり傷ついていたりヘドロに埋もれたりしている。グロテスクだったけれど、浮き上がる線は力強く、また不可思議な色と質感で、気味が悪いながらに印象が強い。なんだか悪夢に出てきそうだ――。礼はしばらく生理的に湧いてくる嫌悪感に耐え、そうしてこの嫌悪感こそが、この芸術の意図するところなのだろう、と受け入れた。現代美術には、おうおうにして耐え難い嫌悪感を呼び覚ますものがあるのだ。それはあるいは、未知の領域への、本能的な畏怖なのかもしれないし、作家の感情が転移されているのかもしれなかった。

「……これは資料です。メールにも記載しましたが、作品の展示方法や輸送方法、またお借り入れする際にお支払いさせていただく金額なども提示してあります。二次使用についての説明も……。ご不明な点や、交渉したいところがあれば遠慮なく……」

　なるべくゆっくりと言いながら、礼は持ってきた冊子を手渡した。作品が無事に手元に戻って来ることや、多額の報酬が書かれた冊子を、けれどデミアンは一瞥《いちべつ》しただけで、受け取ろうともせず、一度シガレットの煙を吸いこむと、すぐに床に落として靴の裏で消した。

「いや、こういうのはいいんだ。俺はケチじゃない。貸すのはいいんだが、一つ条件がある」

「条件？」

貸すのはいい、とデミアンは口にした。希望が見え、礼はとたんに胸が高鳴るのを感じながら、思わず身を乗り出した。できることならなんでもします、なんだって、と重ねて言おうとした矢先、デミアンは「前にメールで送ってくれた資料を見たけど。あそこに載ってた何人かの作品を、展示からはずしてほしい」と言った。

「え……？」

「具体的にはスティーブン・コール、ポール・ロペス、それからヒュー・ブライト。彼らの作品をはずしてくれたら、貸すよ」

淡々と言うデミアンに、礼は戸惑い、耳を疑った。なぜ？ どうして？ それも、よりにもよって礼と親しい作家ばかりだ。

「い、意図がよく、分かりませんが……」

混乱し、訊きかえす声が思わずかすれた。デミアンは青い眼を細めると、壁際に置いてあった白い籐《とう》のカウチにどさりと腰かける。カウチはボロボロで、あちこち塗装がはげている。

「分からない？ 簡単なことだよ。俺はこの国の貴族が嫌いでね。同じ空間に飾られるというのが我慢ならない。……きみだって分かるだろ。レイ・ナカハラ、いや、レイ・ナカハラ・グラームズというのが正式なきみの名前かな？ どちらにしろ、名前なんて実に怪しいものだ。だってきみの本当の出自は、きみの名乗った名前からは隠されてるじゃないか。本当のきみは半分だけ、青い血が流れているというのに……」

　頭の中に、なにか冷たいものがあたった気がした。

　なぜ？　と問いたくて、けれど言葉にならない。

　先ほど礼の名前すらまともに聞かなかったデミアンが、礼の――普通には知られていない出自を、なぜ口にできるのか。混乱していると、デミアンはどうでもよさそうにカウチの肘掛けに肘を置き、「調べたんだよ」とさらりと告白した。

「きみがメールのプロフィールに、リーストン出身だと書いていただろう？　そういえば卒業の二年ばかり前、グラームズゆかりのアジア人が入学してきて、隅っこに隠れてびくびくしてたっけって思い出してさ……。俺は記憶力だけは抜群にいいんだ。おかげでキングスカラーだった」

　礼は息を呑《の》んで、デミアンを見つめた。

「調べものも人より少し得意なんだ。俺にもコネはあるからね、でも、きみは大丈夫なの？　ちょっと調べたらすぐに分かったよ。きみが本当は――エドワード・グラームズの義弟なんかじゃなくて、彼の叔父で……貴族と日本人の混血児だってことは」

　グラームズの血筋には、金を積まれたらベラベラ喋《しゃべ》りたがる人間がいるんだね、とデミアンは無邪気に驚いたかのように付け足した。

「べらべら喋りたい……というよりも、エドワード・グラームズの弱みをさらしたい、のかもしれないけどさ」

ままどっちでもいいけど、と肩を竦め、そこではじめて、デミアンは小さく笑った。

「どちらにしろ、そんなわきの甘さで、きみはやってけてるの？」

「……な、なにがです？」

困惑して、礼はそう訊くことしかできなかった。けれどデミアンは無関心げに「分からないならいいよ」と言っただけだった。礼はなにも言えずにしばらく棒立ちになっていた。着ていたスーツのポケットで、携帯電話が鳴っている。出れば、と言われて取り出し、相手がエドだったので、礼は出られずにもう一度電話をポケットにしまった。

「もしかして彼氏？　べつに出たらいいのに」

口の端にくすっと笑みを浮かべ、デミアンはもう一本、シガレットを取り出している。礼はまだ鳴っている電話を誤魔化すように、ひとまず音もバイブも消した。

「デ、デミアン」

礼はとにかく話し合おうと、なんとか声を出した。エドのことはここで話しても仕方ない、まずは作品の話。作品の話だ、と自分に言い聞かせる。

「あの……まず、他の展示作品ははずせません。もしどうしても並べての展示がお嫌なら、別室などを用意するよう検討いたします。展示の時期をずらすことも考えます。ただ、なぜ……彼らをそれほど意識されるのか、分かりません。あなたの作品は誰とも比べられないくらい、特別です。なのに……」

「それはきみの国の話だよ」

デミアンは礼の説得をひらりとかわし、薄く嗤《わら》った。

「……芸術の世界に貴賤《きせん》はない。たしかにそうさ。だが、現実は芸術にもついて回るものだ」

独り言のように言うと、デミアンはしばらくじっと礼を見ていた。やがて、そうだ、と呟いて、カウチの肘掛けを指でとん、と叩《たた》く。

「どうしても彼らの作品をはずせない。それでも借りたいというのなら、一つ面白いことをしてくれたら、考えてもいいよ」

「……面白いこと？」

デミアンは火をつけていないシガレットを唇にあてると、にっこりと笑った。

「エドワード・グラームズをここにつれてきて。そうして俺に土下座させて、貸してくださいと彼が頼むなら、いいよ。ついでに俺の靴にキスしてもらおうか」

礼は茫然《ぼうぜん》として、デミアンを見つめた。一瞬、なにを言われたか分からなかった。けれど困惑している礼とは逆に、デミアンはその思いつきが気に入ったようにくすくすと声を立てて笑っている。

「いいね、かのグラームズ伯爵がこの俺に跪《ひざまず》くわけだ。それもきみみたいな、混血児に頼まれて……」

おかしそうに言うデミアンを見て、礼は言葉を失っていた。今すぐ逃げ出したいような嫌悪感にかられ、喉《のど》の奥が乾いてひりつく気がした。けれどデミアンはすぐに無表情に戻り、「あのね、俺もきみと同じ、混血児なんだよ」と続けた。

「父は貴族で母は庶民だ。……だからね、俺ときみは同類」

同類同士、面白くやろうじゃないか、とデミアンは言う。礼は頭のてっぺんから、ゆっくりと血の気が退いていくのを感じた。

「……その面白くやるというのが、貴族を跪かせるということ、なんですか？」

ちっとも面白くない。なにも楽しくない。

そんなこと、礼は望んだこともない。エドの顔や、リーストンで親しくしていた貴族の人たち、貴族出身で仲の良い親切な作家たちの顔がふと脳裏をよぎると、彼らを血で区別していることが、情けなく思えた。

冗談でも、跪かせるだの、作品をはずすだのということは話したくない。

「レイ・ナカハラ・グラームズ。きみはエドワード・グラームズと良い仲なんだろう？」

その言葉にドキリとはしたが、調べるのが得意だと言っていたデミアンなので、もう驚きはしなかった。無言で肯定も否定もしないでいると、デミアンは小さく肩を竦め、それから不思議そうに呟いた。

「貴族と混血児が、愛し合えると信じてる？」

問われて、礼は一瞬返事に遅れた。デミアンは礼の答えを待たず、俺はそうは思わない、と決めつけた。

「でもきみのためにグラームズが土下座したりするなら、俺も考えを改めようかな……ただそれだけのことさ。ねえ、きみのことを愛してるなら、エドワード・グラームズは土下座くらいするだろ？」

おかしそうに言うデミアンに、心臓が嫌な音をたて、冷たい汗がじんわりと額にしみでてくる。エドが土下座などするはずがない――。聞けばきっと怒り狂い、デミアンにあらゆる圧力をかけるだろう。

なにも言えない礼を見て、デミアンは満足したのか、にこりと微笑《ほほえ》み両手をあげて肩を竦めた。

「きみからのプレゼンテーションはない？　なら交渉は決裂。この話はなしだ。さようなら、レイ・ナカハラ・グラームズ。お帰りは来た道をどうぞ」

四

——交渉は決裂。この話はなしだ。

デミアンの言葉は、頭の中で繰り返し再生されていた。

彼のアトリエをなすすべもなく出てきた礼《れい》は、帰り道を歩きながらどうしていいか分からずに困惑していた。

頭がガンガンとし、痛い。心の奥に湧き上がる、得体の知れない悔しさ……。

(他の作家の作品を候補から下げるなんてできない。かといってエドがデミアンに土下座？それこそありえない……)

ではなにをどう言えば、彼を口説けるのか。さよなら、と言ったあとのデミアンは本当に空気のように礼を扱い、チラとも視線をくれなかった。

とても無理だ。とりつく島もないという気持ちが湧き上がる。一瞬だけ、

(エドに……助けを求めてみようか)

と、思ってしまった。けれど礼は慌ててそれを打ち消した。

（落ち着こう。まだできることはあるはず。とにかく諦《あきら》めちゃダメだ……）

帰路をフラフラと歩いているうちに、ふと電話が鳴り、礼はハッとした。表示されている番号は、日本の番号だった。

『あ、中原《なかはら》くん？　マイアサの井田《いだ》ですけど』

出ると、少し遠くに、声が聞こえてくる。

それは日本の大手新聞社、マイアサ新聞の社員、井田からの電話だった。礼が協力している『ヨーロッパの現代デザイン展』に出資する最大手のスポンサーがマイアサで、井田はその企画担当者だった。新聞社勤めのせいか美術関連の仕事に携わっているわりには軽い性格で、損得勘定を重視する傾向が強いが、経験は豊富で、仕事はきちんとしてくれる。

「井田さん……お世話になっております」

『やー。今イギリスなんだよね。お疲れ様。今日、デミアン・ヘッジズに会うって言ってたでしょ。どうだったかなあと思って電話したんだよ。感触よかった？』

訊《たず》ねられ、礼は返答に困った。感触は良くない。思いっきり良くなかった。

「……あの、井田さん。今回の展覧会の目玉は、及川《おいかわ》さんが担当されているオランダのエーヴァウト・レーンダースですよね？」

『そうだけど。デミアンが呼べるならそっちをメインにするよ。レーンダースは空間作家だから、どうしてもポスターにすると地味になるでしょ』

礼は言葉に詰まった。それなら先に言っておいてほしい、とわずかに腹立ちも感じたけれど、そもそもデミアン・ヘッジズは、自分の展示がメインかメインじゃないかなど気にしないだろうと思えたから、結果は同じだっただろう。

「……あの、たとえばですが。デミアンの作品を展示するかわりに、イギリスの他の作家……の作品は招聘《しょうへい》できないとしたら……その、展覧会の考えとしては、どちらを優先します？」

『えっ、そんなのデミアン・ヘッジズに決まってるじゃない。そういう条件出されたの？』

「……いえ、そうではありません。彼の出展歴が、ほとんど個展ばかりなので、邪推してしまっただけで……」

礼は慌ててそう言った。もしもそういう条件を出された、と言ってしまうと、井田はすぐにでも『その条件でいこう。他の作家ははずして』と言い出しかねない雰囲気だった。しかし礼としては、それは不本意だった。

『もし、そういうことが条件ならすぐにでも飲んでいいよ。俺が及川さんたちには話すよ。申し訳ないけど、ロペスやコール、ブライトの作品はこれまでに来日歴もあるし……他の機会でも借りられるでしょ？　きみ、仲良いんだから』

その言い方に、礼は思わずムッとした。

（そんな気軽に……ペンやハンカチ貸すのとはわけが違うのに）

新聞社の社員と、零細美術出版社勤めの自分では、そもそもの価値観や感覚が違うのは分かっている。けれど礼は作家や作品を軽視されるのがどうにも苦手だった。

「……デミアンには、まだこれから会いますので……また、結果をご連絡しますね」

これ以上話していると文句を言ってしまいそうで、礼は嘘をついてしまった。井田はああそうなの、と気にした様子もなく、『絶対よんでよ。よべたら、幻の作品、って大々的に宣伝するから。デミアンの作品はお金になるんだからね』と念を押し、電話を切った。通話が終わると、知らず知らずため息がこぼれた。

ようやく帰りのバスに乗ると、時間帯のせいかガラガラに空いていた。

座った席でタブレット端末を取り出し、「デミアン・ヘッジズ」の名前で検索してみた。日本、海外、両方で、ネット上に彼の作品写真をまとめた記事があがっていた。どれもイギリスで開かれていた個展を、たまたま見て、勝手に写真を撮った若者たちがＳＮＳツールで拡散したものばかりだ。違法すれすれのグレーゾーンの行為だが、記事の閲覧数は予想より多い。

礼が今日見た鮫の造形や、風変わりなデザインが「なんか分からないけどカッコイイ」「間近で見たい」と評されている。流行に敏感なタレントやモデル、ＳＮＳをフルに活用してセルフプロデュースに成功しているアマチュアタレントのような人たちも、まるでそのデザインを理解することが一種のステータスであるかのように、取り上げている。こうなるともう、芸術というよりはファッションアイコンだ。

（……たしかにお金になるのかも。こういう人たちをプレ展示やレセプションに招待して、広めてもらえば……）

ビジネスモデルとしてはよく分かるし、それなら空間作品よりも、デミアンのような奇抜なものが受けるだろう。

次に海外のサイトを検索すると、これまでにデミアンが作品を展示した展覧会の一覧が出てきたが、九割が個展、残り一割は国外の小さな企画展ばかりだった。他作家がいる企画展の詳細を調べると、そこにイギリス出身の作家はデミアンしかいなかった。

（イギリスの上流階級を避けている……彼は僕と同じ混血児で――でも、リーストンのキングスカラーだったんだよね……？　相当努力しなければ、その地位は得られないはず……）

ただ、イギリス貴族を毛嫌いしているのなら、そこまで努力するものだろうか……？

認められたい。分かり合いたい。分かってほしい……。

そんな気持ちは、一ミリもなかっただろうか？

――貴族と混血児が、愛し合えると信じてる？

問いかけられた言葉が、耳の奥にこだまする。

車窓から外を見ると、閑散とした田舎の景色が広がっていた。雪の中に生える灌木、常緑の茂み……空には雲が垂れ込め、車輪の音にかき消されて、飛んでいく鳥の声は聞こえなかった。

自分が混血児であることは、礼の場合、リーストンの生徒には知られていなかった。礼はただ風変わりな、冷たいアジア人として、周囲から嫌われていた。けれど出自を知っているエドのいとこのギルや、グラームズの親戚たちには誰からも憎まれた――ギルはあとから、良い友だちになってはくれたけれど――礼の母は青い血を汚した娼婦《しょうふ》だと蔑まれ、礼自身の存在も、まるで汚物のように扱われた。

（……もし、学校でもデミアンがあんなふうにされていたとしたら）

キングスカラーになったのは、彼が自分の立場と尊厳を、守るためだったかもしれない……。けれどデミアンの父親は、デミアンを愛していなかったわけではないはず。イギリスの、名門パブリックスクールに入学するには生まれてすぐ、遅くとも二歳か三歳までには入学の手続きをしなければならない。礼の場合はグラームズ家という後ろ盾があったからこその、特例だった。ハーロウやラグビーですらそうなのだから、名門中の名門と名高いリーストンなど、そもそもオールド・リーストンと呼ばれる卒業生の子息でなければ受け付けてもらうのは難しい、という暗黙の了解がある。

ならばデミアンの父親は息子が生まれてすぐのころに、自分の学んだ学舎へ通わせたい、と苦心したに違いなく、そこに愛情がないとは思えないし、思いたくない。

（……まあ僕だって、ジョージがそうしてくれたんだけど。その理由は、べつに僕への愛情からではなかったけど……）

けれど少なくとも、エドのためだ、という気持ちはあっただろう。もちろん、エドはそれを望んでいなかったが。

(――こんなことも、全部邪推か。……リーストンの、卒業生名簿を調べて……誰か、ツテがないか探してみるしかないかも)

それで本当に、デミアンの心を開けるのか?

分からない。だがやるしかなかった。

頭の片隅には、エドの言葉が引っかかっていた。

――この国じゃ、俺の助けを借りたほうが上手くいく……。

喉の奥に、ぐっとなにか、重たい固まりが迫り上がってくる。悔しさや反発心、そして本当にそうなのかもしれないという不安だ。

けれどこの感情に、礼は負けたくなかった。

(自分の気持ちは一旦置いておこう。……とにかく、デミアンの作品を借りること。……それだけ、考えよう)

ため息をつきながら、礼はタブレット端末を鞄《かばん》にしまい、車窓を眺めた。イギリスの美しい田園風景は、礼の不安も落ち込みも知らず、数百年前から変わらないような静けさで、ぐんぐんと、視界の端へ流れていった。

バスを下りて地下鉄に乗り換え、礼はロンドンの市街駅の一つである、ブラックフライヤーズで下車した。時間は午後の四時で、日没が早いロンドンはもう薄暗かったが、急遽《きゅうきょ》テートの美術館に寄ろうかと考えたのだ。

テートはイギリス政府の美術管理組織で、四つの美術館を運営している。そのうちの一つである、テート・モダンがこの駅を最寄りとしていた。

地上に出た礼は、あらかじめ持っていた地図を確認して道を確かめると、何度か電話やメールでやりとりしたことのある学芸員、ベスに電話を入れた。かなり仕事のできる学芸員で、礼が親しくしている若手芸術家とも仲が良い。

『ハイ、レイ。電話をくれて嬉しいわ。あなた今ロンドンですって？』

日本を発つ前に、一度メールは入れておいた。電話の向こうから聞こえるはつらつとした声に、礼はなんだかホッとした。そうなって初めて、デミアンのアトリエからここに来るまで、ずっと自分が緊張していたのだと気づかされる。

「ベス。こんにちは。突然だけど、今、テート・モダンの近くにいるんです。もし少しでもお時間をいただけたらと思って。お忙しいなら、お気遣いなく」

そう言うと、ベスからは「残念だわ、今から出張で、イタリアに出るところなの」と言われてしまった。そうですか……とレイが気落ちすると、

『なにか必要なら、用意して受付に渡しておくわ。頼み事があったんでしょう？』

と言ってもらえ、礼は申し訳なく思いつつ、「デミアン・ヘッジズの資料をなにか持ってない

か」と訊ねた。イギリスの国立美術館なら、たぶん、多少の情報はあるだろうと踏んでいた。

ベスは電話口で「ああ、あの変わり者ね」とすぐに得心したようだった。

『彼の作品を招聘するの？　かなり難しいと思うわ。うちでも何度か声をかけてるけど、答えはいつもノー。でもちょうど、そのときに集めたものがあるから、コピーを作っておくわ。受付でもらって。四日後には戻るから、いる間に私とも会ってくれるでしょ』

「ええ、ベス。ありがとう。助かります」

忙しげな彼女を引き留めるのは悪いので、礼はそれだけ言って電話をきり、美術館へ向かうことにした。

テート・モダンは二〇〇〇年にオープンした新しい美術館だが、そもそもはイギリスの国立美術館、テート・ブリテンから派生したものだ。収容されている美術品は二十世紀以降の現代美術になる。駅からの道々では、礼の眼の前にテムズ川が広がっていた。

イギリスに住んでいたことはあったものの、当時は自由に外出できなかった礼にとって、そんな景色も目新しい。

川を渡る長い橋を歩いていると、左側にセント・ポールズ大聖堂の丸い屋根が見え、それは曇り空の下でさえ輝くように白かった。振り返って見ると、そのさらに向こうには、エドも働くロンドンのオフィス・ビルが群れをなしている。

寒い日だけれど人通りは少なくなく、ビジネスマンやオフィスレディと何度もすれ違った。

若い女性は手に手にテイクアウトのコーヒーや、露店で買ったサンドイッチを持っている。男たちはたぶん、タブロイド紙と呼ばれるゴシップ中心のニュースペーパー。

橋を渡りきると、鉄道の高架下をくぐり角を曲がった。やがて一階が一面硝子《ガラス》張り、二階から上が煉瓦《れんが》造りという、新旧デザインが入り交じったような巨大な建物が見えてきた。テート・モダンだ。もとは発電所だった建物を、スイス人建築家がギャラリーに造り変えたという大胆なしろもので、中へ入ると三千四百平方メートルものタービンホールが、堂々と広がっている。

その威容に思わずため息を漏らしつつ、礼は受付を探して、用件を伝えた。

受付の女性は既に、ベスから書類を預かっていたようだ。しばらくすると分厚いファイルケースを出され、礼は少し迷って、美術館内ではなく、外のカフェで中身を見ることにした。ここにいると、つい他の作品が気になってしまう。しかし、今日はゆっくりと美術品を鑑賞できる心境でもなかった。

テート・モダンを出て、しばらく歩くとちょうど入りやすそうなパブが見つかったので、礼はそこに入った。平日の午後四時すぎ、思ったよりも混んでいない。川沿いで、採光窓からはシティの夜景が見えている。エールを一杯だけ注文し、礼は人気《ひとけ》のない窓際の席でもらった資料を見はじめた。

それはデミアン・ヘッジズのプロフィールや、作品のリスト、入手できうるかぎりの作品画像――おそらくネット上にあがったものをプリントアウトしたものまで――や、出展歴の詳細情報などで、インターネットで検索したものよりかなり詳しく載っていたので、ありがたかった。けれど、デミアンにアプローチできる目新しい手がかりはどこにもなく、ついため息が出る。

(せめて彼と親しい人から口をきいてもらえば……でも、そういう根回しは通じないタイプに見えた……)

悶々と考えていたそのとき、

「レイ？　レイじゃないか！」

と明るく声をかけられて、礼はびっくりして顔をあげた。

見ると、トレンチをさっと羽織り、片手にエール、片手にタブレット端末を持ったヒュー・ブライトが立っており、いそいそとした様子で礼の隣へやって来るところだった。

「ブライト……イギリスに帰国なさってたんですか？」

礼は驚きながらも、広げていた資料をまとめて、ブライトの座れる場所を作ってやった。

ヒュー・ブライトはエドと同じ二十七歳。イギリスの人気若手デザイナーで、礼はよく一緒に仕事をしている。彼は貴族の次男坊、気楽な身分で、来年のデザイン展の招聘リストにも作品名があがるほどの才能の持ち主なうえ、性格も柔軟で気さく、人懐っこく、芸術家というよりは個人事務所で仕事を請け負うデザイナーとしての気性が強いのだろう。クライアントの要望によく応え、交渉事も得意という、アーティストとしては珍しい、ラフなタイプだった。

そのうえ、リーストンではないがパブリックスクールを出てケンブリッジに進学した優秀な人間であり、容姿も人並みはずれていいほうだ。エドとは違う甘みのあるマスクに、高い背、前髪を流した髪型もスタイリッシュで、いかにも洒落たデザイナーという風貌《ふうぼう》だ。それでいて、着るものはバーバリーのトレンチに、カシミヤのマフラー。仕立てのいいカジュアルなスーツというノーブルさ。彼の育ちの良さを表している。

これだけ恵まれた人間でありながら、ブライトは礼にも分け隔てなく接してくれ、年末、仕事で困ったときに泣きつくと、二つ返事で日本にまで来てくれたりした。

そんなこともあって、礼はブライトを良い友人であり仕事仲間であり、尊敬するデザイナーだと思っているが、エドは気に入らないらしい。礼の口からブライトの名前が出ようものなら、いつでも「あいつは下心がある」と決めてかかり、話にならなかった。

「デューイの仕事なら去年中に終わらせたんだよ。きみがいないのに日本にいてもつまらないからね」

ニコニコと言いながら、ブライトは持っていた荷物をテーブルに置き、横に座る。

そんなごく普通の仕草でさえ、ブライトがやると様になる。礼は恐縮し薄い肩を小さく縮こまらせ、「ご迷惑をおかけして……」と言ったが、「まさか。いい臨時収入だったよ。日本ではオトシダマって言うんだっけ?」と、ブライトは逆に笑わせてくれた。その朗らかな様子に、落ち込んでいた礼の心も少し解される。

「お仕事でこちらへ？」

「テート・モダンに寄ってたんだ。企画展の展示デザインを担当することになってさ」

「相変わらず大活躍ですね。ブライトは自身が芸術家なのに、他の作品を引き立てるためだけのデザインに徹することもできる……あなたの、気取らないお人柄があるんでしょうね」

素直な感想を言うと、エールを飲んでいたブライトが、ふふ、と口の端で笑った。

「レイ、きみは本当にたらしだなあ。そんなことを言われると嬉しくて、勘違いしそうになるよ。ホテルに誘っても、イケるんじゃないかって」

礼が驚いて大きな瞳を丸くすると、ブライトは声をあげて明るく笑った。

「そんなだからグラームズがカッカするんだよ。彼、他のことでは滅多に感情を見せないのに、きみのこととなるとムキになるからね」

からかうのが面白い、とブライトが笑い、礼は顔を青くするやら、赤くするやらだった。ブライトとは、それなりに親しくしているほうだったが、エドとの関係を知られているとは思っていなかった。

「……ブ、ブライト。その、僕とエドのこと、ど、どこで」

上擦《うわず》った声でいうと、「社交界に出入りしてて、彼ときみの共通の知人なら、大体知ってるんじゃない？」とあっさり告白され、礼は呆気にとられてしまった。

一体なぜ。どうして。どうやってバレたのか。

訊こうとして言葉を探していると、それより先にブライトが礼の持っていた資料に眼をとめた。

「これ……デミアン・ヘッジズの資料？　彼の作品、もしかして日本で紹介するの？」

礼は慌てて資料をファイルケースの中へしまいながら、「え、ええ。でも、難しそうなんですが……」と誤魔化すように言った。察しのいいブライトは、どの展覧会で、いつ、とは訊かないでおいてくれたが、たぶん気付いてしまっただろう。彼自身も、よばれているから余計だ。

そもそも礼がイギリスにいるのは、その仕事のためでもある。

「……そうか。デミアン・ヘッジズね。うーん、難しいだろうね。彼は大の貴族嫌いだから、貴族の展示が一点でも混ざってると、一緒に並べられるのは嫌だ、とくるから」

それでも気を遣ってくれたのだろう、一応曖昧《あいまい》にして、ブライトは言った。

まさにそのとおりだ。礼が黙り込むと、ブライトはエールのグラスの縁を指でなぞり、頬杖をついて、「彼ね、一度ターナー賞の受賞を断ってるんだよ」と教えてくれた。

「ターナー賞を？」

「理由はなんと、これまでの受賞者のなかに、貴族がいるから、だってさ。彼らの受賞歴を取り消してくれるなら受ける……というわけ。驚くよね。僕なんてほしくたってもらえないのにね」

冗談めかして言ったブライトだが、明るい茶色のその眼には、なにか言葉にならない感情が浮かんでいる。こんなに明るくさっぱりした気性のブライトでも、もらえない賞のことは気になるようだった。

しかしそれも頷ける話だ。

ターナー賞といえば、イギリス美術界においてはもっとも権威ある賞の一つで、獲れば確実にその人の芸術家としての人生は様変わりするだろう、というような大賞だ。それを断るなんて、デミアンの貴族嫌いは徹底している。しばらく言葉に迷い、礼はぎゅっと拳《こぶし》を握りしめ、意を決して打ち明けることにした。

「……実は、デミアンとは少し前に面会したんです。『醜悪と美　作品群』の借り入れをお願いして……断られました」

言うと、ああ、あの絵ね、とデミアンも知っているらしく頷いた。

「きみほどの美人でも、無理かあ。日本のオリエンタル・アンバーが頼んでもぐらつかないなんて、デミアンは美を理解してないね。芸術家としてどうなのかな？」

「……いえ、僕が未熟なんだとは思います」

ブライトは冗談にしてくれたが、礼はそう答えた。それは謙遜《けんそん》ではなかった。礼の脳裏にはデミアン・ヘッジズの、冷めた眼差しが浮かんできて、消えていった。心の中に、モヤモヤとしたものが広がる。

（僕は……彼を、なめていたのかな。これまでの作家のように、真面目に話せば通じると思ってた。そんなつもりはなかったけど……英語ができる。同じ学校出身というだけで、半分もう、借りられるような……そんな気持ちになって、慢心してたんじゃ……？）

だとしたら、自分が嫌になる。頭の片隅に、昔エドのいとこ、ギルから言われた一言がこびりついている。

――持てる側のことだよ、レイ。

ギルは礼に言ったのだ。礼はもう幼いころとは違って、持つ側になったのだと。ノブレス・オブリージュをまっとうする側に回ったと。そうして礼は、そうなのだ、と自覚を持つようにしてきた。

けれどどうだろう？　イギリスに来てみれば、日本にいたころの、イギリスから受けていた恩恵はまるでなくなっている気がする。

（……ここに戻ったら、僕はまた、持たない者になってる……）

思わず考え込んでいると、ブライトがグラスを揺らし、「でもねえ、レイ」と息をついた。

「仕方ないよ。彼は誰が相手でも、難しいと思う。親しくはないけど、なんとなく分かるよ。彼、リーストンじゃ相当苛《いじ》められてたらしい。それは想像できるだろう？　彼は混血児で、純粋な貴族ではないからね」

その言葉に、礼はじっと、ブライトを見つめた。つまりね、とブライトが続ける。

「彼は自分の立ち場に見合わない望みを……抱いてしまったんだ。たとえば、アヒルが白鳥のように生きようと思うと、難しいだろう？　あるいは、その逆も無理だ。なのにデミアンは、白鳥の群れに入りたいと思ってしまったんだよ。でもそこにはいられない……白鳥は彼を同類とは見ない。お前の居場所はあっちだと追い出すんだ。だから逆恨みするわけだ」

「……。貴族が白鳥で、そうでないものはアヒルだと？」

礼は胸の奥に、なにか言葉にならない、冷たい痛みを感じたような気がした。

ブライトは慌てたように微笑み、「差別してるわけじゃないよ」ととりなした。

「ただ……ただ、血統が違う。血統が違うんだよ」

そう言い切ったブライトの言葉に、礼は息を呑んだ。

血統。

それはかつてイギリスに暮らしていたころ、礼を縛り、苦しめていた言葉だった。あのころから八年が経ち――日本で暮らして、とっくの昔に忘れ、生活の中から排除されたもの。

それを今こうして、再び耳にするなどとは思いも寄らなかった。

（血統なんて大したものじゃ……）

そう言いたくなった礼の脳裏に、けれど十三年前の、エドの言葉がよぎる。

――大したものじゃない、と思う時点でお前は違う。もう、青い血じゃないのさ。

二十五歳になった礼は、十三年を超えて、今またその言葉に胸を刺されるような痛みを感じた。

「血統が違うのに、同じように扱えというのは、ちょっと難しい。なのに扱ってくれない周りを憎みはじめると……それは息が詰まるだろうね。僕は、世界が違う者同士だと思って、適当に付き合うくらいがちょうどいいと思うんだ。身の丈に合わない望みは持たずにね。似合わない服を着ても、格好がつかないものだろ？」

　軽く言うブライトだけれど、礼は言葉にならないショックを感じた。

「……デミアンは半分、貴族の……血統ですよね？　お父さまが貴族と聞いてます。それでも、白鳥にはなれないんですか？」

「レイ、それはそうだよ」

　ブライトは苦笑して、肩を竦めてみせた。

「アヒルと白鳥が番《つが》っても、白鳥が生まれるわけじゃない。せいぜい、白鳥みたいなアヒルさ」

　……白鳥みたいなアヒル。

　それは、礼もそうだということだろうか？

　気の利いたブラックジョーク。イギリス人らしいそれとして、ブライトは言ったのだろうか？

　けれど礼は笑えなかった。ブライトには悪気はない。彼は、礼もまた混血児だとは知らない。

けれどそれならそれで、徹頭徹尾『アヒル』だと思っているだろう礼に、ブライトが親しくしてくれるのは、どういうわけだろう？

違う世界の人間として、単に『適当に付き合』ってくれているのか。

(エドは下心だって……言ってたっけ……)

日本で、一緒に仕事をしている間、ブライトは頼もしい相棒だった。疲れた礼を労《ねぎら》い、できうる限りのサポートをしてくれた。貴族だとか庶民だとか、血統なんて、礼は考えもしなかった。仕事のうえでは対等で、頼れるパートナーだと、そう思い込んでいた。

けれどこのイギリスでは、ブライトは紛れもなく上流階級の人間であり、礼はそうではないのだ。下心の対象にはなるのかもしれないが、本気で愛する相手ではない……。

――貴族と混血児が、愛し合えると信じてる？

デミアンは、そんなわけないじゃないか。できないことを俺は知っていると、その瞳で語っていた。

(白鳥は白鳥としか、番わないものね……)

そのとき、店のなかに入って来た中年の、でっぷりと太ったビジネスマンが「おい、ラジオをつけてくれ」と店主に言うのが聞こえた。彼は礼とブライトの二つ隣の席に座り、買ってきたばかりらしい、タブロイド紙を広げた。その一面を見て、礼はぎくりとなった。そこに映っていたのは、明らかに隠し撮りと分かるエド――エドワード・グラームズのスナップだったからだ。会社の近くで撮られた一枚らしい。忙しげな様子で、どこかへと歩いて行くスーツ姿。見出しには、『若手CEOの経験不足……大胆すぎる決断』と、いくらか煽《あお》るような文字が躍っている。

（……エドがニュースになってる。どうして……）

戸惑っていると、店の主人がラジオをつけ、ビジネスマンのほうへ向けた。とたん、礼の耳にもそのアナウンスが飛び込んでくる。

『グラームズ社で、昨夜七時、突然の人事異動が発表になりました。これにより、役員会の半数が入れ替えられました』

（グラームズ社って……エドの会社？）

驚いて、礼はラジオを見る。ブライトのほうは知っているニュースなのか、頬杖をついて静かに聞いている。

（昨夜七時って――エドが……フラットに戻ってくる、二時間前）

礼は急いで記憶をたどったが、昨夜のエドは会社でそんな大決断をしてきたあとには見えず、そんなことより礼のスケジュールをロードリーに管理させせろと言ってばかりいた。けれどラジオは淡々と、その後の続報を流す。

『大手海運企業、グラームズ社のCEO、エドワード・グラームズは、昨夜、役員会に属する役員の半数を入れ替えることを発表。また、自身が保有していた株の10％をアメリカの投資家、ピーター・シモンズに売却しました。これにより、グラームズ社の筆頭株主はシモンズ氏となり、本日午前、新たな役員が選ばれました……』

——どういうこと？

礼は混乱し、呆然《ぼうぜん》とした。

『新たな役員人事のうち、新メンバーのほとんどは外部機関に所属。金融やマネジメントのスペシャリストで構成されており、エドワード・グラームズ氏によると、旧体制による投資計画を打ち切り、柔軟な対応と事業の透明化を目指すことを目的に……』

パーソナリティはそれから、解任されたメンバーの名前も読み上げる。そのなかには、グラームズ姓の人間もいた。常務の、チャールズ・グラームズだ。

「……彼の叔父君か。大胆なことするなあ」

と、ブライトが呟き、礼は先日会ったオーランドの言葉を思い出した。親戚の中には、ハイエナがいる。だけどエドはそいつを切るだろう、オーランドは、そんなことを言っていなかっただろうか……。

横のビジネスマンは顔をしかめると、「フン、またエドワード・グラームズか」と舌打ちした。

「最近、どこの紙面を見てもやつの話だ」

「グラームズ社の株価があがるな。買っておくんだった」

店主がカウンターの中からビジネスマンに声をかける。

「庶民には関係ないこった。だがお家の人間を切り捨てるのは気に入った。アメリカ人に株を売ったのはいけ好かないが」

「なに、やつらバーガーとコークさえあれば機嫌が良い。エドワード公の手のひらの上だよ」

イギリス人らしい皮肉なジョークに、二人は笑い合っている。礼は心臓がドキドキとしてきた。エドの噂を、こんなふうに外で、まったくの他人から聞くなんて思っておらず、なんだか息が詰まる気がした。

「レイ、出ようか。きみ、今はハムステッド？　僕、車なんだ。よかったら送るよ」

そのときブライトがそう言い、礼の背中を押すようにして、パブを出してくれた。外に出ると、冷たい夜気が頰を打つ。

エドの名前もラジオの音声も聞こえなくなると、礼はやっとホッとした。けれど同時に、得体の知れない悲しみのようなものが、胸の奥からこみあげてくる気がした。

なぜ、どうしてこんな気持ちになるのか。

この淋しさにも似た、悲しみの正体がなんなのか、礼にはすぐには分からなかった。

顔をあげれば、川沿いにロンドンの夜景がちらつき、それはとても美しかったけれど——礼には馴染《なじ》みのない、知らない景色だと感じた。

イギリスで暮らしていたことはあるけれど、そこで知っていたのはグラームズの屋敷の中と、リーストンの学校の中だけで、礼は本当は、この国を知らない。まるで知らないのだと、不意にそう思った。

たとえば日本で対等に感じていたヒュー・ブライトが、ここではなんだか違って感じる。エドの周りで起きていることを、日本にいるときと同じか、それ以上に知らない。

この国の人々が普段なにを思い、どう暮らしているか、分からない。

血統のことも、エドワード・グラームズの名前も、エドが親戚を切り捨てた事実も……。

ずっと懐かしかったイギリス。日本よりも近しい気持ちでいたこの国から、礼は急に、切り離されたような気がした。

「……ブライト、ありがとう。気を遣わせたみたい」

それでもなんとか、そう言って笑うと、ブライトのほうもなんでもなさそうに微笑んだ。

「グラームズは麗《うるわ》しのエドワード公っていってね、金持ちで顔もいい。完璧なセレブだから、まあ注目の的なんだ。気にしないでいるといいよ。会社のことだって、もともと決まってたことなんじゃない？　グラームズにとっては、大したことじゃないんだろうから」

そうですね、と礼は相槌《あいづち》を打ち、少し先に車を停めてあるというブライトと並んで、ミレニアムブリッジを渡った。他愛ない話をしながら、けれど心は上の空だった。

今こうして——優しくしてくれているヒュー・ブライトでさえ、礼が混血児だと知れば、どう思うのか分からなかった。その、考えても仕方のない疑念が、礼の胸の中にわだかまっていた。彼は笑い、言うのかもしれない。

――レイ、エドとはやめておいたほうがいいよ。白鳥とアヒルじゃ、愛し合えない。

(本当はずっと……そう、思われているのかな)

ブライトは礼を混血児だとは知らなくても、貴族でないことは、知っている。

日本にいるオリエンタル・アンバー。

そんなふうに褒めてはくれても、それは日本にいるからであって――そして今もただ、日本からのお客さんだからであって、イギリスで暮らせば、礼は琥珀などではなく、ただの石ころになるのかもしれなかった。けれどどれだけ想像しても、本当のところは分からなかった。

礼は青い血ではない。

そもそもの血統が違うのだから、白鳥の価値観など、知るよしもないのだ。

五

　結局、ハムステッドのエドのフラットに着いたのは、それから一時間ばかりあとのことだった。送ってくれたブライトに、礼《れい》は迷った挙げ句、お茶を飲んでいくか、と誘った。

　彼は紳士的にも、礼が乗った助手席のドアを開けてくれたので、車の外に出て、礼のすぐ隣に立っている。真冬のストリートは寒く、ブライトの息も白い。このまま帰すのは申し訳ないような気持ちになった。

「グラームズのフラットだろう？　さすがに気が引けるなあ」

　ブライトは苦笑したが、礼は深く意味を考えず、「エドが帰ってくるのは、夜更けなので……」と言った。予定では、もうあと数時間は帰って来ないはずだ。けれどそのとき、突然路肩に車が一台、猛スピードで滑り込んできた。

　なにやら覚えのある黒のベンツ。礼は眼を丸くして振り返った。荒々しい運転で、その車は今にもブライトの車にぶつかりそうだった。

（な、なに？　酔っ払い運転……ッ⁉）

思わず体を竦《すく》めた礼だが、ブライトのほうは車を見るなり小さく笑っていた。とたんに、ドアが開き、運転席から荒々しくエドが降りてきた。

「レイ！」

淡い街灯の光の中、腹を立てた様子のエドが、どんどんと近づいてくる。

（……エド？）

エドは今、アメリカのはず。ならばこれは夢だろうかと眼をしばたたいた瞬間、礼は大声で怒鳴られていた。

「お前！　電話の電源切ってるのか⁉　なぜ俺からの連絡に出ない！」

（え……）

礼はハッとして、着ていたシャツのポケットをまさぐった。携帯電話はサイレントモードになったままで、見ると、着信やメールの表示でいっぱいだ。それらはどれも、エドからのものだ。かけなおそうと思っていたのに、デミアンのことで頭がいっぱいになり、忘れていた。

「ご、ごめんなさい。で、でもエド。アメリカで大事な仕事があったんじゃないの？　ラジオでやってたよ。きみの会社が人事再編したって……昨夜は一言も、そんなこと言ってなかったのに」

思い出して言ったが、エドは「会社？　そんなことはどうでもいいだろう」とあっさり切り捨てた。

「お前が電話に出ないから、慌てて帰ってきたんだぞ。それがよりにもよって、ブライトと一緒か。俺がいない間にこんなやつを連れ込みやがって！」

イライラと怒鳴るエドに、ブライトは「こんなやつって、ひどいな」と肩を竦めた。エドはそんなブライトを睨《にら》みつけ「おい、ブライト」と居丈高に食ってかかる。

「貴様、ここでなにしてる？　俺がいないのを知って、押しかけてきたんじゃないだろうな」

「ああ、そういえばその手があったね。エドワード・グラームズの動向はタブロイドを見れば分かるんだから、きみが外出してる隙《すき》にレイを口説きに来ればいいのか」

ぽん、と手を叩《たた》き、楽しげに言うブライトに、エドが目くじらをたてる前にと、礼は慌てて二人の間へ入った。

「エ、エド。違うよ。ブライトにはたまたま、テート・モダンに寄った帰りに会ったんだ。それで、車でここまで送ってきてもらっただけ」

「はあ？　お前、今日はテート・モダンの予定じゃなかったろ。じゃあデミアン・ヘッジズはどうした？　会いに行かなかったのか？　それなら他の誰に会ったんだ？」

矢継ぎ早に訊《き》くエドを見て、どう思ったのか、ブライトはひゅうっと口笛を吹いた。

「すごい独占欲。詮索好きの彼氏で大変だね。あてられそうだから帰ることにするよ」

肩を竦め、あくまで軽やかに言うブライトに、さすがに礼は申し訳なくなる。運転席に回るブライトを追いかけ、「ごめんなさい、ブライト」と声をかける。

けれどブライトは微笑《ほほえ》み、礼を安心させるようにそっと頭を撫《な》でてくれた。

後ろでエドが舌打ちをしたが、その優しい仕草に驚いて顔をあげると、ブライトはなぜだか少し淋しそうに眼を細めていた。

「僕こそ……ごめんね。レイ。少し変な話をした。グラームズは白鳥だけど、群れを出られる珍しい鳥だよ。たぶん……そう思う」

そっと言うと、ブライトはニッコリして運転席に戻り、再びエンジンをかけて行ってしまった。いつもどおり、朗らかな笑顔で手を振って。

（……ブライト、僕とエドの関係を知ってるから……白鳥とアヒルの話、気にしてくれたのかもしれない）

優しい人だな、と思う。同時に、その優しい人でさえ、「血統が違う」と言うのだと思うと、なんとも言えないやるせない気持ちになった。

「おい、レイ」

と、見送っていた礼の感傷を突き破るように、エドが苛立《いらだ》った声を出す。

ハッと振り返った礼は、エドの後ろに、よく見るとロードリーが立っていることに気がついた。心なしか、呆《あき》れたような表情をしているように見えた。礼は慌ててロードリーに会釈し、彼はどうやってここに来たのだろう、もしかしてエドが運転していた車に乗っていたのだろうか……それならば、普段はロードリーが運転しているはずなのに、どうしてエドが運転していたのだろう……などと、様々な疑問を浮かべたが、訊けば「今そんな話をしている場合か」と、エドを怒らせそうなので、黙っておいた。

「ちょっと来い、上で話そう」

腕を組んだエドは、落ち着きなく足踏みを鳴らしている。礼はため息をつき、エドと一緒にフラットへあがった。

「今日の昼、電話したのになぜ出なかった？」

玄関から居間へ入るとすぐさまそう訊かれ、礼はエドからの最初の電話を思い出した。

「……あのときは、デミアンと会ってたんだ。かけ直すつもりだったけど、色々あったからつい、忘れてしまって」

「お前、結局デミアン・ヘッジズに会ってたのか!?」

とたんに、エドが大声を出した。礼は思わずムッとする。

「どうして？　デミアンに会いに行くのは知ってたでしょ」

「……ふん、浮かない顔をしてるから、どうせデミアン・ヘッジズとの仕事はうまくいかなかったんだろう。俺を頼ればよかったのに」

偉そうに言われ、礼は言葉に詰まった。

エドに頼ったって、結果は同じだったよ——と言い返したかったが、言えない。

デミアンの話を詳しくしようと思うと、デミアンがエドと礼の関係を——恋人であるだけでなく、叔父と甥《おい》だということまで——知っていた、と告げることになる。そうすると、デミアンから、エドに土下座させろと言われたことも、話すことになってしまう。

結局口を閉ざしたままソファに腰掛けると、エドは「レイ」と少し声音を和らげて、隣へと座ってきた。

「……なあ、俺に手伝わせてくれ。なにかいい案が出るかもしれない。デミアンとは、どんな話をしたんだ？」

それは諭すような、懐柔するような言い方だった。どうしてこんなに必死になるのだろう。不審に思い始めたそのとき、家の電話がけたたましく鳴った。隅に控えていたロードリーが、素早く、当たり前のように電話へ出た。

「……はい、こちらはグラームズ。……お世話になっております。ええ——」

電話に出たロードリーは静かに話す。エドはため息まじりに髪をかき上げ、「今日はアメリカにいる予定なのに、誰がかけてきてるんだ。どうせ暇な年寄りだろ……」とぶつぶつ呟《つぶや》いた。

と、ロードリーが受話器から耳を離し、「エド」と声をかける。

「カーラ・クレイス様からです。あなたにかわるようにと」

ロードリーが淡々と告げたその名前に、礼はつい、ぎくりとした。それはエドの、伯母の名前で、礼は苦手意識を持っている。

エドもあまり好きな相手ではないからか、舌打ちして、面倒くさそうに立ち上がり、受話器を受け取る。Speakingと無愛想に言い、エドは電話に出た。

見ていると、なにか伯母に言われたようで、エドは思いきり眉根《まゆね》を寄せた。

「……いいえ、仕事が忙しいのでそれは……ええ。叔父上には申し訳ないとは思っていますが……そういうことではなく。会社の決定なのです」

エドはなにやらこめかみをおさえ、しばらくは「ええ。ええ」と相槌《あいづち》を打ち続けた。やがて受話器を乱暴に置くと、大きく舌打ちした。

「くそったれ」

行儀悪くそう吐き出すと、エドはロードリーに「酒」と命じる。言われた秘書は音もなくキッチンへ入っていった。

「エド……カーラ様って……伯母君だよね。ギルの母親の……なにか言われた？」

恐る恐る訊くと、エドはため息をついた。

「まあな。……レイ、明日の夜、空けておけ」

不機嫌な顔で、エドはリクライニングチェアに座り、足を投げ出した。そこへ、まるで申し合わせたようにロードリーがやって来て、ワイングラスを渡す。息がぴったり合っていて、物慣れたその様子に、ふと礼の中で自分がいない間も二人はこんなふうにして接していたのだろうか、という気持ちがよぎる。それは嫉妬《しっと》とも言えないが、それ以外には言いようのない、小さな淋しさだった。

「カーラがパーティを開くそうだ。そこにどうしても俺と、お前で出席するようにとのことだ。……面倒だが、出ないといつまでも催促されるだろう」

「ぼ、僕も？」

　礼は思わず訊き返した。エドの親戚の集まりには、過去一度しか出たことがないけれど、四六時中蔑《さげす》みの眼で見られ、傷ついた覚えしかない。一瞬うつむいた礼を見て、エドがハッとしたように体を起こした。

「レイ。……嫌か？　辛《つら》いなら、今回は断る。なんとか口実を作ればすむことだ。焦ることはない。気持ちの準備ができてからでも……」

　ワイングラスをサイドテーブルに置き、慌てたように隣に座ってきたエドに、けれど礼はびっくりしてしまった。空けておけ、と命じたあとで、エドがしおらしくなったことに、礼はいっそ違和感さえ覚えてしまった。

「……どうして。行くよ。だって、行くって返事したんでしょう？」

　緊張はしているが、行かないと言うつもりは、最初から礼にはなかった。行ってからあと、どう振る舞おう、という悩みはある。礼はアヒルでしかなく――血統違いで、だからきっと、嫌われているのは間違いない。

「……一応、なにかあるかもと思ってパーティ用の服は持ってきたけど……おかしくないか、あとでチェックしてくれる？」

とりあえず服装だけでも、見合うようにしなければ。

そう思って言うと、エドはなんだか思い詰めたような眼で、じっと礼を見つめていた。

「……いいのか？」

低い声で訊かれ、礼は首を傾《かし》げた。なにが。

「たぶん、品定めされるぞ。……お前と俺がどういう仲か、一族の連中は知っている」

苦しげに吐き出された言葉に、礼は一瞬息が止まり、それから、心臓がどくどくと嫌な音をたてはじめるのを感じた。

（そうか……。そういえばそうだった）

エドはサラの株を奪い取って、そのかわりに社長となり、そして礼との仲を一族に認めさせた。そう、聞いている。世界同時不況の打撃のあとで、会社が倒産することを恐れた一族は、エドのその条件を飲んだとも。

だがそれなら余計に、逃げられない。

逃げてしまえばそれだけ、礼ではなく、エドが悪く言われるのは間違いない。胸を張って彼らの前に行ける自信はどこにもないが、行かないという選択肢はない。

けれどどうしてか、礼を見つめるエドの瞳は、不安そうに、苦しそうに揺れている。

（僕が怖《お》じ気《け》づいて逃げ出すと……思ってるのかな）

そうかもしれない。エドはきっと、親戚たちとは上手《うま》くいっていないだろう。訊かなくともなんとなく分かる。そうでなくとも昨夜の人事で、親戚らしき男を解雇していたし、その件も絡んでいるのかもしれない。

（……白鳥の群れ、か……ブライトは、上手いこと言ったんだな……）

ふと、悲しいような、やるせないような気持ちで、そう思う。

グラームズの一族は、たぶん白鳥の群れだろう。その中で、白鳥になれない礼は、たぶんつまはじきにされる。

……けれど正真正銘、白鳥の王であるエドは、その礼を選んで――そうしたら、どこで生きられるのだろう。

白鳥の群れの中でないなら――一体、どこで。アヒルの自分と。

じわじわと心の中に、不安が広がる。

行くよ、と礼は言った。言って、ソファの上のエドの手に、そっと手を重ねた。エドが礼の眼を、心配そうに見返してくる。

「前にも一度出たものね。あのときと違って、僕ももう、大人だから」

不安を押し隠して微笑むと、エドはしばらくの間なにも言わなかった。

けれどエドの瞳はどうしてか、礼の本心がどこにあるのか探っているように――憂いをたたえ、じっと、礼の眼を見つめ返していた。

貴族の邸宅は、基本的に郊外にある。グラームズ家の屋敷もそうだったが、カーラの邸宅も同じだった。ロンドンから車で一時間半。グラームズ家の屋敷とほど近い場所に建つ、古いマナハウスが、どうやらカーラ・クレイスの持ち物のようだ。

敷地はやはり広々としていたが、本家グラームズ家と比べてしまうと小さかった。それでも、赤煉瓦《れんが》で建てられた歴史的建造物は壮麗で美しい。

その夜、屋根の上にはいくつも燈火が焚《た》かれ、着飾った人々がロータリーから建物の中へとあがっていく。招待客はみんな、グラームズ家の筋の人々だと、礼はエドから聞かされていた。礼は黒い燕尾《えんび》服に、ホワイトタイ、白蝶貝《しろちょうがい》のカフスボタンをつけて、イギリス流の正装をしていた。エドも似たようなものだが、スタイルがいいので見映えがまるで違う。緊張している礼でも、つい見とれるほどだった。

車はロードリーが運転してくれ、屋敷の前で降りると、案の定、人々が振り返り、好奇の視線を浴びた。礼はごくりと息を呑《の》み、けれどうつむかないよう、細心の注意を払った。

(顔をあげるんだ。弱気にならない)

礼が思い出したのは、十二歳のときに一度出たきりの、グラームズ家の集まりだった。サラに言われて出席した礼だが、集まった親戚からは揶揄《やゆ》と侮蔑《ぶべつ》の視線を向けられた。あのときの礼はただまごつき、びくびくするだけだった。もう大人になったのだから、どれだけ蔑まれて

も、素知らぬふりをしていよう。礼はそれだけを決めてきていた。怯《おび》え竦《すく》みあがる無様な姿を見せれば見せるほど、エドの相手にふさわしくないと嗤《わら》われるだけだろうと、知っていた。

「あら、エド。珍しいこと」

「おやエド。よく顔が出せたものだ」

階段をあがりながら、二人に眼をとめた親戚筋の人間が、みな短い言葉でエドを腐《くさ》していく。エドはそれに「ええ」とか「はい」としか答えない。そうして彼らはみんな、誰一人として、礼に声をかけなかった。チラリと一瞥《いちべつ》はするものの、まるで存在を意識したくないかのようだ。一度眼が合った貴婦人など、眉根を寄せ、口元にハンカチをあてて足早に玄関へ向かったほどだった。

その冷たい、言葉のない、拒絶――。

はっきりと罵《ののし》られるわけでもない、ただいることさえも拒まれる感覚に、礼は早くも胃が痛み、体に冷たいものがあたっているような、そんな気がした。

「レイ、大丈夫か」

横に立つエドが、気遣わしげに礼を見下ろす。大丈夫だよ、と微笑んで顔をあげると、後ろのほうから小さく声がした。

「まあ、いやらしいこと。あれが男を誑《たぶら》かす男の顔なのね……」

「男娼《だんしょう》の手口といったところかしら。気味が悪い……」

喉元《のど》を、なにやら見えない縄でぎゅっと締め付けられたような、そんな息苦しさを感じた。礼はこくりと息を呑み、うつむきそうになるのを必死にこらえた。

エドにもその声は聞こえていたのか、隣で、小さく舌打ちする気配がある。けれどエドも、それ以上はなにも言わなかったし、相手に文句をつけたりもしなかった。

（エドは今、なにを思ってるんだろう……）

礼はつい、不安にかられた。親戚からこんな蔑みを言われる礼を隣に置いていることを、恥ずかしく思われていたらどうしよう。

そんなことはないと信じているが、それでもチラッと、そう思わずにはいられなかった。

広いロビーを抜けると、執事が待っており、ホールへと案内された。

市松模様の床に、装飾的な壁と天井。美しい壁画と、大きく温かな暖炉《だんろ》。長いテーブルには銀器や燭台《しょくだい》が美しく並べられている。

客は既にみんな集まっているようで、ざっと見るに十二人程度だった。晩餐会《ばんさん》としては、妥当な人数だろう。

「まあみなさん、よくお越しくださいましたわ」

髪を結い上げた貴婦人が一人、ホールへ入ってくる。カーラ・クレイスだ。彼女は夫らしき、初老の男と腕を組んでいた。

カーラはエドと礼を認めると、顎《あご》をくいとあげ、いかにも嫌なものを見るような顔をした。

「ああ、エド。来たのね。お前にはあとで話があるの。お前の飼ってるアジア人、躾《しつけ》はできていて？　恥をかかせないでね」

アジア人、とは礼のことだろう。エドは厳しい顔になり、返事もしなかった。カーラは結局、礼には一言も話しかけず、他の客を手招いて、席へと誘導した。

彼女が礼を蔑み、嫌悪し、そうして口もききたくないと思っていることは、礼だって知っていた。十二歳のときにも、まったく同じ態度をとられたからだ。ただ、十三年経ってなお、それが変わらなかったことには、さすがに多少、ショックを受けていた。

「……悪いな、レイ」

隣でエドが小声で言ったが、礼は「平気だよ」と囁《ささや》いた。囁きながら、またすぐ後ろで、あれが男娼の手口、と言われないか、怯えている自分がいることを感じていた。

心臓が大きく鼓動し、口から飛び出しそうになっている。怖い。そう思ったけれど、礼は眉を動かさないよう気を配った。

『keep a stiff upper lip.』

――眉一つ動かさず、敢然と辛苦《しんく》に立ち向かえ。

それはかつてリーストンで学んだ、ノブレス・オブリージュの象徴だった。

礼は最大限の注意を払い、可能な限り優雅に、示された席へ向かった。そこは主人の真向かい。つまり、主賓席で、礼はとんでもない位置だと震えそうになった。てっきり、末席に座らされると思っていたのに。

「伯母上、お招きいただきありがとうございます。皆さま、楽しい一夜になりますように」

エドが平坦な、ほとんど感情をこめない声でそう言い、礼は隣で精一杯微笑んだ。

「お招きいただき、光栄です。お身内の会に、お邪魔してしまいました」

席についた誰も礼の声には答えず、つんと澄ましている。それも仕方がないかと腰を下ろしたそのとき、「なに、構わないさ。きみも身内みたいなものだ」と鷹揚《おうよう》に笑う声がした。

見ると、はす向かいに初老の男が一人、座っていた。四角張った顔に、太い眉、太い口ひげ……眼の下は黒々とクマができ、眠れていないのかぎょろりとした瞳は赤く充血している。体は横に大きく、太っていた。誰だろうと思っていると、

「まあ、チャールズ。あなたは本当に心の広い人よ」

と、カーラが大袈裟《おおげさ》に、どこか同情するように言った。エドが小さく眉をひそめ、そうして礼はある可能性に気がついた。

（チャールズ……チャールズ・グラームズ……？）

不意に昨日聞いた、ラジオのアナウンスが蘇《よみがえ》ってきた。エドが一昨日解任させた常務の名前が、たしか、チャールズ・グラームズだったはず。もしや眼の前のこの男は、その当人だろうか？

思わず見ていると、チャールズは落ち着きなく、指をテーブルの上で軽く叩いている。時折、

イライラしたように大きな体を揺すったりもしていた。

「でもねえチャールズ。そこの子は、アジアの血が入ってるのよ。身内というのは言い過ぎだわ、遺伝子検査もしてないもの」

カーラが礼について、勝手にそう話す。するとチャールズは低く嗤い、

「いや、カーラ。私が言いたいのは、彼がエドの異常な――おっと失礼。なんといったかな。病気か。とにかくそのアジアの子はね、エドについてしまったデキモノみたいなものだから。エドのデキモノなら身内という意味さ」

エドについてしまったデキモノ。

それはあからさまな侮蔑だった。

周囲の人々はみんな、くすくすと声をひそめて笑っている。礼の頰《ほお》にはカッと血がのぼったが、隣のエドはまるで石像のように眉一つ動かさず、じっとしている。

誰もかれも、礼に向けられた悪意は理解しているだろうに、次の瞬間にはもうそんなことはなかったかのような顔で、晩餐は普通に始められた。

しばらく、礼は誰からも話しかけられず、和やかな食事が続く。礼とエド以外はみな、カーラやチャールズと同年代らしい。以前、十二歳のときに会った人もいるのかもしれなかったが、覚えていなかった。

（とにかく……粗相がないように……それだけ、それだけ頑張ろう）

初めの数分で、礼はすっかりくたびれていて、せめてテーブルマナーだけは守ろうと決めた。それでも、カーラの態度やチャールズの言葉、男娼と言われたことなどが引っかかり、ナイフやフォークを持つ指先の震えが止まらない。運ばれてくる料理の味も、まるで分からない。

薄い皮膚の下で、心臓は痛いほどズキズキと鳴っている。

ちらりとエドを見ると、エドのほうは実に冷静で、静かに、淡々と食事をとっている。

時折誰かに話しかけられても、ごく無難な返事を返すだけ。イヤミのようなことを言われれば、それには一言「ええ」だけで流し、まるで相手にしていなかった。

（エド……こういう場、慣れてるんだな……）

よくよく考えてみれば、エドはほんの十三、四歳のころから——ずっと、こういう付き合いを我慢してきているのだろう。周りの声など聞こえていないように超然として振る舞っているエドの内心は、礼には計り知れなかった。

「まあそれにしてもチャールズ。あなたもご苦労だったこと。エド、あなたは恩知らず。アメリカ人の言いなりになって、親戚を売るなんて」

食事も終わりに近づいたころ、カーラが言い、チャールズがニヤニヤと嗤った。

「いいのさ、カーラ。エドは会社が可愛《かわい》いんだ。まあエドは病気だから——この先子どもも作らないいんじゃ、経営くらいしかやることはない」

またしても、あけすけな侮蔑だ。礼は息を止め、怒りに息が詰まり、ますます指が震えるのを感じた。言われたエドは相変わらず、能面のような無表情だ。

「ああ、やめて、チャールズ。醜聞もいいところよ。エドの病気が世間に知れたら。グラームズ家の恥だわ。それも相手がこの子だなんて。ファブリスの恥までさらされてしまったら、終わりよ。終わり」

カーラは顔をしかめ、「その話をぜひしなきゃと思っていたの」と、言って、ちらりと隣の女性を見た。年配の女性は、カーラに腕をつかまれると、ああ、そうだったわね、カーラ、と、思い出したように礼のほうを向いた。あくまで、カーラは礼と直接口をききたくないらしい。

「ねえ、ナカハラさん。あなた、エドワードと私たちのことを想うなら、お国に帰って二度と会わないべきじゃないかしら。日本人て、謙虚な民族ではなかったの？」

不意に話しかけられ、礼は息を呑んだ。しかも内容は、偏見に満ちた、とんでもない侮辱だ。なぜかそのタイミングで、隣にクレイス家の執事が立ち、礼のグラスにワインを注いだ。ボトルを傾ける直前で、その手が不自然にグラスを動かす。けれど礼は、言われた言葉に気をとられて気付かなかった。

「……あの、みなさんが、僕を不快に思ってらっしゃるのは、分かりますが……」

言葉を選び、礼はそう言った。他になにを言い、どう続けるべきなのか。ためらいがちに、でも、と言葉を継いだとき、肘《ひじ》がなにかに触れた。

とたんに、礼のワイングラスが傾き、隣席の女性が悲鳴をあげた。

ワインは女性のドレスを濡《ぬ》らして、床に転げ落ちる。しまったと思っても、もう遅い――。

「なんてこと。ヴィンテージのドレスよ」

女性は怒った声で立ち上がり、ナプキンを礼に投げつけた。あるはずがない場所にグラスがあった。礼はそう気付いたが、弁明しても意味はない。頭から血の気がひき、「も、申し訳ありません」と立ち上がったが、女性は腹を立てたまま会場を出て行った。

「あら、食事会が台無しよ。エドのお相手は猿なみね」

カーラが言い、チャールズがにやけた笑みを浮かべて「まあまあ」と周りを宥《なだ》める。

「仕方ないじゃないか。ミスター・ナカハラは東洋の混血児だ。貴族のマナーなど……猿にはできない。主賓席に招いたカーラも、もう少し考えてあげるべきだったんじゃないかね……」

バカにしたように礼を見る、チャールズの瞳は満足げだった。恥ずかしさと悔しさ、言い返せないいたたまれなさ、見世物にされたような気持ちで、体が震え、頬が熱くなる。

けれどなにをどう言えばいいのか――。

うろたえていたそのとき、隣のエドが大きくため息をついた。そうして突然、持っていたナイフとフォークを、乱暴にテーブルの上へ投げ出した。

それは皿に当たってガチャンガチャンと大きな音をたて、空のグラスが一つ倒れる。婦人が一人きゃっと声をあげ、カーラが眼を剝《む》き、チャールズが固まった。

「相変わらず、クソみたいな集まりですね」

エドはため息と一緒に、吐き出すようにそう言った。

緑の瞳には冷たい光が宿り、眼の前のカーラとチャールズを、突き刺すように睨みつけている。心の底から軽蔑している顔だった。

「俺をいびりたいなら、こんな回りくどいことをしなくてもいいでしょう。執事を使ってグラスの位置を変えさせ、わざと倒させたんでしょう？　そうでもしなければ、レイのマナーは完璧で、笑いものにできない……恥ずかしくはないのですか。これこそ猿芝居ですよ、伯母上、叔父上」

カーラは頰を赤く染め、「まあ、なんてこと」とその声を震わせた。

「お前、この私にそんな嫌疑をかけるの」

「ええ、おかしいですか？　……ですが、それが真実かどうかなんて、どうだっていいんです。話があると言いましたね。先にお答えします。レイと別れろという話なら、ノーです」

エドはきっぱりと言った。真っ直ぐなその視線と、声音に、礼はドキリとした。

「俺は別れない。それが許せないなら、グラームズ家から俺を追い出してください」

一族から追い出せ。

過激な言葉に、礼だけでなく周りの者もみんな息を呑む。

「それから——叔父上を……チャールズを常務のポストに戻せという話もあるのでしょう。それもノーです。現在、人事権は俺にない。どうしてもというなら、叔父上、どうぞ、アメリカの投資王を訪ねて説得することです。役員会の招集は、俺にはかけられませんから」

きっぱりと言い切って、エドは立ち上がった。礼はそのまま腕をひかれ、エドの体に支えられるようにして立たされる。

見ると、カーラはまっ赤になり、チャールズは土気色の顔をしてぶるぶると震えていた。

エドはそれを見ると眼を細め、嘲《あざけ》るように嗤った。

「……どうせ、なにもできないでしょうね。俺はあなたがたの財布です。俺がいなくなったら、困るでしょう。叔父上も、シモンズを相手にする勇気は、ないようですし」

チャールズはそう言われると、眉をつりあげ、ぐっと声にならないうめき声をあげた。他の列席者を見回し、エドは慇懃《いんぎん》にお辞儀した。

「デザートがまだですが、退席いたします。皆さまは、どうぞごゆるりと」

その仕草も声も、まるで絵画の中の王子のように美しく、優雅だった。まさかたった今、行儀悪くカトラリーを投げつけたようにはとても見えない、生まれながらの気品に、充ち満ちている。

「行こう」

耳もとで囁かれ、礼はハッとした。腕をひかれ、慌ててついていく。けれどそのとき、椅子を後ろに倒すような勢いで、チャールズが立ち上がった。

「エド！　貴様、それでいいのか。この私や、一族に楯《たて》突いたままで！」

怒鳴り声に、礼はびくりとして振り返る。鬼のような形相で、チャールズがテーブルを叩く。

「数百年続いてきたこの……グラームズ家の次期当主が男色の、近親相姦《そうかん》だと知れたら……信頼を失う。会社の株価も下がるぞ！　役員たちはお前を社長から引きずり下ろそうと考える。そうなってもいいのか！」

礼の胸はドキドキと激しく鳴り、同じくらいじくじくと痛む。

「エ、エド……」

不安にかられてエドの名前を呼んだが、エドは「放っておけ」と言うだけだ。

「その薄汚いアジア人と別れて——私を復職させろ……いや、小さな会社一つ、私にくれるだけで構わない——」

ホールの扉の前まで来たエドが、そのとき初めて振り返り、叔父に眼を向けた。

凍てつくような瞳だった。感情という感情を削げ落とし、かわりに相手に対する完全な殺意だけを残したら、こんな視線になるのだろう——そう、思わせるような。

「あなたがたに、レイの魅力など分かるはずもない。分かってほしいとも思わない。俺については、好きにお喋りするといい」

だが、と、エドは続けた。

「叔父上。レイを傷つければ、俺はあなたを殺しますよ。何度でも。何度だって、殺します」

緑の瞳に、鋭い光が射す。それは地下のマグマのように烈しく、熱く、恐ろしい殺意だった。

チャールズも同じものを感じたのだろうか。息を呑むと、青ざめた顔で尻餅《しりもち》をつくように席に座った。

エドは礼の肩を抱き、扉を開けた。

瞬間、誰かが忌々しげに言うのが聞こえた。

「あの混血児が、私たちとエドの間を、引き裂いてしまったのよ」

礼の胸に、その言葉は刃のように突き刺さる。

ホールの向こうには人気《ひとけ》のない、薄暗いロビーが広がり、玄関に燃える灯りだけが、冷たい空気の中でチラチラと揺れている。

玄関の向こうには、濃い闇の中、まばらに雪が降り始めていた。

足早にそこへ出て行くエドに、ふと、礼は思った。

まるで、群れを追われているようだ。

白鳥の群れを追われる、白鳥の王さま、エド。

そうしてエドが追われているのは——間違いなく、礼を愛しているせいなのだ。

六

雪は礼《れい》の頭に、肩に降りかかり、それは冷たく次第に燕尾服は濡れてきた。礼の手をとり、ぐんぐんと歩いて行くエドは、口の中でブツブツと文句を言っている。

「くそったれ……あの豚ども、働かずに餌《えさ》だけほしがる。……忌々しい、さっさとくたばっちまえ――」

けれどエドは舌打ちでその悪態を消すと、屋敷の前のロータリーで携帯電話を取りだし、ロードリーを呼び出す。迎えの車はすぐに来て、後部座席を開けたエドは、抱き上げるようにして礼をそこへ押し込んだ。

「冷えたろう、レイ。ロードリー、暖房を強めにしてくれ。レイは寒さに弱いんだ」

エドの声音は落ち着いていた。シートに置いてあったコートを肩にかけてくれ、車が発進すると、ハンカチで雪に濡れた礼の頬や頭をそっと拭いてくれた。

優しい仕草に、泣きたくなった。どうして、と思うともうダメで、我慢できずにこみあげてきたものが、目尻にかかる。エドは手をとめ、「レイ……」と囁き声を出した。

「……ひどい罵りを聞かせて、すまなかった」

謝られてしまった。エドは本心からそう思っているようで、悔しそうな、辛そうな顔をしている。礼は首を横に振ったが、エドは焦ったように礼の両手をぎゅっと握る。

「だが、もう二度とこんなことはない。一度集まりに出ておけば、もう出なくても、文句は言わせない。お前はちゃんと礼儀を尽くした。本当はもっと早く退席したかったが……あそこがギリギリだった。食後まで付き合わせるべきか迷ったが、俺が我慢できず……」

エドはうなだれ、悔しそうに「くそ」と呟いた。

「だが、一応は出たんだ。次からは断る。だから安心してくれ」

気遣わしげなエドの眼に、礼は悲しみがこみあげてくる。どうしてエドが、彼らの非礼を詫《わ》びるのだろう。

傷つけられたのは、エドだって同じなのに。

「……きみは悪くないよ。……ただ、僕のせいでエドがひどく言われて……申し訳なくて」

喘《あえ》ぐような声が出た。エドは身を乗り出し、どこか焦ったように「なにを言う」と礼の言葉を遮《さえぎ》った。

「俺の家の都合だ。お前が罪悪感を感じる必要なんてない。あんな、クソみたいなヤツら……俺は全員、死んでくれたっていい。どうせ最初から悪く思われてる。今さらなにを言われても平気だ。気にするな」

「……でも、きみの血縁者だ。――きみの、家族みたいなものだ」

言いながら、同時に礼は、晩餐の席にいた男女の、薄ら笑いを思い出した。

(……エドのこと、病気だって言ってた)

家族なら――どうしてそんなひどいことを、平気で言えるのだろう……?

そんなものか。ジョージやサラだって、エドに対していい親とは言い難かったから、知っていたはずなのに、喉が詰まる。重石のようなものが、心の中にどんと落ちてきて、苦しかった。

「家族なんて要らない。お前がいればいい――」

エドは訴えるように言って、礼の体を引き寄せた。

だから、だからあんなやつらのために、傷つかないでくれ――。

胸に抱かれて、礼はエドの心臓の音を聞いた。それは厚い胸板の奥で、どくどくと逸《はや》る脈拍だった。

カーラやチャールズ、エドの親戚たちは、みんな同じ心臓を持っているのに、流れている血が違うというのだ。だからエドとは愛し合えないと、レイはこのほんの三日ばかりで、何人から言われただろう?

そしてイギリスで暮らせば、そんなことはもっと言われるのだろうと、礼は気付いた。

エドと礼では愛し合えない。流れている血が違う――リーストンにいたころ、エドは頑《かたく》なに礼からの愛を受け取ろうとしなかった。二人の間に横たわる、血という深い溝を、エドは知っていたからだ。たとえ当人たちがどれほど愛を説こうとも、わかってもらえることはない人たちがいるのだという——その、現実を。

（日本を発つとき、こんな気持ちになること、想像したっけ……？）

していなかった。礼は浮かれていた。楽しい生活になるだろうと思っていたし、ただの旅行気分だった。

「レイ。……こらえてくれ」

悲しげに言い続けるエドに、礼はこらえてなんて……と、思った。けれど言葉にはならない。ただ、礼はエドの胸にしがみついたまま、思い出していた。

……あの混血児が、私たちとエドの間を、引き裂いてしまったのよ。

忌々しげだったあの声。

そうなのだろうか。そうかもしれない、と思った。

そうしてそれは、もしかしたらとてつもなく罪深く、残酷なことなのかもしれなかった。

白鳥の群れを追い出されるアヒルはかわいそうだが、群れを出て一人ぼっちになった白鳥だって——やっぱり、かわいそうではないのだろうか？

「レイ、やっぱりお前には……」

そのとき、エドはなにか言いかけたが、その後を続けるのが怖いように押し黙る。エドはそれ以上なにも言わず、だから礼には、エドがなにを言いかけたのか、とうとう分からないままだった。

翌朝、礼はほとんど眠れないまま、眼を覚ました。

イギリスの冬は日照時間が短いから、朝の七時になっても、まだ外は真っ暗で、まるで真夜中のようだった。黒曜石のような硬い闇……ここに暮らしていたころは、イギリスの暗闇を礼はそんなふうに見ていたものだ。

すぐ隣を見ると、同じベッドに寝ていたはずのエドがいなかった。

ベッドサイドにはどうせクリーニングに出すからと、脱ぎ散らかしたままの燕尾服が転がっている。礼はよろよろと起き上がり、それらをまとめてカゴに入れた。

ガウンを羽織り、そっとドアを開けると、キッチンに灯りがついている。香ばしい紅茶の匂いがほのかに漂い、近づいていくと、エドの話し声がした。

「シモンズにはさっき、メールを入れた。中南米航路とCSTラインの売却を早急に進めたい。チャールズはなにもできないだろうが——面倒ごとはさっさと済ませておく」

ため息まじりに言っている、エドの通話相手はロードリーだろう。礼は入っていくのが悪いようで、キッチンの手前で立ち止まってしまう。

「……それからもう一つの件だが……ああ、そうか。ボーフットに話は通ったか。なら一度、俺からも直接話をしよう。……いや。そっちには、言う必要はない」

そのとき、エドはふと「ロードリー……」と、呼びかけた。

それはなにか迷いを含んだ、弱々しい声だった。子どもが母親に助けを求めている。そんな声音にも聞こえた。

「なあ……俺は正しい選択を、しているのか？　まだ、早かったか……？　自信がない。レイは――俺とは、違う人間なんだ」

――レイは、俺とは違う人間……。

エドの言葉に、礼は息を止めた。心臓がどくどくと早鳴り、下腹部に、なにか痛みのようなものがじわっと走る。

（……どういう意味？）

電話の向こうで、ロードリーはエドになにを言ったのだろう。エドはため息をつき、「そうだな」と返すと、通話を終えたようだった。

礼はしばらく息を潜めていたけれど、いつまで経ってもエドの動く気配がなく、とうとう中を覗《のぞ》いた。

見ると、カウンターに寄りかかったエドが、空を見て考え事をしている。その横顔はどこか物憂げで、珍しく、疲れがにじんで見えた。

（エド……僕のせいで、疲れてるの……？）

昨日の晩餐会で言われたように——エドもまた、礼とは血統が違うから、分かり合えないと思っているのだろうか？

ふとそんな考えが浮かび、すると足の先から地面が消えて、この世界に立っていられないような恐さに襲われた。エドを失ったら、自分は生きていけない。

そう感じる自分の想いの強さに、礼は愕然《がくぜん》としてしまう。

と、エドが顔をあげ、礼に気付いて微笑んだ。

「レイ。眼が覚めたか。紅茶を淹《い》れた。近くの店でブリオッシュも買ってきたんだ。食べるか？」

わざわざ買ってきてくれたというブリオッシュの他に、エドはレタスをむしっただけのサラダと、ハムエッグも作ってくれていた。卵もベーコンも焦げ、ボウルの中のレタスもしおしおと元気がなく、不格好だったが、それでも朝食を用意してくれた気遣いは嬉しかった。

「あ、ありがとう。エドも一緒に食べよ」

礼は慌てて気を取り直し、キッチンの隅にある、小さな食卓にその朝食を運んだ。さっきの話は聞かなかったことにしようと、礼は思った。エドの本心を確かめるのが怖かったし、こうして朝食を用意してくれるのだから、まだ愛してくれている。そう思いたかった。

「……エド。昨夜のことだけど」

礼は小さな声で、とりあえずそれだけ、切りだした。

「その……あんなふうに出てきて、エドはカーラやチャールズに、なにかされたりしない？　大丈夫だった？」

心配だったのでそっと訊くと、エドは小さく、鼻で嗤った。

「あいつらにはなにもできないさ。たとえ俺を失脚させても、自分たちが割を食うだけだ。俺が稼ぐ金で、あの連中は贅沢《ぜいたく》してるからな」

それに、とエドはつけ足す。

「筆頭株主のシモンズが、チャールズの無能をよく知ってる。今、グラームズ社のトップは外部機関だ。アメリカの投資家に、貴族の肩書きなんて通用しない。チャールズだってそれは分かってる。ヘタに動けないからこそ、お前をいびって俺に言うことをきかせようとしたんだろう」

お前こそ、嫌な思いをさせて……と顔を曇らせるエドに、礼は「それは平気」と遮った。

「それよりも、エドが売った株……かなりの額でしょう。シモンズは有名な投資家だよね。僕も名前くらいは知ってる。……譲ってしまってよかったの？」

外部の人間に売り渡してしまって、エドの立場は危うくならないのだろうか。不安だったけれど、エドは肩を竦め、「いいや。むしろ気楽になったさ」と呟いた。

「シモンズはビジネスにバランスのいい人間だ。なんといっても公平で長期的視野がある。彼が俺を解任するなら、そのほうが会社にとっては正しいってことだろう」

ならそれでいい、とエドはこともなく言う。そして、小さな声で「それに」と続けた。

「……あの株はサラから奪ったものだ。早く、誰かに売ってしまいたかった……」

緑の瞳にキッチンの照明が反射して、ゆらゆらと揺らめいている。静かな声音には、安堵《あんど》とも、淋しさともつかない感情がこもって聞こえた。礼はサラダを食べる手を止め、エドを見つめる。

「あの株と引き替えに……俺は……母親を愛する資格もなくしたからな」

聞こえるか聞こえないかのその声に、礼は息を呑んだ。

——エドがサラから株を奪ったのは、そもそも、礼のためではなかっただろうか？

そうして、エドはそのことがもとで、サラを愛する資格をなくしたという……。

やりきれない気持ちがこみあげてきて、礼はなにをどう言えばいいのか分からなくなった。

ごめんねと言うのも違う。かといって、大丈夫だよと励ますのもなにか違う。

エドは微笑み、「まあ、終わった話だ」と軽く言った。

「さあ、食おう。俺の仕事の話はオフィスだけでうんざりしてる」

そうだね、と礼は答えたが、胸の中の重たい気持ちは消えなかった。

そうしてふと、気がついてしまった。

エドは礼に、仕事の話も一族の話もほとんどしない。それは自分が今どんな仕事をしていて、どんな苦しみに直面しているか、特別話す義務を感じていないのかもしれないと。

に。

『keep a stiff upper lip』

——眉一つ動かさず、敢然と辛苦に立ち向かえ。

ノブレス・オブリージュのこの精神を、エドはたぶん完璧に体現している。それも意識せずに。

それは冷たいからではなく、ヨーロッパに育つ人間の、ごく自然な個人主義の気風なのだろう。話したいと思えば話すし、訊けば答えてくれるだろう。けれど、礼が話してほしがっているとは、おそらく考えていない。察してほしいと思うのは、礼が日本人だからであって、エドには分からない。イギリス人のエドにはそういう感覚がないのだ。

そうして礼もまた、すべて打ち明けてほしいと望んでいるわけではない。

血統。貴族。エドの価値観。スケールの大きすぎる、仕事の話のどれもが、礼の世界とは交わっておらず、いくら詳《つまび》らかに話してもらったところで、共感することも理解することも難しい。だからエドは、礼を違う人間だ——と、ロードリーに言うのだろうか……？

（……好き合ってても、分かり合えないことは、あるんだなあ……）

それを淋しく思うのは、礼がやっぱり、日本人だからかもしれなかった。

「……エド。そういえば今日の予定だけど……」

ふと思い出して言うと、エドは「ああ、それならもういい」と答えた。

「逐一報告させるのはやめることにした。……そうだな、夕飯をどうするか教えてくれれば構わない」

礼は驚いたが、エドは穏やかな顔をしている。

「ど、どうして？　……興味なくなったの？」

思わず、焦った声が出た。エドは、

「話すのが嫌だと、言ってなかったか？」

と、こともなさそうだった。

（それは……そうだけど——）

けれどロードリーとの通話を盗み聞きした後では、急に不安になった。突き放されたような淋しさを覚えて、つい言わなくていいと言われた予定を口にする。

「でも一応、その、言っておくと、今日は午後に、リドリー・ブロウと会うよ。アメリカの作家で……たまたまロンドンに来てて。初対面だけど、メールでのやりとりで、作品の借り入れはほとんど決まってるから……夕方には別れて、ここへ戻るつもり」

「そうか」

エドはたいして興味を示さない。そいつは大丈夫なのか、ゲイじゃないだろうな、とも言わない。静かにされると落ち着かず、礼はつい「実はね」と、切りだしていた。

「意地を張って言えなかったけど……デミアン・ヘッジズとの交渉は失敗したんだ。といっても、まだ諦《あきら》めてはいないけど……メールの返事もないし、正直どうしていいか分からない。彼は貴族嫌いで、ブライトやロペス、コールの作品を展示からはずしてほしいと言われた」

途中で黙ると打ち明ける勇気が鈍りそうで、礼は一気に言った。

ほらみろ、俺の力を借りないから、と言われたらどうしようと思ったけれど、エドはそんなことは言わなかった。ただ「なるほど……」と頷いただけだ。

さして興味もなさそうな顔だ。けれどすぐに、「そんなに悩むことか？」と返ってきた。

「展示場所が国立美術館なら、あそこは広い。たとえばフロアを分けて展示してはどうだ？あるいは、近くに個人の美術館があったはずだ。そこを借りて、デミアンの展示物だけ別にする……動線の問題がないなら、なんとかなるだろう」

美術に関心のないエドでも、さすがに国立美術館くらいは知っていたか、と感心しつつ、礼はうーん、と首をひねった。

「……それは、難しいよ。フロアを分けるくらいじゃデミアンは納得しないだろうし、個人の美術館はたしかにすぐ近くにあるけど……そこにデミアンが作品を貸し出すというのなら、個人美術館は自分のところでやりたがると思うよ。それに場所も少し遠いし」

国立美術館が建っているところは、美術館や博物館が集まっている上に、古い街並みなので、金に余裕のある人間が個人蔵の美術品を見せるため、小さな民家を改造して美術館にしていたりする。しかし別館に並べるとして、動線上、理想的な立地とは言い難いし、そもそもデミアンの言う「一緒にされたくない」は、同じ空間が嫌なのか、それとも同じ展覧会の中に並ぶのが嫌なのか、分からない。ターナー賞を断った理由からすると、単に同一リストにあがるだけでも嫌なのだろう、という気がする。

「なら、展覧会そのものを分ければいい。同じ期間中に、ヨーロッパのデザイン展と、デミアン・ヘッジズ展を並行すれば問題は解決する」

「ま、まさか。そんなお金ないよ」

礼はエドの言い分にびっくりしてしまった。

「それに展示の場所も難しい。デミアンが来てしまったら、みんなそっちに流れて、ヨーロッパのデザイン展には足を運ばない。スポンサーだって、困惑する」

「本質的には、チケットを分けなければいい。分かれて見えるが、実は分かれていないようにすればいいだろ。やりようはある。展示場所も、デザイン展を見て回って来ないと見れないようにエ夫すればいいだけの話だ。中庭に特設ブースを設ければ、なんのことはない」

「……だから、そんなお金はないよ」

「金の問題か?」

「井田《いだ》さんはそう言うだろうね……」

マイアサの社員を思い出して、ため息をつく。エドはそうか、とだけ言い、あとはもうなにも言わなかったが、礼は今の会話を思い返し、そうか、その提案だけでもしてみようか、と思った。いや、実現可能とは、到底思えないが――。

（展覧会を二つに分ける、か……。どうだろう。僕個人の思いつきと確認、と言って、井田さんにメールしてみようかな）

相談してみて、なにか工夫をこらせそうなら、デミアンに打診してみてもいい。

少しだけ希望が見えた気がして、礼は昨夜から続いていた憂うつな気持ちが、ほんのわずかに晴れたような気がしてきた。

『リドリーに会いました。つつがなく打ち合わせは終わりました。これからハムステッドに帰ります』

礼はその日の午後二時、無事にアメリカの造形作家、リドリー・ブロウから作品の借り入れを取り付け終え、一人になったところでエドとロードリーの二人へそうメールを送った。同時に、日本にいる井田にも、リドリーと会ったことや交渉の成功、それからデミアンの展示に関する、二、三の質問を送った。主たる内容は、「デミアンは他作家との同時期展示を望んでいない。可能性として、展覧会を分けることはできそうか」といったものだ。

メールを送ってしばらくして、すぐに井田から、慌てたような電話がかかってきた。

『中原くーん、あのメール、なに？　もしかしてデミアンの件、相当難航してるの？』

日本は今、夜中の十一時くらいだろうが、井田は社内にいたらしい。まあそういう反応がくるだろうな、と思いながら、礼は「もともと、難しい相手ですから」と誤魔化した。

礼はサウスバンクの街並みを歩いているところだ。ここは観光客が多く、アメリカ人のリドリーとも、ついさっき、打ち合わせ中に有名な観覧車、ロンドン・アイに乗ったのだった。陽気なリドリーは、「相手がきみでよかったよ。怖そうなイギリス人が来たらとても誘えなかった」と無邪気に言い、たっぷり三十分かけて回る箱の中で、礼は契約書にサインをもらった。

『展覧会を分けたらかあ。そりゃ便宜上そうすれば、デミアンが貸してくれる、っていうなら是非にと思うけど、現実的じゃないよ。きみの言うとおり、展示スペースやチケット、広告の打ち方なんかは小手先でどうにかなるけど、その小手先を実現するお金がない。さすがに俺も、上には掛け合えないよ』

「……それはそうですよね」

チケットは二枚組、分けては買えないようにすればいいし、代金は二展示で一展覧会分にすればいい。ポスターは同時開催と銘打って、二つ載せることもできる。眼をひきたいメインの広告には、デミアン・ヘッジズを大きく載せ、ヨーロッパのデザイン展、と小さくつけておけば、まあ、いろいろと問題はあるかもしれないが、そこはなんとかできる範囲だろう。作家の中には不満を持つ者もいるかもしれないので、再度説明をする必要はあるが……。肝心の展示場所は、エドが言うように中庭に作れば――しかし、そのどれもに金がかかる。コストが高い。

『ちょっと夢物語だなあ。デミアンを呼べば観覧者は増えてもさ……そのコスト分の収益があがる保証はないわけでしょ。なにしろ来日歴がないんだから』

金勘定をする側としては、可能性さえさぐれない、と両断されて、礼は引き下がるしかなかった。電話を切り、ため息をつく。

（まあ……仕方ないか。他に方法を考えなきゃ）

一人歩きだした矢先、礼は電話に着信を受けた。そうして画面に表示された名前に、思わず立ち止まってしまった。

「レイ、こっちだ。呼び出して悪かったな」

指定されたパブに入ると、手を振って呼んでくれたのはギルだった。

ギルバート・クレイス。エドのいとこで、カーラの息子でもある。そうして礼にとっては、学生時代の友人の一人だった。

「ギル……驚いたよ、コペンハーゲンにいるって聞いてたから……」

礼は隣に座りながら言う。

「定例報告でロンドンに来てたんだ。エドに問い詰めたら、レイがサウスバンクあたりにいるって話だったから、それなら会えるなと思って、こっそり連絡した」

爽《さわ》やかに笑うギルの顔は、どこかエドに似ている。プラチナブロンドに青い瞳。エドよりやや優しげな顔だちで、同じような身長と体格。そしてクレイス家という、グラームズに連なる名門の、長男でもある。

そのギルは今、グラームズ社のコペンハーゲン支社で支社長をしており、礼はしばらくは会えないだろうと残念に思っていたのだ。

互いにデカフェを頼み、しばらくすると、ギルは礼に深々と頭を下げてきた。

「レイ、すまなかった。母が嫌な思いをさせたみたいで……」

礼はギルが、カーラのしたことを知っているのだと分かり、緊張した。同時に胸が締め付けられ、悲しい、淋しい気持ちになった。居住まいの悪い、居心地の悪い気持ちとでもいうのだろうか。どうしてこのギルとは分かり合えて、カーラとは無理なのだろう……という、そんな気持ちでもある。

「……ギルが謝ることじゃないよ」

「いや。……母は視野の狭い人間なんだ。アレを変えることは一生無理だろうから、事故だったと思って、忘れてくれると助かる」

ギルの言い分がおかしくて礼は笑ったけれど、同時に、やっぱり息子のギルから見ても、カーラのような価値感を「変えることは一生無理」なのだと思うと、物寂しい気持ちだった。

礼はデカフェのカップを両手に包み、「ブライトがね」と、呟いた。

「デザイナーのヒュー・ブライト。きみは知ってるかな?」

「ウィンチェスターのブライトなら、よく知ってる」

ウィンチェスターはブライトが卒業した名門パブリックスクールの名前だ。礼は微笑み、そう、ウィンチェスターの彼、と頷く。

「そのブライトが――貴族は白鳥で、そうじゃない者はアヒルだって……たとえ話をしてくれたんだ。アヒルは白鳥の群れでは暮らせないって。……それはもう分かったけど、じゃあ、白鳥のエドは僕を選んで……どうするつもりだろうって、昨夜ね、きみのお母さんたちと会ったとき、少し怖くなった。エドは群れを離れて……孤独になってないのかな」

アヒルが白鳥になれないように。

エドは庶民にも、混血児にだってもちろん、なれない。

ギルは驚いたように礼を見返し、それから「白鳥とアヒルか」と、その言葉を口の中で転がすように独りごちた。

「……分からないではない。俺の母親や、チャールズみたいな人間が、貴族以外を認めることはたぶんない。それでいて、彼らはエドを手放す気も毛頭ないからな」

ギルはため息をつき、デカフェのカップを揺らした。黒いカフェの表面に、どこか空しそうな、ギルの整った顔が映っている。

「今や貴族の大半は、自分ではビジネスができない。……それでいて特権階級にいたがる。で、そういうやつらが、エドに群がって金を寄越せとせびってる。なんの金だと思う？　屋敷の維持費やメイドに払う給金だよ。バカバカしいだろう？　家賃も払えないなら、屋敷をホテルにでもすればいいのさ。でもそう言うと、俺の母親なんかは、俺の気が違ったとでも思うだろうな。選ばれた血統の、数百年の伝統を、庶民に明け渡すのかってね。こんな時代に貴族のプライドなんて……邪魔なだけだろうに」

俺も昔は、母の言葉を鵜呑《うの》みにしてたけどな——と、ギルはため息をついた。

礼はギルから、その昔うっすらと、エドが親戚みんなの希望なのだと聞いたことがあった。ジョージと違い、経営力のあるエド。グラームズ社の株は親戚たちが多く保有しているという。筆頭株主はいないが、その配当金やエドの資産運用で、彼らはなんとか食いつないでいる。グラームズの親戚筋が没落しないでいられるのは、エドの手腕があるからだと。

「エドは金だよ、金づる。命綱さ」

ギルは肩を竦め、命綱に群がる親戚たちを、ハイエナだと呟いた。オーランドと同じことを言っている。

「母はエドに結婚して、優秀な遺伝子を残してほしがってる。……ばかげてるだろう。ジョージを見れば、次もまたエドワード・グラームズになれるわけじゃないことは想像がつく。第一、エドはそれを望んでない」

「……でも、きっと世間は、カーラと同じ考えだろうね」

ぽつりと言うと、ギルは笑った。

「世間なんて気にすることないさ。レイ。エドはお前のためなら、喜んで一族も会社も捨てるよ。そう思ってるからお前に愛を告げた。……まあ、ここで会社を捨てられたら、残された俺が困るけど」

――エドはお前のためなら、喜んで一族も会社も捨てる。

ギルのその言葉を、礼は嬉しいとは思えなかった。いや、嬉しさもあるのかもしれない。けれど、それ以上にもっと、なにも捨てさせたくないという思いが勝った。なにか捨てなければ一緒にいられないという事実が、もう、ただ単純に、重たくて悲しい……。

うつむいていると、ギルが落ち込んだ礼の心を察したように顔を覗き込んできた。

「エドが重たいなら、俺と付き合う？　俺ならエドほど期待されてないから、気楽だろう？」

冗談のような口説き文句。礼は苦笑し、いつものように「ギルってば……」と呆れた文句を言おうとして――けれど、言えなかった。胸が詰まった。

……だけどそれはやっぱり、本当は、冗談なんでしょう？

それでいい。

冗談でいいのだ。冗談でいいはずなのに、そう思ってしまった礼の心は、言いようのない淋しさに襲われた。

どんなに口説いてくれていても、ギルは礼のために、貴族という地位を捨てるのは嫌だろう。

もっと言うなら、結局は礼を、同じ側の人間だと思っていないだろうと——礼は、ギルに思ってしまった。

(最低だ……)

いや、最低なのかも分からない。それは感傷的な事柄ではなくて、エドやギル、ブライトや、さらにはカーラやチャールズのような純粋な貴族にとっては、ただの「現実」あるいは「事実」程度の、当たり前なことかもしれなかった。

「さて、そろそろエドにメールするか。黙ってレイと会ってたら、あとで憎まれる」

と、ギルは落ち込んでいる礼を励ますためか、茶化してメールを打ち始めた。

優しい言葉で、礼の思い悩みを軽くしようとしてくれる、ギルに感謝はしたけれど。それでも礼は、考えずにはいられなかった。

もし今、デミアンにまた、

——貴族と混血児が、愛し合えると信じてる?

そう訊かれたら。

礼は信じていないと言うのかもしれない。

愛だけではどうにもならない。この国にはそういうものがあるのだと、気づき始めていた。

パブにエドが現れたのは、それから十数分後のことだった。店内はにわかにざわめき、エドワード・グラームズだ、麗《うるわ》しのエドワード公だ、とあちこちから囁きがあがった。慣れているのかエドはまるで気にせず、礼とギルを見つけると、ムッとした不機嫌な顔で、ずかずかとやって来て言った。

「ギル、コペンハーゲンに帰るんじゃなかったのか？　レイとこそこそ会うなんて聞いてないんだが」

一応は人目を気にしてか、小さく毒づくエドに、ギルはおかしそうだった。エドに殺されないうちに帰るよ、と笑って店を出て行き、礼はエドと二人で残される。たぶん、気を遣ってくれたのだろう。

「……仕事は？　エド」

訊くと、エドは舌打ちし、「抜けてきた。お前、まだ懲《こ》りてないのか。ギルは危ないと何度も言ってるだろ」としつこく食い下がってきた。

こんなところは、いつもどおりのエドで、礼は思わずホッとしてしまった。自分のことに、まったく興味をなくしたわけじゃないのだ。

結局、危ないと言いつつも信用してはいるギルが相手だったので、さすがになにもないと信じているのか、エドはすぐに落ち着いた。

エールを注文し、ちょうどいいから夕飯をすます、と言って、礼にも食事を頼ませた。

店内からは、あのアジア人は誰だ？　エドワード公の友人？　とざわめく声が聞こえていて、礼はなんだかむずむずしながら、ソーセージとマッシュポテトを頼んだ。エドは手軽にフィッシュアンドチップスと、ローストディナー。やがてテーブルには、巨大な肉の塊、大きなソーセージ、顔ほどもある魚のフライがどんと載った。まったく繊細《せんさい》ではない、イギリスらしいパブの食事だ。

人目にさらされながら食事をとるのは緊張したが、エドが気にしていないので、礼もなるべくそうするよう努めた。

「……そういえば、エドのアイディアを井田さんに話してみたけど、お金の問題で難しいって言われたよ」

ふと思い出して言ったけれど、思ったとおり、エドはそれには気がない様子で「ふうん」と言っただけだった。

食事が片付き、礼はエドと二人で店を後にした。エドの会社の方向に向かって、腹ごなしに歩いていると、いくらか街区を行ったところで、どうやって居場所を特定したのか、ロードリーが立っていた。それを見たとたんに、エドが不機嫌そうに顔をしかめた。

「おい、無粋だと思わないのか？」

あからさまに文句をつけるエドへ、ロードリーは淡々としている。

「ですが会議の時間に遅れますので。ＭＴ商船との商談は、一刻を争う事案です」

エドはため息をつき、

「分かった分かった。楽しい時間も終わり。これからまた、金の話をするとしようか」

俺の得意分野だ、と肩を竦めた。

立ち止まって二人のやりとりを見ている礼の息は白く、その白い呼気の中で、エドの広い背中が霞《かす》んで揺れている。

ロードリーは車を回して来ると言って角を曲がり、礼はエドと二人でしばらくその場で待たされた。夜のストリートにはビジネスマンや観光客が行きかい、昨夜積もった雪が闇の中で白々と輝いていた。

「エド、僕、歩いて駅へ行くよ」

少し歩けばいいだけなので、礼はそう申し出た。大丈夫か？　と訊かれ、大丈夫と笑う。するとエドが手を伸ばしてきて、礼のマフラーを胸の前できれいに結んでくれた。

「風邪をひくなよ。お前は寒がりだから」

その言葉に、ふとリーストンにいたころのことを思い出して、礼はくすっと微笑んだ。首を傾げたエドに、「昔、リーストンで風邪をひいて……きみが看病してくれたね」と礼は眼を細めた。

あれは優しく、愛しい記憶だ。まだエドの愛を、知らなかったころ。

それでも湯たんぽを作ってもらい、優しくされて嬉しかった。

(愛されてると知ってたら、どんなにか幸福だったろう)

けれどそう思うと同時に、胸が切なく締め付けられる。

愛されていると分かっていて、自分も愛している。それなのに、そんな今でも、一緒にいて完璧に幸福だとは言えない。

愛し合えないと否定され、礼は不安になっている。エドだって、本当は苦しんでいるのかもしれない。礼には、見せてはくれないけれど。

「……あのころは、よかったね。檻《おり》のような学校の中で——不自由だったけど、隠せる場所がいっぱいあった。……きみを愛してる心を、あちこちに隠して……頭を低く下げていれば、きみを愛してることだけ、考えていられた——」

リーストンの鬱蒼《うっそう》とした森。黴《か》びた匂いのする、古い学舎。

あの場所では、エドを愛していることと、他人の眼は無関係だった。

愛すれば、愛は届くだろうか?

エドは礼に、愛を返してくれるだろうか?

考えていたのはそれだけだ。檻の中を出てみると、礼の愛もエドの愛も、秤《はかり》にかけられ品定めされる。白鳥とアヒルだ、相容れない同士だと言われ、愛し合えるわけがないと嗤われ、別れを迫られ、一緒にいることを不自然だと言う者が大勢いる。もちろん、応援してくれる人だっているけれど、それはけっして多くはない。そうして礼はその現実に、驚き、戸惑っている。

懐かしんでも仕方ないけれど、リーストンの狭い世界に、少しだけ帰りたい……。

愛は愛でしかなく、愛するか愛さないか、愛されないかどうかだけが、大事だったころに。

聞いていたエドはしばらく黙り込み、やがて、

「思い出は甘美だな……」

と、呟いた。

礼が顔をあげると、白い呼気の中に橙《だいだい》色の街灯を、じっと見つめるエドの横顔が見えた。

「……甘美な思い出には……今の俺は、負けるか?」

ぽつりと続けたエドの言葉に、礼は息を呑んだ。見下ろしてくるエドの、淋しそうな瞳に、ズキリと胸が痛む。

思い出の中の、十八歳のエドと。

現実にいる眼の前の、二十七歳のエド――。

二十七歳のエドを愛することは、十八歳のエドを愛するより……難しい。それは、つい最近知ったことだ。

答えられずに黙っていると、不意にエドが目線をあたりに配って、なにやら確認した。

次の瞬間、礼はマフラーをぐっと引き寄せられていた。ハッと眼を見開いたけれど、それより早く、エドに口づけられる。熱く、柔らかな唇だった。直前まで飲んでいたエールの、香ばしい香りがふんわりと鼻先に漂う。

それは時間にしたら、ほんの数秒のことだった。

唇を押さえ、慌てて離れたが、周りの人は誰も気付いていないようで、足早に歩き去っていく。それに、礼はホッとした。こんなところでなにをするの、と文句を言おうか迷ったが、ちょうど車がやって来て、運転席から降りたロードリーが、後部座席のドアを開けた。

「……お前には、気付かれたくなかったな」

エドが小さな声で、そう続ける。

なんのことだか分からずに見つめ返すと、エドは悲しげに眼を細めていた。

「……できることなら俺だって……お前を鳥かごに閉じ込めて——愛さえあればいいのだと、思わせておきたかったさ。だが……」

そこまで言うと、エドは「いや、戯《ざ》れ言か。……忘れてくれ」とため息まじりに、少し怒った顔で呟いた。

戸惑う礼をよそに、エドはするりと礼のマフラーを放した。

「今夜は、日本の企業とのテレビ会議だ。長い会議になるだろう。悪いが、帰りは明日になる」

直前までの不安そうな言葉とは裏腹に、エドは事務的に告げると、車に乗り込んでしまった。すぐ横に立っていたロードリーがドアを閉め、礼はその彼と眼が合った。どうしてか、思わず構えると、

「エドはあなたが来て……不安定になっていますね」

ロードリーはぽつりと言う。頭の奥が、ツンと冷たくなったような気がして、胸が強く鼓動した。ロードリーは、エドを不安にさせている礼を見て、疎ましく感じているのかもしれないと、そんな気持ちが礼の中に湧いたせいだ。

「……レイ様。あなたの態度一つで、エドはなんにでもなってしまう……」

ロードリーはそう言い、どこか呆れたようなため息をついた。それは、礼が知る限り初めて、ロードリーの見せた感情的な仕草だった。

「エドのそばにいると決めているなら、それなりの態度で接してほしいのです。……エドは——あなたのために、公私混同しすぎる。……自分のすべてを、切り売りしてしまう。エドはあなたのことになると、まったく冷静ではないんです。……それも、自覚的に。あなたはまさか悪女ではあるまいが……このままでは、いつか疲弊してしまいますよ」

質問を挟《はさ》む間もなくそう言い終えると、ロードリーは「長々と、言い過ぎました」とつけ足して、運転席に乗り込んだ。車は夜の街中へと滑り出し、礼はしばらくの間、その場に立ち尽くしていた。

ジョナスから、慌てたメールが届いたのは、翌朝のことだった。そこには今すぐ、とあるゴシップ紙を買うように、という文面があった。

その日、礼とエドの写真が、タブロイドの一面を飾ったのである。

七

『エドワード公にまさかの疑惑……恋人は日本人男性？』

早朝のエドのフラットで、礼《れい》はタブロイド紙を広げて、一人震えていた。

エドはまだ帰宅しておらず、礼はジョナスから受けたメールを見て、真っ暗なハムステッドの街をぬけ、駅のキオスクでゴシップ紙を買うと、急いで戻ってきたところだった。

一面に載っているエドの姿に、礼は胃が縮まりそうになった。

それはいつもの、ただのスーツ姿のエドというだけではなく、すぐ隣にどう見ても、礼と思《おぼ》しき男が並んでいたのだ。エドと比べると、小柄で細い体。顔は横を向いているのではっきり写っていないが、明らかに昨夜、道を歩いている途中の写真だった。

（どうして……これ、どうしてこんな写真で、恋人疑惑なんて……）

眼の前が暗くなる。電話を確認したけれど、エドからはなんの連絡もない。見ていないのか、見てもなにも感じていないのか。

記事そのものは、たいした内容ではなかった。

礼の名前もなければ、実際に二人が恋人かどうかも言及はなく、ただ、エドが社交界でどんな女性からのアプローチにもなびかないことから、実は同性愛者で、たまたまパパラッチに成功したこの男性がお相手では、と邪推しているだけのものだった。けれど、最後にこんな一文があった。

『もしこれが事実なら残念だ。エドワード公の隣には、美しい英国人美女が並び、やがてはスウィートなベビーが見られるだろう……そうしてそのとき、ベビーを抱いているのはこの私だ――と、そんな夢想を糧に生きている女性は、わが国にはごまんといるのだから』

それはまさに、アジア人で男の礼では、エドの相手として、期待はずれ、という文章だった。そんなわけはないのに、この記事がまるで、イギリス国民の総意のように、礼には感じ取られてしまい、わけもなく心臓が痛くなる。

(……落ち着いて。これはただのゴシップ紙……本気にしちゃいけない)

礼は自分に、そう言い聞かせた。それに、決定的な証拠はなにもあがっていないのだ。ただ一つ懸念があるとするなら、礼はこの直後に、自分たちがキスしたことを覚えている……。

(……あの写真は撮られてない? それとも……本当は、キスしてるところも撮られてたの……? もしも、そっちが出回ったら――)

エドはどうなるのだろう。

ふと、昨夜のロードリーの言葉を思い出した。

――エドは、あなたのために、公私混同しすぎる。……自分のすべてを、切り売りしてしまう。

もしロードリーがこの記事を見たらどう思うだろう。エドと礼はやっぱり別れたほうが良いと、そう思われるのだろうか。

そのとき、玄関の開く音がし、礼はハッとなった。慌ててタブロイドを隠して居間へ出ると、ちょうど帰宅したエドが、礼を見て不思議そうに眉根《まゆね》を寄せる。

「レイ。どうしたんだ。家の中でコートなんて着て」

「あ……ううん、ブリオッシュでも買いに行こうかと思って……」

新聞を買うために外に出ていた礼は、まだコートも脱いでいなかった。慌ててそう嘘をつくと、エドは微笑《ほほえ》み、

「それなら俺が買ってきた。カフェもだ。食べるか？」

と、優しく声をかけてくれた。

礼は微笑みながらも、――エド、タブロイドを見た？　僕らのことが書かれてる……。

そう言おうか迷い、けれど言えなかった。心臓はドキドキと嫌な音をたて、記事の最後の一文がぐるぐると頭を回った。

礼はとうとうエドの前にいることに耐えかね、ヨーグルト持ってくるね、とキッチンに逃げ

込んだ。

冷蔵庫から大きなヨーグルトの容器と、取り分けるボウルを持っておずおずと戻ると、エドは新聞を読んでいた。ザ・ファイナンシャルタイムズ。金融と経済情報に特化された新聞で、ゴシップ記事は一切載らない。イギリスでは大衆紙をタブロイド、一流紙をブロードシートと呼び、その区別は明確になされている。エドは何紙か新聞をとっているようだが、そのなかに、タブロイドの類《たぐい》は一切なかった。

「……エドはタブロイドは読まないの？　いつもブロードシートを読んでるけど」

なにげない風を装って訊《き》くと、エドは顔をしかめた。

「頭に入れなきゃならない情報は腐るほどあるんだぞ。九割でっちあげのゴシップなんて読む暇はないな」

「でも……エドの記事もよく載ってるんだよね……？」

そっと訊いたが、エドは「興味ない」としらっとしていた。

「俺のことは俺が一番よく知ってる。それにどうしても必要な情報なら、ロードリーが直接言うさ」

（……じゃあ今日の記事のことは、ロードリーが言わなかったら、エドは知らないままなのかな）

ロードリーは言うだろうか。言わないだろうか。考えたが分からなかった。

「レイ、今日だが、また遅くなるかもしれない。ちょっと面倒な商談が続いてる」

と、エドがカフェを飲みながら言い、中南米とアフリカ航路を管理している会社を売却する、ターミナルもだ、と続けた。

「……そう。大変そうだね」

礼はそれより新聞のことが気になり、上の空だったが、エドはため息まじりに珍しく愚痴《ぐち》を言った。

「CSTラインとかいう会社でな。叔父が起ち上げに関与してるんだが……決算書を見ると不透明なところが多い。あのへんは麻薬取引がひしめいてる。悪いニュースが出る前に、始末しておきたい」

なにやらきなくさい話だったが、礼にはあまりよく分からない。だがコンテナ船の荷物の中に、不当に麻薬を紛れ込ませるなら、儲《もう》かるだろうなというくらいの想像力はあった。

(そんな仕事に頭を悩ませてる人には、ゴシップ紙なんて……たいしたことじゃないのか)

自分とはスケールが違う。礼はいまだにデミアン・ヘッジズへの対応策も考え出せずにいる。新聞を見てからずっと緊張しており、そんなわけがないのに、四六時中誰かに見張られているような気さえして、落ち着かない。

そんなふうに、言葉すくなに朝食を食べている礼の耳に、突然、玄関のベルの音が響いた。

「な、なんだろ。こんな早朝に……」

ベルは立て続けに二度、三度と鳴り、礼は思わず腰を浮かした。一体誰だというのだろう。時計を見てもロードリーが毎朝来る時間にはなっていない。もしかしたら心配したジョナスだろうかと、礼は慌てて「あ、僕が出るよ」と玄関へ向かった。

けれど扉を開けたところで、礼は固まった。そこに立っていたのはジョナスなどではなく、怒りで顔をまっ赤にし、礼を睨《にら》みつけている——デミアン・ヘッジズだったのだ。

「デ……デミアン？」

毛羽《けば》だったウールのコートに、泥で汚れたブーツ。ぼさぼさ頭に眼鏡《めがね》をかけた、野暮ったい姿なのは相変わらずだったが、スタイルがいいのもあり、素地の良さが見え隠れしている。そのデミアンは、手になにか紙切れを持っており、

「なんだよ、これは」

と、低く唸《うな》りながら、礼に突き出してきた。

どうしてここに？

と、礼は困惑した。けれどよく考えると、最初のメールにイギリス滞在中の仮の連絡先として、ハムステッドの住所をつけていたことを思い出す。けれど最後に会ってからおよそ四日、礼は二度メールを送り、二度とも無視されていて、一体なぜデミアンがここにいるのかさっぱり分からなかった。

「これはきみの差し金だろう。卑怯《ひきょう》な手を使いやがって……」

唸るデミアンに、礼は戸惑いながら差し出された紙片を手にした。見ると、それはなにやら手書きの手紙で――その内容に、礼は唖然《あぜん》とし、持っている手がぶるぶると震え始めた。

『親愛なるリーストンの先輩、デミアン・ヘッジズ』

その手紙は、そう書き出されていた。

『親愛なるリーストンの先輩、デミアン・ヘッジズ

日本の国立美術館が、貴殿の作品を招聘《しょうへい》した展覧会のため、私は新たにおよそ七十万ポンドの寄付の意志があることを伝えた。ただし、そのためには貴殿の作品を、貸し出すことが条件である。新たな寄付金の用途について、私は以下のように提案している。

一、貴殿の展覧会を個別に行い、かつ、同時開催の展覧会と、相互に観覧者を増員するような企画の立案。

一、デミアン・ヘッジズ展は絵画および造形作品も展示し、これまでにない新しい展示方法を画策し、特設のブースを設けること。

以上の工夫により、貴殿の懸念事項はある程度解消される。

また、私は貴殿の創作への援助として、個人的に毎年七万ポンドを融資する用意がある。

さらに、貴殿の父親である、ヘイリー・ボーフット氏の新事業へ必要額を援助することもできる。なお、ヘイリー・ボーフット氏には意向を確認したが、愛息である貴殿に心から感謝し、誇りに思うとのこと。

返答は下記に記す連絡先へ、急ぎ、三日以内にされたし。

エドワード・グラームズ

追伸‥

我が社に働くラルフ・ジェニングスから貴殿の作品についてうかがった。

学生時代から貴殿の才能は眼を瞠《みは》るばかりであったとのこと。再会を切に望んでいるとの私信を受け取っている。』


「……これ、なに」

読んだ内容がにわかには分からず、礼は二度、三度と読み返した。

前半の内容は、昨日の朝、エドが礼に話していたデミアンの作品展示の工夫と、同じようなことが書いてある。違っているのは、それに対してグラームズ社が巨額を寄付する、と明記してあることだ。後半は、デミアン個人のことだろう。しかし父親の名前や、どうやら学生時代の友人らしき人物の名前は、礼が調べた限りでは出てこなかったし、なにがなにやら分からなかった。

「これが貴族のやり方だな。……俺が一番嫌いなやり方だ。富と権力を振りかざし――慇懃《いんぎん》無礼に人の腹の中へ土足で踏み込んでくる……っ」

眼の前のデミアンは怒りにぶるぶると震えている。一歩玄関の中へ踏み入ると、デミアンは礼の胸倉を摑《つか》みあげて揺さぶった。

「俺の父や、かつての恋人について調べさせたのはきみか？　グラームズの情報網ならたやすいだろう……そこで金をちらつかせて、権力で懐柔しようというわけだ。俺が最も軽蔑《けいべつ》するやり方だ！」

怒鳴るデミアンに、礼は真っ青になっていく。よくは分からなくても、これだけは分かる。デミアンの一番嫌なことを、エドはしてしまったのだ――おそらく、礼のために。

「……デ、デミアン。すみません、誤解です、ぼ、僕が調べてもらったわけじゃない。……その、話を聞いてください」

混乱しながら訴えている間に、礼の着ていたたっぷりしたカーディガンのポケットで、携帯電話が鳴った。デミアンが舌打ちして礼の胸倉を放してくれたので、慌てて見ると、井田《いだ》から、個人的なメールが入っている。まさかと思って確認すると、それはグラームズ社から突然巨額の寄付の申し出があり、礼の話していたのと同じ内容の提案を受けた、と驚き、喜んでいる内容だった。

『一体どうやってグラームズ社のＣＥＯと仲良くなったの？　きみから個人的な相談を受けて、是非とも協力したい、と伝えられたよ』

井田のその一文に、礼は打ちのめされたような気がした。

（……エ、エド。どうしてこんなこと。僕には一言も、相談なく……）

頭がくらくらし、現実が受け入れられないでいる。デミアンの怒りを解かねばと、礼は「あの」と喘《あえ》いだ。

じろりと礼を見据《みす》えているデミアンに、けれど誤魔化しは通じそうにない。

「……日本の、企画担当者から……昨夜エドから同様の打診があったとのことです。僕は知りませんでしたが……この、提案自体はいいと思ったし、エドに……あなたのことは相談しました。もっとも、こんな形になるとは思ってなかった」

「きみがどう思ってたかは関係ない。結果的に、最悪に不快な措置がとられたんだからね」

礼の言い訳を遮《さえぎ》り、デミアンが言う。

「同じ混血児、きみもリーストンに通って、憂き目をみたはずだ。同情したし、多少は共感も覚えてた。でもきみは俺と違って、どうやら貴族の恋人に媚《こ》びてるようだ。まるで愛妾《あいしょう》が、権力者の愛人へ、閨《ねや》でおねだりするみたいに……」

「そ、そんなこと……っ」

礼はつい、まっ赤になった。そんなことはしていない。していないつもりだったが、デミアンにはそう見えるのだ――。いや、デミアンだけではなく、世間もそうかもしれない。朝読んだばかりのゴシップ紙が頭をかすめ、いつも、いつでもロードリーが、礼を冷たく見つめ、観察していることや、「あなたはまさか悪女ではあるまいが……」と言ったことを思い出す。あれは礼が、エドを誑《たぶら》かす悪女のような男だと、どこかで疑っているからこそ出た言葉ではないのだろうか……？

そういえば、同じことはカーラの晩餐会《ばんさん》のときにも、エドの親戚に言われた。男娼《だんしょう》だと。エドを誑かしている男だと――。

眼の前が真っ暗になり、言い訳が思いつかずに黙っていると、後ろでカタン、と物音がした。

「玄関先で騒々しいな。おはよう、デミアン・ヘッジズ」

ハッとして振り向くと、驚くほど冷静な様子で、エドが立っていた。スーツのタイを解き、落ち着いた顔で、いかにもこの展開を予想していたというような表情だった。

「……エ、エド。この手紙、ど、どういうこと？」

礼が上擦《うわず》った声で言うと、エドは「どうって」と、肩を竦《すく》めた。

「読めば分かるだろう。お前が金の問題だというから、申し出たまでだ。心配するな。俺個人の金から出す。法律上も問題ないよう配慮する」

「……そ、そういうことじゃなく」

声が震える礼を、けれどエドはもう無視していた。デミアンのほうへ視線を移し、「悪く思うなよ」と淡々と言った。

「お前がボーフットの息子なことは、特別調べたりしなくても、俺くらいになると自然と耳に入ってくる。なにせ近づいてくる、くだらない連中が多いんだ。やつらはスキャンダルを手土《み》産《やげ》にする習慣がある」

そういう生まれでな、とエドは独り言のようにつけ足し、デミアンはエドを憎々しげに睨みつけていた。

「ボーフットは二度目の起業失敗で、爵位は名ばかりの赤貧生活を送っていると聞くぞ。お前はずっと会っていないようだが、リーストンの学費分くらい、恩返ししてやったらどうだ」

あそこの授業料は破格だ、とエドは肩を竦めた。

「……恩よりも仇《あだ》をもらうことが多くてね。父とは縁を切っている」

デミアンは低い声で言ったが、エドはため息をつき「もう、そんな片意地を張る年でもないだろう」と呟《つぶや》いた。とたんに、デミアンはカッとしたように頰《ほお》を染めた。

「片意地だと？　貴様ら貴族と関わらないのが？　自分の物差しではかるなよ。俺はお前たちのような、高慢ちきどもと同じ空気を吸うのが嫌になっただけだ！」

「……ならなぜ、作品を作り続ける？　そうしてターナー賞を断り、大きな展覧会には出さず……ダダをこねている。こっちを見て、パパ。じゃなきゃ良い子にしないよってな。つまりお前は、貴族というものを意識しすぎてるんだ。愛の裏返しは憎しみだ」

「エド！」

礼は真っ青になり、エドの言葉を止めようとした。デミアンの顔からは、すうっと血の気がひいている。他ならぬ貴族のエドから、貴族を気にしていると言われたことが、よほどこたえたに違いない。

「折角実力があり、人気もある。お前の才能は金にもなるんだ。愚かなパパや、かつて自分を捨てた恋人に、報復するいい機会じゃないか。血統で劣っていても、この世で優れているのは自分のほうで、お前たちよりもほしいままにできる権力があると――見せつければいい。お前が俺の提案を呑《の》むというなら、俺の名前は好きに使えるぞ。俺はお前の奴隷にでもなってやろう」

眼をすがめ、エドは試すようにデミアンを見つめた。

「ダダをこねる以外にも、復讐《ふくしゅう》の仕方はあるということだよ。分かるだろう？　キングスカラーだったなら」

デミアンは答えない。青い顔から赤い顔になり、唇をわななかせている。怒りを秘めたその眼が、信じられないものを見るようにエドを見つめている。

「……奴隷？　エドワード・グラームズが俺の？　ライオンを番犬として飼えると信じるほど、俺が愚かに見えるか？」

「番犬のフリができるライオンだ。たやすいものだろう？」

エドは好戦的に、どこか楽しそうに笑った。礼は緊張し、胃がキリキリと痛む。それに、とエドは小さく付け加えた。

「ラルフは——今オーストラリア支社だが、来期の人事編成で、ロンドン配属を希望しているそうだ。……データで見ると良い仕事をしているから、マネージャーとして呼び戻そうか考えている。今は独身だったな。……あのレベルなら、俺が直接口をきいてもいい。……やつはお前に感謝し、過去を後悔するだろうよ」

デミアンは大きく舌打ちし、真鍮《しんちゅう》製の傘立てを思い切り蹴《け》り上げた。折りたたみ傘しか入っていない傘立ては、ガラガラと音をたてて転がる。

「エドワード・グラームズ、久しぶりに貴族の高慢を思い出させてくれて感謝する」

乱暴に唾棄《だき》すると、デミアンは荒々しく部屋を出て行った。礼は困惑し、一度エドを振り返る。エドは無表情で、なにを考えているか分からない。言いたいことは山ほどあったが、とにかくデミアンを追いかけようと踵《きびす》を返した。

けれどそのとたんに、エドが礼の腕を摑んだ。

「レイ、行くな。必要ない。デミアンは頭が冷えれば、俺の提案を受け入れるはずだ」

エドが言い切る、その、どこか上に立ったような言い方に、礼はついカッとなっていた。

気がつくと、片手を振り上げてエドの頰を打っていた。自分でも驚いたし、エドをぶった手のひらは、痛みでジンジンと痺《しび》れて、赤くなっている。けれど感情が爆発し、抑えきれない。

「……どうして、どうしてこんなことしたの⁉　ぼ、僕が頼んだ⁉　……こんな、脅《おど》しみたいなこと――」

頬をはたかれたエドは、けれど顔を少し動かしたくらいで、一ミリも体を揺らしていない。額にかかった前髪をかきあげ、エドはエメラルドのような瞳で、じっと礼を見据えた。

「頼まれていない。……だが、拒まれた。お前が正面からの助けを拒んだから、俺は裏から手を回した。そうするしかないだろう、お前が嫌なら」

言われて、礼は耳を疑った。

「……こ、拒まれたから、裏からって……スケジュール管理を嫌がったこと？　ロードリーの同行を断ったことっ？　それで……手を回すって、普通の神経じゃないよ！」

「そうだ！　普通の神経じゃない。ここは日本じゃないからな！」

思わず叫んだ礼の言葉を遮るように、エドも声を張り上げた。礼は眼を見開き、エドを見つめる。

「レイ、お前こそいい加減分かってきただろう。俺は誰だ？　エドワード・グラームズだ。この国で俺を知らない人間はいない、どこに行っても人の眼はある。その俺と生きるなら、そのごく普通の神経とやらを捨ててくれ。俺はな、権力と富と血統を引きずって歩いてる。いつでも捨てられるクソみたいなものだが、捨てる意味などない以上、このままの俺でお前を愛す。それはな、お前の人生に、俺が口出しし続けるということだ！」

怒鳴ったあと、エドは悔しそうに「くそっ」と唾棄した。

「仕事より俺を選べ。友人より俺を。尊敬する作家より俺を、他のなにより俺を選べ。俺を選んで他を捨てろ。いつでも捨てる覚悟をしてくれ！」

二の腕を摑まれ、ぐっと引き寄せられる。怖いぐらい間近に、エドの眼がある。

必死に縋《すが》ってくる二つの眼。勝手なことを叫びながら、その眼は今にも泣き出しそうだ。

「お前のあらゆるものの中で、俺を最優先しろ……俺の都合にあわせてくれ！　そうでなければ続かない……。俺だって同じだ。お前のためなら、なにもかも捨てる覚悟がある……！」

耳鳴りがした。ショックで、眼の前がチカチカと眩《くら》む。

なにもかも捨ててエドと？

仕事より友人より、エドを選べと……？

――でも、仕事も、友人も、それ以外のなにもかも、生きるために、必要なことなのに？

礼は困惑した。体が震え、胸の奥から言葉にならない恐怖がこみあげてきた。

そうする、と咄嗟《とっさ》に言えない。なにもかも捨てられるとは言えない。

言えないことが怖いのか、こんなことを迫るエドの本音が怖いのか、薄い肩と、小さな唇が、淡く震えて止まらない。

（そんなこと……急に言われても――）

うつむいた礼を見て、エドがハッとしたように手を緩める。

「……レイ、違う。今のはただ……」

気弱な声に、礼は弾かれたように玄関を飛び出していた。後ろでエドが叫んでいたが、礼は振り向かなかった。

(分からない。……他のなにもかも捨てないと、どうしてエドとは生きていけないの……)

混乱しながらステップを駆け下りた礼は、あたりを見回してハッとした。

まだ薄暗いストリートを、大股に歩くデミアンの背中が見えたのだ。

答えの出ないエドの問いかけは横に置いて、とにかく今はデミアンを引き留めねばならない。

「デミアン！　デミアン！」

礼は全速力で駆け、なんとかその腕を捕まえた。

「デミアン……すみません、エドが失礼なことを……、悪気があったわけでは……それに、その、お願いします。気分を害さないで聞いてください、後半はどうあれ、手紙の前半は、とてもいい話だと思うんです」

礼はぜいぜいと息を切らしながら、デミアンに去られる前にと、急いで思いの丈を口にする。まだ自分も混乱しながらではあったが、五年間の経験を総動員し、とにかく冷静になろうと努める。

「あ、あなたの作品を日本に紹介できます。それは、あなたの才能が優れていることを……示すきっかけになります。血統なんて関係ない、芸術の世界では、あなたは他の誰よりも求められている……こ、こんなこと言いたくないですが」

喘ぎ喘ぎ言う礼を、デミアンは睨みつけている。

「僕が……あなたの提案を話したとき、企画担当者は言いました。他の貴族の作家たちとあなたなら、もちろんあなたの作品を呼びたいと。あなたからの提案を、すぐに……飲むと。でも、それは……僕は嫌だったんです。でも、展覧会を分けるなら……」

「レイ・ナカハラ・グラームズ……これ以上俺を侮辱《ぶじょく》する気なら、容赦しないよ」

けれど言い募る礼の言葉を遮り、デミアンは吐き出すように唸った。

「担当者は良いと言った？　でもきみは嫌だと思った。きみは俺の作品より、貴族の作品をとったんだ。その口できれいごとを言われても信じられない」

礼はハッとし、口を閉ざした。

「きみは貴族にしっぽを振ってる。やつらの権力を羨《うらや》み、すり寄って使ってる。俺のような混血児を憐《あわ》れんで、聞きたくもない名前を出して翻弄《ほんろう》させる。金をちらつかせ、それで言うことを聞くと考えてる――きみはあいつらの価値観を受け入れてる」

「ち、違います。そんな、そんなことはありません……」

「じゃあなぜエドワード・グラームズなんかと付き合える？　軽蔑してるというのなら、今すぐ彼と別れてみせろ！　それなら俺も、無条件できみに絵を貸す。貴族の作家どもと並べられるのも我慢してやる」

礼は愕然《がくぜん》として、デミアンを見つめた。冷たい汗が額に湧《わ》き出て、つうっと垂れてくる。

エドと別れる？

もちろん、そんなことはできるはずがない……。

「デ、デミアン……ぼ、僕は、混血児で……あなたと同じで、そのせいで蔑《さげす》まれるし……リーストンでも、苛《いじ》められました。でも……」

礼は混乱したまま、言葉を探した。自分の心に沿いながら、相手にも届く言葉。あるのかないのかも分からない、そんな言葉を必死に、手探りで探した。

「……そもそも、エドの言ったとおり、あなたが貴族を悪く思うなら……あなたはその才能で闘えばいい。同じリングにも立たずに、闘うことはできません。……ロペスも、コールもブライトも……僕の友人だし、僕は彼らの作品を好きですが……でも、それは彼らが貴族だからではないし、あなたの作品も、あなたが混血児だから贔屓《ひいき》することもなければ、蔑視したりもしない……ただ、ただ、あなただけがこだわってる」

どうしてですか、と礼は喘いだ。

「彼らと同じリングに立って、闘えばいい。彼らを憎むなら、才能で対峙《たいじ》すればいいだけのこと……なのに、そうしない。いつも逃げている。あなたは……怖いんですか？　血で負けて、さらに芸術の場でも負けたら……傷つきすぎてしまうから？」

言ってはダメだ。そんなこと、言うな、と心のどこかで誰かが叫んでいる。けれど礼は口にしてしまった。礼も今は考えがまとまらず、やはり、あまり冷静ではないのだ。

聞いていたデミアンの眼が見開かれ、眼鏡の奥で揺れている。

「あなたは……キングスカラーをとった。並の努力ではできない。……なのに、多分、認められなくて……苦しんだ。……同じことを繰り返したくないだけでは？　本当は、心の奥底で誰より——貴族になりたがって……認めてほしいと思ってる……そう見える」

デミアンの片手が振りあがるのが見えた。叩かれる、と思って構えた礼は、けれど、叩かれなかった。デミアンは怒りに眼を血走らせながらも、わなわなと震える手をゆっくりと下ろしていった。その瞳の中に、怒りと理性の相克《そうこく》が映っている——。

「……きみが……そんなふうに俺に、説教できるのはな、まだなにも知らないからだ。きみは結局、イングランドの人間じゃない」

かすれた声で言うデミアンに、礼は息を止めた。

「この国で暮らしてみろ。庶民にも貴族にもなれず、排除される気持ちが分かるようになるさ。きみが依れるものはただ一つ、エドワード・グラームズの愛だけだ……だけど、その愛だって、いつまで続く？　どれだけもつ？　それはきみが寄りかかっても、倒れないだけ強いと？」

デミアンは震える息で嗤《わら》った。

「ヤツの必死さときたら……大企業の社長がやることじゃない。きみを愛しすぎて、グラームズはやがて身を滅ぼすよ。なにもかも捨てて、きみを囲って……。そんな愛がいつまで続く」

俺も同じだった。だから分かる、とデミアンは呟いた。

「学生時代、恋をした……相手は貴族の男だった。なにもかも捨てて俺を選ぶと言って――結局、周囲の期待に抗《あらが》えず俺を捨てた。……そうしてヤツは、社交界で俺がボーフットの落としだねだと吹聴して回ったんだ。人はな、犯した過ちを取り戻したいとき、愛した相手を蔑むものだよ」

せせら嗤い、デミアンは顔を歪《ゆが》めた。礼は呆然《ぼうぜん》として、知らなかった事実を聞いていた。もしかすると、エドがほのめかしていたラルフ・ジェニングスというのが、その相手かもしれないと感じたけれど、さすがにそれは口にできない。

ただ、言葉にできない息苦しさで、喉《のど》が詰まる……。

「苛めはひどくなり、俺はリーストンでのわずかな友人関係も、すべて捨てた。……父は俺が吹聴したのだと思い込んで、しばらく会うのを控えようと言ってきた。しばらくだって？

……俺は、二度と会うまいと決めた。……十八のときのことだ」

決まっていた大学への進学を諦《あきら》め、一人黙々と絵を描いたとデミアンは言った。

礼はそれをただ、じっと聞いていることしかできない。想像すれば、デミアンの孤独がいかに深く、怒りに満ち、苦しいものだったか感じることはできたけれど、それはやはり想像でしかなかった。

「この国で暮らした、お前のなれの果てが俺だ。……愛も許しも、もう、残っていない。怒りと憎悪だけで生きてるんだ。心のすべてを、無関心と無気力で覆い隠し……そうでもしなければ、生きてられない。こうなることを、想像してみろ。それでもエドワード・グラームズと、付き合い続ける覚悟があるのか？」

——この国で暮らした、お前のなれの果てが俺。

礼は立ち尽くし、その言葉だけを聞いていた。

答えられない礼を見て、デミアンは舌打ちした。

「仕事も、恋愛も大事？　そんな生半可な覚悟で、よくあんな大貴族と付き合えるよ……」

どちらも選べていないじゃないか。

デミアンは呟いて、礼の腕を振り払う。けれどもう、摑み返すことはできなかった。

——仕事より俺を選べ。友人より俺を。お前のあらゆるものの中で、俺を最優先しろ……。

迫ってくるエドの声が、頭の中で何度も反響する。

ふと、すぐ横で早朝から開いているカフェに、ビジネスマン風の男がやってきて、タブロイドを広げているのが見えた。一面に、礼とエドの写真が載っている。

——麗《うるわ》しのエドワード公が、日本人の男と恋人？　ばかげてる。趣味を疑うね。

——美人の英国娘なら、いくらでもいるのに。よりによってこんな相手と。

笑い声に乗って、そんな言葉が聞こえてきて、礼はびくついた。顔を見られたらと怖くなり、咄嗟にうつむく。額にじわりと、冷たい汗がにじむ。

――いいえ、デミアン。僕はいずれイギリスに来て、エドと暮らすんです。それはとても幸せなことで、僕たちは深く愛し合い、たとえどんなに辛《つら》いことがあっても、愛さえあれば大丈夫。

この国に訪れる、ほんの十日ほど前の礼なら、笑ってそう言えた気がする。

けれど今、礼は言えない。

なにもかも捨てて、エドと生きる。そんなふうには、考えてこなかった。エドと結ばれることで、なにかを失うなんて、想像もしていなかったのだ――。

デミアンは言い返せない礼を見下ろしていたが、とうとう背を向けた。朝霧の出始めた通りを歩き去っていく、その影を、礼はもう追いかけることもできなかった。

落ち込み、うなだれてフラットに戻ると、玄関をあがってすぐのところにメモを見つけた。エドは会社に戻ったらしく、帰ってきたらもう一度話し合おうという旨だけが、そこには走り書きで残っていた。ついでのように、こう添えてある。

『悪かった。さっきは性急すぎた』

（……性急か……。間違ってた、とは言わないんだね……）

うつうつとしていると、玄関のベルが鳴る。礼はドキリとして顔をあげた。

（エド？　違う……デミアンが戻ってきた？）

いや、それとも今度こそジョナスだろうか。慌てて立ち上がり、玄関を開けて、礼はそこに見知らぬ人物を見つけた。

それは中肉の、猫背の男で、肌の色も少し浅黒い。帽子を目深にかぶり、みすぼらしいジャンパーのポケットに手を突っ込んでいた。

（……誰？）

どなたですか、と言おうとした矢先、男は礼の腕を突然摑んできた。ぎょっとして見ていると、帽子の下にあるぎょろりとした眼と眼が合わさり、礼は息を止めた。

なにかされる――。もしかしたら、強盗のような者だろうか？

恐怖に身構えた瞬間、男は低く囁った。

「レイ・ナカハラか？」

男はどこかからの移民なのか、その英語は聞き取りにくく、訛《なま》っている。礼が頷《うなず》くと、無造作に封筒が押しつけられた。

「招待状だ。チャールズ・グラームズから」

男から出た名前に、礼は驚いて眼を見開く。男はニヤニヤし、「チャールズは俺から、写真を買ってくれる」と言った。

「……写真？」

「お前がストリートの真ん中で、色男とキスしていた写真だよ」

二万ポンドで売れる、と男は嬉《うれ》しそうにしている。礼は頭から、血の気がひいていくのを感じた。男は礼を放すと、背を向け、ステップを下りていった。

呆然と立ち尽くしながら、礼は震える手で封筒を開けた。

『親愛なるレイ・ナカハラ
先日の非礼をお詫《わ》びしたく、一人で来られたし。今日の午後、同封したものよりも、興味深いものを持ってお待ちしています。　——チャールズ・グラームズより』

そう書かれた文章には、どこかの住所と、そうして——今朝新聞に載ったばかりの、礼とエドの写真が添えられていた。

——チャールズは俺から、写真を買ってくれる。お前がストリートの真ん中で、色男とキスしていた写真だよ……。

それはこの、直後の写真だった。

あやしげな男から言われた言葉は礼の耳の奥へと、大きくこだましていた。

八

チャールズ・グラームズのことをエドに言おうか言うまいか悩み、礼《れい》は結局言わなかった。タブロイドの記事は出回っている。ジョナスやギルからは心配するメールが来たし、オーランドは「電話しようか？」と言ってくれたが、エドからはなにもない。

ということは結局、エドには必要がない情報なのだと思ったし、チャールズは一人で来いと指定している。エドを呼べば写真を流出させる可能性もあった。

そしてなにより、礼はまだ、エドになにから言えばいいのか分からなかった。

すべてを捨てて俺を選べと言われて——それに対する答えを、出し切れずにいた。

（とりあえず、キスしてる写真を回収しなきゃ……）

考えるのはそのあとにしようと、礼は思ったのだ。

チャールズの邸宅はやはり、グラームズ本家とさほど離れていない郊外にあった。行く途中から冷たい雨が降り始め、敷地からロータリーに入ると、カーラ・クレイスの邸宅と似たような古いマナハウスがあった。ブラックキャブが停まると、屋敷のドアが開き、メイド長らしき女性が一人、下りてきた。どうやらこの屋敷には、執事はいないらしい。

「お待ちしておりました、どうぞ」

言葉少なに迎えられ、礼はブラックキャブの運転手に、近場で待機してもらうよう頼んだ。なにがあるか分からないから、とりあえずいつでも帰れるようにしておきたかった。

赤煉瓦《れんが》のマナハウスを見上げると、一気に緊張し、礼の心臓は強く鼓動を打っていた。足が地面に張り付いたようで、階段をあがるのがとてつもなく難しく感じる——。けれど、礼は一度深呼吸し、ぐっと腹に力をこめて、屋敷の中へと入っていった。

チャールズ・グラームズは広いロビーで待ち構えていた。

先日会ったときより顔色が悪く、眼下のクマはより濃くなっている。

「やあ、よく来たな。まあ、来ざるを得ないだろうが」

ニヤニヤと、勝ち誇ったように言うチャールズが恐ろしく、気味が悪かった。

礼はゆっくりと息を呑み、

「……先日は、お身内の席に失礼いたしました」

と、なるべく静かに言った。声が震えていなかったのだけは、ホッとした。チャールズは礼の態度が気に入らないのか、眼を細めると、一言「来たまえ」とだけ言って大股に歩き出す。礼は早足で、それを追いかけた。

どこに行くのだろう。そう思ってついていくと、チャールズはロビーの大階段を上り、二階の奥の小部屋に入っていった。

中はどうやら書斎だった。立派な、年代物の机が置いてあり、チャールズはそこの一番上の引き出しを開けると、おもむろになにかの紙片を数枚、礼に向かって投げつけてきた。

「そら！　これを確かめに来たんだろう。この下郎が！」

突然、罵声《ばせい》を浴びせられた。

礼はびくりと肩を揺らし、チャールズを見た。さっきまで浮かべていた嘲笑《ちょうしょう》も、もはやその四角張った顔にはない。かわりに彼は、心底から汚らしい、憎らしいものを見るような眼で、礼を睨みつけていた。

冷え切った視線に、体の底が震えるのが分かった。視線を下に落とすと、床に散らばっていたのはどれも写真で――そこにはエドと礼が写っていた。

（……あ）

予想していたはずなのに、見た瞬間、頭を叩かれたようなショックを感じた。

写真に写った礼は、エドとキスをしている……。昨日二人で歩いた、サウスバンクの街中だった。

「まったく、汚いものだ。大勢人がいるというのに……。男同士でよくそんなことができる。それも混血児の、醜い血筋のお前なんぞととは、エドワードは気が狂ってる」

チャールズは唾棄し、上着からシガーを取り出して、火をつけた。礼は急いでしゃがみこみ、写真をかき集めた。それぞれ少しずつ違ったアングルのものが、合計で五枚あった。

「それを処分しても無駄だぞ。データは俺が雇った男が持っている。もう二万ポンド出せば、新聞社に売りにいくことになっている。今朝だって一枚、流させたんだ。見ただろう？　もちろん、私が撮らせたことは秘密にしてある」

雇った男は不法滞在者だ、お前には探し出せんから、諦めろ、とチャールズは付け足し、せせら嗤った。

不法滞在者――日本では日常的に出会うことの少ないその単語だが、イギリスにはごまんといる人々だった。彼らはどんな仕事でもこなすし、独特のコミュニティを形成していて、たしかに礼が一人で捜し出すことはできそうにない。

ショックを受けて固まっている礼を見て、チャールズは満足そうにほくそ笑んでいる。

「さあ、どうする？　エドワード・グラームズが、男色の、近親相姦《そうかん》だと知れたら……株価は下がるかもしれん。役員たちはエドを社長から引きずり下ろそうと考えるだろうな」

チャールズは品悪く、ゲラゲラと嗤った。

「……」

礼は無言で、彼を睨みつけた。冷たい汗が、じわじわと額にしみだしてくる。

「ミスター・グラームズ……取引があるんでしょう。私と。……だから、私だけ呼んだんですよね？」

冷静に。なるべく冷静になろうと努め、そう言うと、チャールズは眼を細め、「思ったより話が分かるじゃないか」とシガーを深く吸い込んだ。

「なに、簡単なことだ。エドワードはお前に惚《ほ》れ込んでいるらしいからな。ちょっと口をきいてくれ。私に小さな会社を一つ、くれればいい」

「……会社？」

なんの話だろう。礼が眉を顰《ひそ》めると、チャールズはシガーを噛《か》み、「中南米とアフリカ航路、それからターミナルを管理している、うちの子会社だ。CSTラインという名前だ」

「CSTライン……」

聞き覚えがある。なんだったろうと記憶を探った礼は、不意に今朝の、エドとの会話を思い出していた。

──中南米とアフリカ航路を管理している会社を売却する、ターミナルもだ。

──CSTラインとかいう会社でな。叔父が起ち上げに関与してるんだが……決算書を見ると不透明なところが多い。あのへんは麻薬取引がひしめいてる……。

思い至ったとたんに、胃がじくりと痛む。

コンテナ船の貨物の中に、危ないものを紛れ込ませるのはそう難しいことではない。ただ、お目こぼしが必要だ。目こぼしをしてくれた人間には、かなりの金が入るだろう。

礼は指が震え、体がわななないた。自分でもよく分からない、怒りに似た、けれどもっと狂おしい——言うなれば軽蔑のような感情が、体の底から湧き上がってくる。

「どうした。簡単だろう？　猫なで声で頼んでくれればいいことだ。小さな会社一つくらいなら、ヤツも俺にくれるだろう。もし約束を果たしてくれれば、写真は全部燃やすよう、あの男にも伝えてやる」

まだ床に這《は》いつくばったまま、礼はぎゅっと、拳《こぶし》を作る。

約束などできるはずがない。それはなにをどうしても、受け入れられない——。

「……すみませんが」

と、礼は呟き、立ち上がった。チャールズが、訝《いぶか》しそうに眉根を寄せる。

「無理です。僕はエドの経営に、口出しはしませんから」

自分でも、驚くほどきっぱりした声が出た。それは強く、そして怒りに震えていた。

「なんだと？」

チャールズがぎろり、と礼を睨みつけてくる。ぎょろっとした大きな眼は、腹を立てて、血走っている。

「……あなたは役員を下ろされた……それでも、あなたの持ち株はそのまま。エドが健全に経営し、利益を出し続ければ、あなたの暮らしも楽になるはずです」

現に、こうして今もこんな大きな屋敷を維持できているではないか。

言葉を選び選び言ううちに、体はぶるぶると震えてきた。恐怖ではなく、ほとんどが、怒りのせいだった。悲しく、みじめで、情けない気持ちになる。なぜこんなことを自分が言わねばならないのだ。なぜ自分が言わなければ、この人には伝わらないのだろう？

礼よりもエドのことを理解し、応援してくれてもいいだろう親戚の一人が、なぜ、エドを苦しめようとしているのか。

エドのおかげで生かされ、金を与えられ、贅沢《ぜいたく》なパーティだって開けているのに。

「は、恥ずかしくは……ないんですか。あなたは……エドより年上で、彼の……叔父なのに。エドの足を引っ張るようなこと……この屋敷の維持費も、贅沢な食事も、服も……エドがいるから、エドの力で、保てているものではないですか……それを、犯罪に巻き込むようなこと」

鼻の奥がツンと痺《しび》れ、痛む。

エドがかわいそうに思えた。アヒルを愛したと言って群れ中から苛められながら、王としてあれと迫られる。金をせびっている一方で、晩餐の場に呼びつけ、嗤いものにする。どうしてそんなことができるのか。エドはまだ若く、彼らはきっと、幼いころからエドのことを知っているに違いないのに……。

「……薄汚い混血児が……分かったようなことを」

けれど眼の前の相手に、礼の気持ちなど伝わるはずがなかった。チャールズはイライラと呟き、シガーを机上の灰皿に放ると、大股に礼に近づいてくる。ハッとしたときには、礼は胸倉を摑まれて、乱暴に揺さぶられていた。

「小さな会社一つだ！　言えるだろう！　お前にはどうせそのくらいしか、取り柄はないに違いないんだ、ええっ⁉」

突然頭を鷲摑《わしづか》みにされ、壁に強《したた》かに叩きつけられて、礼は後頭部に激しい痛みを感じた。激したチャールズは地団駄を踏んで唸る。

「エドワードのベッドに潜り込んで、お前ははしたなく誘ったんだ。お前の母親と同じように！　グラームズの血筋に、おぞましい関係を持ちこんだ――」

（……母親と同じように……おぞましい関係を？）

言われた言葉がすぐには理解できず、礼は固まっていた。

「俺によこすと言え！　俺の言ったとおりにすると！　俺も鬼じゃない、一族からゲイもインセストも出したくはない、グラームズの恥だからな！　もっともお前が近親だと、誰も認めやしないが――だが少なくとも、お前が存在していることには眼をつぶってやる。どうだ、俺は寛大だろう！」

ヒステリックに怒鳴り散らし、チャールズはなおも礼を揺さぶった。頭ががくがく揺れ、視界が歪み、礼は息苦しくなった。

彼の腕を摑んで離そうとしたけれど、チャールズの力は強く、とても抵抗しきれない。

それでも必死になり、礼は答えた。

「いいえ。……いいえ、ミスター・グラームズ……。それはできない。……エドはあの会社を売却するでしょうから――」

その瞬間、なにか獣じみた、恐ろしい咆哮《ほうこう》がチャールズの喉から漏《も》れ、そうして礼は――思い切り、頬をぶたれていた。

衝撃に、礼は吹き飛び、床に落ちた。チャールズが足踏みし、なにかわめいている。あの生意気なクソガキめ、俺をコケにしやがって……たぶん、そんなようなことだ。

頭がくらくらし、焦点が定まらない。口の中は血の味がし、全身が痛い。こめかみが痛んで、赤いものがどろりと視界を染める。

「分かっているのか、この男娼めが！　グラームズの血筋と爵位は、貴様のせいでエドワードの代で終わりだ！」

……四百年以上続いた栄誉ある血統を根絶やしにするのが――貴様だ！

その罵倒は礼の頭の中で、ワンワンとこだまし、鳴り響いた。

上半身だけよろよろと起こすと、頭からパタパタと血が散った。

「来い！　要求を飲むまで、お前を人質にしてやる！」

髪をつかまれ、引きずられて、礼はその痛みに悲鳴をあげた。わけが分からない。怖い。怖い、怖かった。

放して、放してと叫んだが、聞いてもらえない。声は室内に大きく反響し、外にも漏れているはずなのに、誰も助けには来てくれない。この広すぎる屋敷の中では礼の叫びなどすべて吸い込まれ、消えていくようだった。

チャールズは苦しんでもがく礼を見て、ゲラゲラと嗤い声をあげている。殺される。殺されると思った。そうして殺されても、誰にも助けてもらえない――。

礼は突然はっきりと、思い知った。

巨大な敷地の中の、大きな屋敷の隅。礼がここに来たことを、誰も知らない。もし殺されても、事件は隠蔽《いんぺい》される。

礼はなすすべもない。抵抗もできない。

（エド）

混濁しはじめた意識の中で、エドを呼んだ。金髪の下で輝く、二つの星のような瞳。レイ、と呼んでくれる甘い声のことも。

（エド……助けて……）

どうして最初から相談しなかったのだろう――。

自分の愚かさを感じて、どっと涙が溢《あふ》れ、死を覚悟したそのとき――書斎のドアがけたたましい音をたてて、蝶番《ちょうつがい》ごと外れ、床へと落ちていった。

そこには、エドが立っていた。長い足で扉を蹴破ったそのままの姿勢で、エドは黒い短銃を片手で横に構え、銃口はチャールズの額に当てられていた。

「……エ、エド……!?」

息を呑んだのはチャールズで、礼は掴まれていた髪を放され、その場にどさりと落ちてしまった。エドが一瞬眼を見開いて礼を見つめ、礼は霞《かす》む視界の中に、エドの姿を捉《とら》えた。

「レイ……っ」

チャールズから銃口を逸《そ》らすことなく、エドは駆け寄ってくる。チャールズはひっと叫んで壁際に逃げた。エドは礼を片手で抱き起こし、こめかみの傷を見て、小刻みに息を震わせたようだった。

「すまない……。もっと早くに来るんだった……」

うなだれ、苦しそうに言うエドの眼に、苦悩が映って見える。厚い胸に抱かれると、エドの匂いがして、礼はホッと力を抜いていた。助けられた、もう大丈夫だという安堵《あんど》が、全身に広がっていく。とたんに意識がぼやけ、これが夢か、幻なのか、現実なのかも分からなくなる。

「データを探せ」

低い声でエドが言うと、後ろから影のようにロードリーが入ってきて、まっすぐに書斎机に進んだ。チャールズは真っ青になって、ロードリーを見ている。

ロードリーは数度引き出しを開け、しばらくして、

「二重底の下にありました。これで全てかと」

と、エドに小さなメモリカードを見せた。

「エッ、エド！　貴様、こんなことをしても意味ないぞ……っ、データはな、その写真を撮っ

た男も持ってるんだ……っ」

チャールズが喘ぐように言ったが、エドは冷たい眼で叔父を見るだけで、「それなら既に買収してますが」と続けた。

「あなたが二万ポンド出すそうなので、こちらは四万ポンドで買いました。いい写真だった。記念にもらっておきますよ」

淡々と言うエドに、チャールズが眼を見開き、やがて観念したように、声にならないうめき声をあげる。

「叔父さん……俺を甘く見ていませんか？　……あなたはいつも仕事がずさんだ。証拠など簡単に揃《そろ》えられる。ＣＳＴラインの件だって……俺がなにも摑んでないと思ってますか？」

エドの言葉に、チャールズは青ざめたまま震えている。それが恐怖になのか、悔しさになのか、そのどちらでもあるのか——礼には分からない。

エドは続けて、だがそんなことより、と低く呟く。

「俺の恋人を傷つけたら……何度でも殺す。そう言ったことを、お忘れでは？」

ロードリーがそっと傍《かたわ》らに膝《ひざ》をつき、礼は彼に抱き上げられた。ふわふわとして、意識が遠い。痛みさえよく分からない。ロードリーの腕は、思ったよりずっと優しく礼を包んでくれる。

立ち上がったエドが、トリガーにかけた指へ、わずかに力をこめる音がする。

「ま、待て。わ、私はお前のためにやったんだ。わ、分からないのか？　こんな男娼風情に、騙《だま》されて……栄誉ある一族の血を滅ぼさないために――」

「黙れ」

チャールズが焦って言ったとたんに、エドの眼には、烈しい殺意が灯った。

「黙れよ、チャールズ。俺の言葉が聞こえないか？」

その低い声には――二十七歳とは思えない、圧倒的な威力がある。それは支配する者の声。王たる者の、厳然たる声だった。

「誰がこれ以上、レイを侮辱していいと言った？　彼を傷つければ殺す。何度だって殺す。そう言ったはずだ。……貴様らの醜い性根じゃ、分からないだろうな。レイは俺の命だ。分かるか？　俺にとってはな、レイは……俺の血、グラームズの歴史などより、はるかに価値があるんだよ」

エドは低く、そう告げると、一歩、また一歩とチャールズに近づいていく。

「しょ、正気を疑う。よ、四百年続いた家系だぞ、ふ、古くは王室と繋《つな》がる……その歴史を汚しておいて、は、恥さらしが……っ」

チャールズは言ったが、エドは動じなかった。

冷たく眼を細め、そうしてエドは、たかが、と静かに続けた。

「たかが四百年のために……俺の命と幸福を捨てろと？　ならば、血のほうを捨ててやる。安心しろ――俺はな、レイさえいれば……どこででも生きていける」

エドはとうとうチャールズの眼の前に立った。その距離は、腕一本分。短銃の先は、チャールズの額にぴたりと当たっている。

「待て、ま、待て。ままま、待て、エ、エド。おお、お前、こんなアジア人のために、殺人犯に……なる気なのか……っ」

脂汗をだらだらとかきながら、声を上擦らせ、金切り声で言うチャールズに、エドは切れ長の瞳をゆっくりと細めた。

「まさか。俺はあなたのように、ずさんじゃない」

礼は朦朧《もうろう》としながら、エド、と言おうとしたが声が出ない。短銃を持つエドの手は、黒いグローブに覆われている。

「あなたの額を撃ち抜いたあと、あなたの手に銃を握らせる。使用人なら買収済みだ。さあ、俺は隠蔽できるだろうか？　常務解任の恥辱に耐えかねたチャールズ・グラームズは、思いあまって自殺した……あわれで誇り高い貴族の最期……そう、演出できると思うか？」

エドは冷たく眼をすがめ、考えてみろ、と囁いた。追いすがることさえ許そうとしない、氷のような瞳だった。

「チャールズ……この俺に——エドワード・グラームズに、できないことはあるのか？」

言われたチャールズはただもう、がくがくと震えている。次の瞬間、迷いなく、エドは引き金を引いた。

礼は、あっ、と思い、思わず小さな唇を震わせた。やめて、エド。やめて——。言おうとして、声が出ない。

けれど銃声はしなかった。弾は入っていなかったのだ。しかし撃たれたと思い込んだチャールズは、震えながらその場にへたりこみ、失禁してしまった。彼の顔は恐怖に歪み、顔は涙と鼻水に濡《ぬ》れていた。

「……俺はいつでもあなたを殺せる……レイに手を出したら、次こそ息の根を止めます。……いいですか？　叔父さん」

静かな声は、ゾッとするほど本気だった。チャールズはもはや反応さえできずにぐらぐらと揺れていた。

銃をしまったエドが、すぐさま礼を振り返り、駆け寄ってくる。

よかった、エドは——殺さなかった。けれどもし礼が……もっとひどいめに遭っていたら。エドは叔父を殺したかもしれない——。そう思いながら、礼の意識は遠のいていく。

レイ、とエドが焦り、ロードリーが大丈夫です、傷は軽いようなので、と言っている。

烈しい眠気に引きずられ、礼は眼を閉じようとした。霞む視界の向こう、ぼんやりと座り込んだチャールズの眼も、まっ赤に充血している。

皮膚の下に流れている彼の血は——本当は赤いのだ……。礼の血と、同じように。

そんな、どうでもいいことがふと、頭をよぎる。

瞼《まぶた》を閉じると、その向こうでなぜかデミアン・ヘッジズの作品が、交互に点滅して浮かびあがり、礼は初めて、ああ、なんだ、そうか、と、思った。

あのグロテスクな肉の塊。

貴族も混血児も庶民も、皮を剝がせば、同じ骨と肉と血……そこには青も赤もないだろう。

デミアンは誰かに向けて——あるいは自分に向かって、そのことを言い聞かせている。

そう、信じたいのかもしれなかった。


礼は夢を見ている。

夢の中の礼は十六歳で、リーストンの学校にいる。長い長い廊下の向こうで、エドが取り巻きをつれて歩いており、礼は柱の陰から、それをそっと恋しく見ているのだ。

想いはこぼれそうなほど熱いけれど、届くことはなく、胸は張り裂けそうだった。

じっと見ている礼の視線に気付いて、ちらとエドが顔を向ける。けれど視線が合うと、エドはあからさまに嫌悪を浮かべ、ぷいとそっぽを向いてしまう。

それに礼の心は、簡単に引き裂かれる。

礼はただ、長い燕尾《えんび》服の尾が、柱の向こうへ消えていくのだけを、眼で追っていた。

振り向いてエド。……僕を愛して。

その望みはあまりに大それていて、礼はせめて、自分の愛を受け取ってほしい。そう思っていた。

……エドが僕を愛してくれるなんて……あるはずがない。

そんなふうに思い込んでいた。辛くて苦しい、五年間だった。

――レイは俺の命だ。

今、夢を見ている礼の脳裏には、その声が蘇《よみがえ》る。

――たかが四百年のために……俺の命と幸福を捨てろと？

僕は……四百年より、血統より、きみにとって重たいの――。

嬉しさよりも、苦しさが勝った。それは自分の気持ちというより、エドの心に寄り添っているからのように、礼は思えた。

人を一人殺してしまっても構わないほどの愛、四百年の歴史より、重たい愛。その重さを感じると、礼の心はひしゃげてつぶれてしまいそうだった。この重みを、エドは常に心に抱えているのだと思う。

血に連なる歴史も、そこに生きる一族の命も、大企業のあらゆる責任も……背負いながら、エドはそれより重たい愛を胸に抱えているという。

――知らなかった。

夢の中で、リーストンの学舎は遠ざかり、礼は真っ暗闇の中、二十五歳になって佇《たたず》んでいる。

そうして呆然とし、涙を流していた。

知らなかったよ……エド。

きみがどれだけ苦しい想いをして、僕を選んでくれたのか。……八年間、僕を想ってくれたことが——どれほどの奇跡だったか……知らなかった。

——知らなくて、ごめんね。

ごめんね、ごめんねと礼は泣いている。しゃくりあげ、嗚咽《おえつ》し、こぼれる涙を手で拭《ぬぐ》いながら……眼を開けると、薄暗い天井が見え、礼はベッドの上に寝かされていた。

眼にはいっぱい涙が溜《た》まり、悲しく辛い気持ちは、夢から覚めてもまだ、続いていた。

「レイ……眼が覚めたのか？」

声のした方向を見ると、そこにはエドが座っていた。皺《しわ》になったシャツとスラックス。眼下にはうっすらとクマができ、いつでも美しいエドが、どこか精彩を欠き、やつれて見える。

時間はもう真夜中で、時計の針は午前二時を指していた。窓の外は暗かったが、部屋にはストーブが焚《た》かれて温かい。礼がいるのはエドの、ハムステッドのフラットで、チャールズの屋敷ではない。そのことに、礼は安堵したが、かといって言葉もなく、ただのろのろとエドを見つめた。頭はまだ痛かったが、こめかみの傷は手当てされているらしく、消毒液の匂いがした。全身は重たく、意識は覚醒しきってない。眼に溜まっていた涙が、目尻《めじり》から耳のほうへと伝って落ちていく。

「……レイ」

エドは辛そうに顔を歪め、しばらくの間、なにか言おうとして口を開け、けれど言えずに閉ざすことを繰り返していた。

ぼんやりと言葉を待っていると、エドはやがて意を決したように、座ったまま、深々と頭を下げた。

「すまなかった。レイ。すまなかった……許してくれ。このとおりだ……」

搾《しぼ》り出すような声。エドの大きな背中は震え、その額に汗が浮かんでいる。苦渋に歪められた顔を、礼はしばらく見つめ、それから「どうして」と、かすれた声を出した。

「……悪いのは、エドじゃない。僕に乱暴したのは、チャールズだよ」

言いながら、頭の奥に狂おしいチャールズの嗤い声と、殺されると思った恐怖が――急に蘇ってくる。

「……僕がバカだったんだ」

ぽつりと、礼は言っていた。エドが眉根を寄せて、顔をあげる。

「冷静に考えたら……きみに相談してから、出かけるんだった。自分でなんでもできる気になってた。……ここは、日本じゃないのに」

声が震え、礼はこみあげてきた涙を拭うことも隠すこともせず、こぼした。

泣いているのは怖いからではなく、情けないからだった。どうしてそんな簡単なことに、気づけなかったのだろうと思う。

「僕は……チャールズに本当に殺されるかもしれないと思った。……きみが言ったとおりだ。この国で僕はちっぽけだった……」

いいや、それでも相手が礼と同じ立場の人間であれば、こんな気持ちになることもなかっただろう。権力の格差の前では、人がどれほど無力になるのかを、礼は初めて思い知った気がした。

五年住んでいたイギリス。リーストンの中は小さな階級社会で、もう十分知った気になっていた。そうして日本に帰り、自分だって持てる者になった気分でいた。けれど現実の、学校という檻《おり》の外に出てみると、イギリスにいる礼は相変わらず持たない者のままだった。

学生時代、あの高い塀によって閉じ込められていた気がしていたけれど、そうではない。礼はあの檻の中に、守られていたのかもしれなかった。

「……違う、レイ。俺は、謝らなければならない。俺は……俺は、知ってたんだ」

けれどそのとき、エドが苦しそうに告げた。見返すと、エドは膝の上に置いた拳を、ぶるぶるとかわいそうなほど震わせている。

「俺は……お前がチャールズに呼び出されたことを知ってた。それどころか……ヤツが、男を雇って俺たちの写真を撮ろうとしていることも、タブロイドに記事が載ることも、それをネタにお前を強請《ゆす》ることも……全部分かっていた。分かっていて、お前を連れて歩いたし、街中でキスをした。……チャールズのところへも、一人で行かせた——」

懺悔《ざんげ》のような告白に、礼はほんの一瞬息を止めた。

「……どういうこと？」

ぼんやりとしていた意識が、ようやく目覚めてきた。礼は身じろぎし、ベッドの上にわずかに上半身を起こす。エドの言う意味が、すぐには理解できない。

「どうして……わざと、知ってて、そんなこと……」

かすれた声で問うと、エドは「テストだった」と、呻《うめ》くように言った。

「最低なのは分かってる。……俺を罵《ののし》ってくれて構わない。だが、俺はエドワード・グラームズだ。……それ以外の人間には、どうしてもなれない」

言葉もなく、礼はエドを見つめる。エドは震えながら、ぎゅっと眼を閉じて続ける。

「いつか……お前がイギリスに来て、俺と暮らしてくれるなら……いずれ俺たちの関係は、世間にバレるだろう。俺はお前を隠すつもりなんてない。聞かれれば、恋人だと答える。お前の存在を、誤魔化したくないんだ。だが……そうなれば、お前はきっと、世間から注目され、突き上げられ、苦しめられて、動揺するだろう。そう、思った」

タブロイドにあえて載せたのは、いつまでも隠しておけることじゃないから。あの程度の紙面ならまだ、いくらでも誤魔化せる。だから、お前がどう思うか、試したんだと、エドは言った。

「チャールズに呼び出されれば、お前がひどいめに遭うのは分かってた。……それでも、それが現実だ。いつかは、必ず起きてしまう……。俺は血統を変えることはできない。チャールズじゃなくても、お前が俺のそばにいれば、一族の人間はいくらでもじゃまだてしてくるだろう。ならばもう、一度は現実を見てもらったほうがいいと思った。……だが、怪我《けが》までさせたかったわけじゃない。それは本当に、俺の詰めが甘かった。すまない……」

礼は困惑し、じっと、エドを見つめたままだ。

エドは「ただ、ただ俺は」と、喘ぐようにつけ足す。

「お前に──すべて見せて、そのうえで……俺を選んでほしかった。……世間から注目され、蔑まれ……一族から不当な扱いを受けても、それを飲み込んで、そんな俺でもいいと、そんな俺でも愛していると……思ってほしかった」

すまない、勝手ですまないと、エドは言った。そうして顔をあげた。青白い顔に、緑の瞳は、今にも泣き出しそうに揺れている。

「俺はこういう人間だ。お前が、俺と違う人間だと分かってる」

──お前の価値観が、俺の振る舞いを許さないことは。

と、エドは呻く。

「だが、俺が全力でお前を守っても……守りきれないときもある。傷つけたいわけじゃなかった。ただ……俺と生きれば必ず傷つく。情けないが、それを避けることはできない……二人で、どこか遠くへ逃げて、名前もなにもかも捨てれば別だ。俺はそうしてもいい。……だが、それは最後の最後にしたいんだ」

デミアンのことも、と、エドは呟く。

「……ああすれば、お前を傷つけ、デミアンを怒らせることは分かっていた。それでもあえて、圧力をかけた。迷ったし……自信もなかったが……。そのほうがいいと。悪かった……」

「……ど、どうして？　あれがエドのやり方だって……知らせたかったの？」

理解できずに問うと、そうじゃない、とエドが首を振る。

「世間に、俺とお前の関係が知られれば……お前はきっと、仕事のうえでも俺の影響を受けるだろう。デミアンのように、俺の恋人だというだけで、お前を拒むものもいれば、お前に取り入ることで、俺の力を借りようとする者も……きっと大勢寄ってくる。ヤツらはそのとき、お前を見ない。お前の心とは関係ない。俺自身とも関係ない。権威や金だけを見る……そういうことが起きる現実を、お前に知っておいてほしかった」

そこまで言うと、エドは「だが、もちろん、それだけじゃない」ととりなすように続けた。

「デミアンに関しては……たぶん、お前には理解できない感覚だろうが……俺の立場からできる最善策を提示したんだ。彼は海外に拠点を移してもやっていけるのに、この国にとどまり続けてる。たぶん――ここで認められねば、幸せではないんだろうと思った。俺を憎むことで、もう一度自分の出自と向き合えればと……よかれと思ってやってはいたんだ。勝算もあった。

実際……ついさっき、デミアンからは連絡をもらっている」

エドは言い、サイドテーブルから、一枚の紙切れをとって、礼に差し出した。上半身を完全に起こして、礼はその紙を受け取った。それはエドが受けたメールのプリントアウトで、

『貴様の条件を呑む。薄汚い貴族へ』

と、一言書かれていた。

礼は息を呑み、戸惑いながらエドを見た。

「……お前に言われたことで考えが変わったか……あるいは、父親や昔の恋人への、なにか……想いが残ってたんだろう。だが、俺は大体、こうなると予測していた……」

「……ど、どうして？」

「彼は貴族にこだわってる。俺ほどの貴族を一人憎めば――それを踏み台にできるだろうと思った。逆説だよ。愛があるから憎んでいる。憎しみをすべて、強大な敵一人にぶつければ、他の敵は我慢できるものだろう……人間とは、そういう心の仕組みをしている」

静かに言うエドに、礼は一瞬、息を忘れた。エドの言うことは当たっていると思う。けれどその一方で――ここまで冷静に、他人の機微を理解し、分析し、そして圧倒的な力で相手を操るだけの行動力を……たった二十七歳が持っているのかと思うと、衝撃に、言葉を失った。

エドは黙り込み、苦しそうに唇を噛んだ。

「……ひどい男だと思うか？　冷徹で……機械のようだと」

お前とは、まるで違うだろう、とエドは言った。

「一人一人の心を愛するお前とは……俺は、まるで違う。だからこんなことを試して——お前に嫌われてしまわないか、自信がなかった。正しいことだとは、思ってなかった。それでも、そうしてしまった……」

言いながら、エドは頭を垂れ、また搾《しぼ》り出すような声で、すまない、と繰り返した。

「レイ……不快だろう。俺が嫌になっただろう。面倒な親戚を抱え……外に出れば好奇の眼にさらされる。男だとかアジア人だとかで差別され、揶揄《やゆ》され……俺はお前の仕事に口を出す。お前を傷つけたくなくて、お前を利用されたくなくて、俺の権力を使い、金を使う。俺といるだけなのに、お前は嫉妬《しっと》され、あるいは羨望《せんぼう》され、憧《あこが》れられ、同じくらい蔑まれる……そのとき傷ついたお前の心を——俺は、俺は、救うことはできないんだ。……お前が、自分で救うしかない」

膝の上に肘《ひじ》をつき、エドは両手をあわせると、ぐっと握りしめ、額に当てる。辛そうな、苦しそうな息を吐き出す。お前の心が壊れてしまわないか、怖くてたまらない。エドは聞きとれないほど小さな声で、そう、つけ足す。礼は身動きもできず、エドの言葉を聞いている。

「だがそれでも……俺を、俺を捨てないでくれ、レイ」

エドの声がしわがれ、かすれる。うつむいた頭の上で、美しいブロンドの髪が、揺れて落ちていく。

捨てないでくれ、と、エドは二度続けた。

「こんな俺を……そんな状況でも、どれだけ傷つけられても……愛してほしい。お前の周りには、もっと気軽に愛し合える人間が、これから増えるだろう。ブライトやロペスやコールや……お前と同じように芸術を理解し、俺のようにお前の心を愛し、そして俺ほど面倒じゃない相手が、ごまんと現れるだろう……それでも」

俺にしてくれ、とエドは言った。

「この俺にしてくれ。……レイ。俺を受け取ってくれ……血統や権力や金ごと、俺を愛してくれ。……こんなことしか、こんなふうにしか言えず――すまない。だが」

だが、と言って、エドは声を震わせた。小さく、エドはすすり泣いていた。涙の粒が、うつむいたエドの髪の隙間《すきま》から、床に向かってぽとぽとと落ちていく。

礼はそれを、呆然と見つめる。

「……お前を、愛してる。愛してるんだ。お前以外、誰も要らない。お前がいなければ、生きていけない。お前を失ったら、俺は死んでしまう……俺は、お前しか持ってないんだ。お前しか……お前しか、愛せない……」

……もしも礼がいなくなったら。

その瞬間、エドの心は凍てついて、二度と誰も愛せなくなるだろう。礼さえいてくれるなら、エドは礼以外の誰かのことも、愛せるかもしれないと感じる……。

泣きながらエドはそう続ける。

遠く離れ、愛する資格さえ失っただろう、サラのこと。自分を憎んでいるだろう、ジョージのことや、疎ましい親戚たちさえも——礼がいれば、愛せるような……愛したいような、許せるような、許したいような……そんな、気持ちになれるのだと。

「……分かり合えない者や、分からない者のことを……愛してみたいと思う。お前さえいれば。だが、お前がいなくなったら……」

愛も許しも、この胸には二度と宿らない——。

震える声で言うエドに、礼はなにを言えばいいのか分からなかった。

体の奥底から、なにか熱い、言葉にならないものがじわじわとこみあげてきて、それは唐突に、胸の中に弾け、広がっていく。

「——俺の血を抜いて」

と、エドは涙声で囁いた。

「青くない血を入れれば……お前を苦しめずにすむ。……そう、何度も思った。だが——それはできない。できないし、俺はしない。結局は、しないんだ……」

懺悔のように言うエドへ——同じことを、僕も思ったよ。

そう、礼は言おうかと考えて、けれど言えなかった。涙がこみあげ、礼はこらえきれず、嗚咽を漏らしていた。エドが顔をあげる。泣き濡れた眼のまま、「レイ」と、心配そうな声を出す。

白皙《はくせき》の肌に、星のように輝く瞳。エドは出会ったころから変わらず、完璧なまでに美しい。

グラームズの屋敷で、バルコニーの上から礼を見下ろしていた……十三歳のエド。礼を無視し続けた、リーストンでのエド。別れて八年間、死にものぐるいで勉強し、仕事をして、一族に認められたエド——そうして、揺るぎない立場を得てなお、煩《わずら》わしいものをいくつも引きずり、けれどそれを捨てずに耐え、そうして礼に捨てないでくれと泣いている……二十七歳の、エド。

これまでエドは、どれほど孤独だったのだろう？

礼には想像すらできなかった。

（——二十七年も……きみは、苦しんできたんだね）

眉一つ動かさず、あらゆる重責と攻撃に立ち向かい、礼のところまでたどりついてくれたエドが——礼の愛が消えてしまうことを憂い、苦しんでいる。

愛は礼にしか与えてもらえないと、そう、思い込んでいる。

ほんの幼いときから、エドは知っていたのだ。

自分の愛を守るためには、それ以上に傷つき、苦しみ、闘わねばならないこと。……もしかするとそれを愛する相手にまで、強いねばならないことを。

——……あのころは、よかったね。檻のような学校の中で——不自由だったけど、隠せる場所がいっぱいあった。……きみを愛してる心を、あちこちに隠して……頭を低く下げていれば、きみを愛してることだけ、考えていられた——。

いつだったかそう言ったとき、エドはただ静かに、思い出は甘美だなと、呟いただけだった。

（僕は、愚かだった……）

思い出が甘美なのは、礼にとってだけだ。エドにはあのころから、逃げ場などきっとなかった。リーストンの森の中にも、エドの愛は隠せなかったに違いない。愛する心を無防備に晒《さら》せば、その愛は簡単に奪われ、傷つけられただろう。

エドはずっと、あのときから、今も、一度だって自由ではないのだ。あとになって振り返り、あのころは良かったと懐かしむようなこともできないほど、エドはいつでも必死に、世の中の眼や重責から、礼への愛を守ってきた。失わないよう、八年間、とうの礼にさえ知らせず、隠して——。

その孤独を知っているのは、エドだけだ。他の誰も、きっと知らない。

両手で顔を覆い、礼はしゃくりあげた。

「……ごめんなさい」

気がつくと、そう言っていた。

「ごめんなさい……、ごめんなさい、エド。なにも知らなかった……」

——誇り高いきみが、血を変えたいと思うほどに苦しんでいたこと。

「レイ……」

　エドが辛そうに名前を呼び、ベッドに乗り上げてくる。伸ばされた手が、礼の二の腕にそっと触れ、エドは顔をあげた礼に、不安そうに訊いた。

「抱き締めても……？」

　礼はくしゃりと顔を歪め、次の瞬間、たまらずエドの胸の中へ飛び込んでいた。触れていいかと、怯《おび》えるエドがかわいそうで、愛しかった。

「レイ……どうか謝らないでくれ。悪いことをしたのは俺だ……チャールズのことも、デミアンのことも、お前からしたら……どれほどひどいことだったか、分かってる。俺は——分かっているんだよ……」

　エドは、それ以上は語らなかったけれど。

　きっとこれから先も、イギリスでエドと生きていくなら——似たようなことはいくらでもあるのだ。そう、礼にももう、分かっていた。

　痛みに耐えて、俺を選んでほしい。

　エドは礼に、嘘をつかなかった。すべてから守れるとは言わなかった。傷つき苦しむ礼の心を救うのは、礼にしかできない。その現実を、隠さなかった。

　きっとエドは本当に最後の最後、もうこれ以上は無理だと思えば、今の立場も親戚も、なにもかも捨てて礼と一緒に、どこへでも逃げてくれるだろう。

　けれどそれが本当に幸せだとは、礼は思わないし、礼がそう思わないことを、エドも知っているのだと思う。

八年かけて闘い、エドはとっくに覚悟をしている。

八年分の覚悟のなかに、礼を苦しめてでも選んでもらおうとする、その激情が含まれている。そのときエドは苦しむ礼を見て、礼以上に傷つき、そうして恐怖している。礼を失うかもしれないと怯えながら――それでも、エドは礼の心が痛みを乗り越えて、エドを選ぶはずだと、そう信じようとしている。

「ごめんなさい……」

礼がまた謝ると、エドは礼の顔を覗き込み、「それは、俺とはもう、いられないという意味か……？」と、不安そうに訊いた。

礼は首を横に振った。

そうではなかった。エドを愛さないなんて、礼にだってできない。それは礼にとっても、生きる意味を失うということだ。

出会ったころのエドが、リーストンでのエドが、礼の脳裏に走馬燈のようによぎっていく。

無邪気にただ、愛しているか、愛されているかだけを考えていたころの、あの瑞々しい気持ちは二度と、戻ってこないだろう。

それでも十八歳のエドより、二十七歳のエドを、今の礼はきっと、愛している。

そう感じられた。

エドワード・グラームズ。この世にたった一人の、孤独な王さま。群れをはぐれ、礼を愛してくれた。

ただいるだけで栄誉と名声が、蔑みと中傷がその身に降りかかり、多くのものを持ちながら、多くのものを失っている……この、矛盾に満ちた、世界でただ一人の男を愛している。

貴族や血統、権力や金とは関係のない、すべてを削ぎ落としたエドの心を愛していながら、その心は、貴族や血統、権力や金というもののなかで、培われ、育ったそれなのだ。

エドから青い血を奪うことなど、到底できるはずがない。礼が愛したのは、グラームズ家の王、エドワード。その人だけだ。

「……僕が愛してる人がどんな人か……ずっと分かってなかったよ」

礼はそう呟いた。見上げると、エドの不安そうな、礼から答えを訊くのが怖いような、そんな顔が映る。

青白い頬にそっと指を這わせ、礼は、続けた。

「きみの強さと弱さを……きみの心を愛してる。……そうして、貴族で、青い血で、横暴な権力者で、大企業のトップで、わがままで……僕を支配して、僕を傷つけて……僕のために闘ってくれる……きみを愛してる。きみを……選ぶよ、エド」

礼の眼から、涙がこぼれる。エドは眼を見開き、じっと礼を見つめる。

「きみを選ぶ。きみを愛することで受ける苦しみすべて――僕は、選ぶよ」

はじめに礼が愛したのは、誰だったろう？

それは傷ついた一人の少年で、礼のためにラベンダーを摘んでくれた。

ただそれだけの人だった。けれど今はもう、エドをそんなふうに愛することはできないし、してはならないのだ。そうすればするほど、エドは傷ついていくのだから。

「……でも時々。時々でいいから、きみは僕のために、ラベンダーを摘んで。……クローバーで指輪を作って。冬の庭で、一緒に雪兎《うさぎ》を作って。貴族でも社長でもない……僕が最初に愛した、ただのきみに戻ってきてくれる……？」

そのエドだけ、僕にちょうだい、と、礼は言った。

そうすればあとは、いくらでも取り澄まそう。世間から傷つけられ、世間を傷つけても。どれだけたくさん失っても。自分とエドだけ、知っていれば構わない。

一番最初の愛は、ただの礼とエドワードから、始まったのだと。

「レイ……」

エドの眼に、じわじわと涙が盛り上がる。エメラルドの瞳に映えて、涙は星屑《くず》のように見える。礼は微笑み、そっとエドに、顔を寄せた。エドが眼を閉じ、礼の体を抱き締める。

唇と唇が触れあうとそれは涙の味がして、けれどどちらの流した涙なのかは、もう、分からなかった。

九

頭の傷は幸い大したことがなかったので、礼《れい》は翌日の午前遅く、ロードリーに軽くメールをしてから、キャブを使い、デミアンのアトリエを訪ねた。どうせ連絡をしても無駄だろうと思ったので、アポイントはとっていない。

突然ベルを鳴らし、勝手にやって来た礼を見て、デミアンは不可解げに眉根《まゆね》を寄せて迎え入れてくれた。

「なんの用？　グラームズに、あの条件でいいって伝えといたんだけど」

礼はニッコリ笑い、小首を傾《かし》げて「でも会って、話したかったので。来ちゃいました」と言った。そう言って、デミアンを怒らせるかもしれない——という恐れや、懸念はあったけれど、そうなっても構わない、というくらい、なぜかすっきりと、礼は自分の腹が決まっているのを、自分でも不思議に思った。

デミアンもそんな礼を見てなにか思ったのか、一瞬黙り、それから結局、アトリエにあげてくれた。

「……絵画だけじゃ点数が足りないだろ。造形も貸すよ。あとはお好きにどうぞ。ポストカードにでもTシャツにでもしたらいい」

興味なさげに言い、デミアンは制作途中のキャンバスの前に戻る。粗雑な線がいくつも描かれたそれには、なんの色もついていない。

「あなたの絵、いつもモノクロですね」

礼は後ろから絵を見ながら、言った。デミアンは振り向かないが、それもう、なぜだか気にならなかった。

「……昨日、貴族に殺されかけました」

ぽつりと呟《つぶや》くと、デミアンは筆をぴたりと止める。けれど数秒すると、また描き出す。その仕草から、デミアンにとっては、混血児が貴族に殺されかけることなど、そう目新しい事件ではないのかもしれない……と、ふと思った。

「そのときにどうしてか――あなたの絵を思い出して。考えました。……黒い牛も白い牛も、皮を剝《は》げば同じ肉と骨だって。血だってそう……死んでしまえば、みんな一緒くた。違いにこだわるのは、生きている人間だけ」

「……だから？」

イライラしたようにデミアンが振り向く。礼は微笑《ほほえ》み「それだけです」と返した。

「べつに、ただそれだけ。だけど勝手に意味を見つけたら、あなたの絵が好きになりました」

デミアンがなにか警戒するように、ムッと唇を引き結ぶ。

「見てる人間は、勝手に意味を考える。あなたの気持ちや、真実は分からない。だけど……それでも、勝手に理解した気になって……分かれたと思うと、好きになれる。たとえ本当は違ってたとしても、違うもの同士でも、実は分かり合えてはなくても、それでも、好きにはなれるんだなって……」

それだけ、言おうと思って、と、礼はつけ足した。

デミアンは数秒黙り、やがて、フン、と息をついた。

「……その気楽さで、エドワード・グラームズと付き合い続けようってわけか。ご勝手にどうぞ。パパラッチに気をつけて。数週間後のきみが、今と違うことを言ってたら嗤《わら》ってやるよ」

デミアンの口調は辛辣《しんらつ》だったが、礼は傷つきはしなかった。むしろ、正直な本音を聞かせてくれる、彼の心が素直でまっすぐなことを知ったような気がした。

初めは苦手意識のあった作家だが、今はもう、デミアンを好きになれそうな気がしている。

「……不快な思いをさせたことは、謝ろうと思って来ました。あなたはエドの提案を受け入れてくれましたが……本音の本音を言えば、僕自身は、やっぱり個展ではなく、他の人たちと同じ、デザイン展で出展したほうがいいと思います」

あなたの作品そのもののために、と礼はきっぱりと言った。余計なおべっかも、儲《もう》けのことも、自分の功績も、なにも関係なかった。デミアンのためですらなかった。デミアンの作品のためだけに、そう思ったから礼は言った。

「数ある作品の中でも埋もれない、本物かどうかをあなた自身、知りたいでしょう。貴族の作品が気に入らないなら、誰よりもポストカードを売ればいいんです。……まあそれは冗談ですが。でも。作品はあなたの武器だ。——同じリングに立って、才能で殴ってください」

デミアンはいつしか完全に、礼のほうを向き、じっと、どこか驚いたように礼を見つめている。

「……俺の個展じゃなければ、おたくには、七十万ポンドが入らないんじゃないの？」

「さあ、エドはべつに、どっちだっていいと言うと思います。だけどお金は、他に使うべきところがたくさんあるし。でもそんなこと、どうだっていいじゃないですか」

些細《ささい》なことです、と礼は断じた。実際、些細なことに思えた。

「後ろにくっついてた、お父さまやお友だちの条件についてだって。どうだっていいことです。どっちだっていいじゃないですか。大事なのは、僕にとっては個展よりデザイン展に入れたほうがいいと思ってることだし、あなたにとっては——あなたが、これから先、どう生きていきたいかだけです」

礼はもう決めていた。エドと一緒に生きていく。それ以外のすべては、いつでも捨てる覚悟をした。そうしていつでも捨てるかもしれないからこそ、正直に、真面目に、前向きに、誠実になろうと思える。腹が決まればこれほど迷いがなくなるのかと、自分でも驚くほどすらすらと、言葉が出てくる。礼は本音を話していた。

「……担当は、僕以外にも変えられます。今日は数人、キュレーターの連絡先を持ってきました。他の相手がよければ、僕から一度話します」

礼は日本にいる及川《おいかわ》など、他の担当者の名前と連絡先、プロフィールを書いてきていた。近くにあったテーブルへそれを置き、ぺこりと頭を下げる。

「お時間を割いてすみませんでした。聞いてくださって、ありがとうございます」

あとの答えはデミアンに任せよう――と、礼は思った。作品はやっぱり貸さない。そう言われても、構わないと思っていた。そのうち辞めるつもりだから……ではなく、無責任から、というわけでもなく。ただ、思ったのだ。

自分にとってもデミアンにとっても、この仕事は人生の一部であり――そしてその人生は、これからも続いていく。

どこでなにを選ぶことが正解かは、誰にも分からない。ならば、できることはただ自分の思うことを伝えることくらい。デミアンの選択は、デミアンのものだ。

なにも言わないデミアンに、礼は小さく微笑むと、アトリエの出入り口へ向かった。もう一度深々とお辞儀をする。

と、黙っていたデミアンが、「……ケンウッド・ハウス」と、呟いた。

「行った？　ハムステッド・ヒースにある」

礼は顔をあげ、ぱちくりと大きな眼をしばたたいた。

「いえ。まだ……今度行こうと思ってましたけど」

ケンウッド・ハウスはエドのフラットがある、ハムステッドの公園、ハムステッド・ヒースの中に建つ、古いお屋敷の名前だった。そこは今現在、美術館となっており、フェルメールやレンブラントなど、有名な作家の絵画が収蔵されている。

「……ダイド・エリザベス・ベルのことは知ってる？」

訊《たず》ねられ、礼は「はい」と頷《うなず》いた。ダイド・エリザベス・ベルは、かつてケンウッド・ハウスで暮らしていたという女性の名前だ。父親は貴族で、母親はアフリカ人奴隷だったという。彼女は混血児であり――貴族の父を持ちながらも、貴族とは別の身分として育てられた。それでもその美しい姿は、とある一枚の絵の中に描き遺されており、今でもこのイギリスに伝わっている。

「スクンパレスにダイドの絵がある。……三月末までイギリスにいるなら……今度、一緒に見に行かない？」

デミアンの誘いに、礼は一瞬ぽかんとした。

デミアンは少し怒ったように、「行くの？　行かないの？」と言葉を重ねた。その頬《ほお》に、照れているのか少し赤みが差している。

「い、行きます。ぜひ。ダイドの絵、見たかったんです」

デミアンはふん、と気のない返事をしたが、その口の端には、ほのかに笑みが乗っている。

礼もじわじわと、嬉《うれ》しい気持ちが——そして親しみのような気持ちが、デミアンに湧《わ》いてくる。

「……作品は、個展じゃなくて貴族のやつらと同じ、デザイン展に出すよ」

キャンバスに向き直りながら、デミアンがそう付け加えた。

「グラームズにそう言っといて。あとの調整はそっちでやってくれ。必要なら造形も貸す。ただ、毎年七万ポンドってやつはもらうから、そこはきみから言っといてよ」

それは担当者を、変えなくていいという意味だろうか？

礼は微笑み、はい、と返事をした。

「また連絡します。ポストカード、売りましょうね」

付け加えると、デミアンは小さく声をたてて笑った。

それは初めて聞く、デミアンの心からおかしそうな笑い声だった。礼は今度こそ深くお辞儀し、デミアンのアトリエを出た。


「デミアンの絵、借りられました。しかもデザイン展に展示です」

礼は頬の隣で両手でピースサインを作っていた。酒が入り、上機嫌だ。嬉しいし、楽しい。

それを見て、同じパブに集まってくれていたジョナスが不審げな顔をし、ギルは苦笑しつつ怯《おび》えた眼になり、オーランドはチップスを口に放り込んだ。

「……レイ、な、なんか明るくなってる？　な、なんか気弱な可愛《かわい》げが……」

ジョナスががっかりしたように呻《うめ》き、礼は唇を突き出した。

「もういろいろ悩まないことにしただけ。……ごめんなさい。心配かけました」

ぺこりと頭を下げて謝ると、「いやいや、僕ら、きみとエドが大立ち回りしてたなんて、知らなかったから」と、オーランドはにべもない。ギルも「あのチャールズがな……悪かったな」と、申し訳なさそうだ。

今日の集まりは、礼からみんなに声をかけた。デミアンのアトリエから戻り、ロンドンのサウスバンクのパブで、仕事終わりの三人を捕まえたのだ。そうして、先日あったチャールズの事件を説明した。ジョナスは怒り狂い、ギルはある程度予想していたらしく申し訳なさそうで、オーランドは「それでどうしたの？　それで？」と興味津々《しんしん》に聞いていた。

ギルから聞いて分かったことだが、やはりチャールズはCSTラインという子会社を作って、麻薬取引の手引きをしていたらしい。その子会社や関係する航路やターミナルはすべて売却が決まっているらしく、売却後は子会社そのものがなくなるという。

「そんなことより、タブロイドにレイが載ってて、ひやひやした。気をつけてね」

ジョナスが言ったが、その矢先にどこかでシャッターを切る音がした。ドキリとして顔をあげると、堂々とカメラを構えた男がいて、臆面もなく礼の写真を撮っている。

「ちょっと、あっち行ってよ」

ジョナスが男に言ったが、礼は少し考え、「いいよ、ジョナス」と微笑んだ。

「巻き込んでごめんね。……でも、エドは隠すつもり、ないんだって。だからまあ、僕も慣れていこうと思ってる」

パパラッチの男はこれ以上面白い絵は撮れないと思ったのか、カメラを収めてどこかへ行ってしまった。

「肝が据《す》わったねえ、レイ。戦士になったわけだ」

オーランドが男を見送りながら囁《ささや》く。礼は、オーランドを見上げた。

「……まだまだ、これからだよ」

それは実際そうだった。礼の心臓は緊張にドキドキと鳴っている。カメラを向けられて、なにも平気だったわけではない。ただ、平気になろうと決めただけ。

けれど、オーランドは眼を細め、「いや、まずは合格じゃない？」と微笑んでくれた。

「でね。忘れないで。世間がどうでも、僕はきみが好きだよ」

「それなら僕だって」

オーランドの言葉に、負けじとばかりにジョナスが乗る。ギルは笑い、「俺も忘れないでほしいな」と加わった。

「一族百人のうち、九十九人が敵でも、俺は味方だ。親戚連中のことなら、俺にも相談して。

俺ならエドよりいくらか要領よく、立ち回れる」

肩を竦《すく》め、冗談めかしたギルに、礼は小さく笑った。

たとえ世間が礼を蔑《さげす》み、嫌ったとしても、少なくとも礼のことを好きでいてくれる人は、何人かいるのだ。そのことが頼もしく、嬉しかった。

せっかくだから浴びるように飲もう、とオーランドが言いだし、ギルが乗る。そこからは懐かしい話や、それぞれの仕事の話、最近見たテレビの話と、他愛ない、ばかげた話題が続いた。

礼も珍しく大いに飲み、食べ、ロンドンナイトを楽しんだ。

帰る間際にトイレに立ち、酔った足でふらふらと歩いていると、「レイ？」と呼ばれて顔をあげる。見ると、ブライトがなにやら驚いた顔で店の中にいた。

「あっ、ブライト。よく会いますねぇ〜」

酔っ払って上機嫌だったので、礼はくすくす笑いながら言う。ブライトは「ええ、レイ、酔ってるの？」と眼を丸くしていた。

「はい。たくさん飲んでしまった。……あ、ブライト見ました？　僕、新聞に載ったんですよ」

笑いながら言うと、ブライトは苦笑している。

「見たよ。驚いたし、心配してたけど……どうやら元気そうで安心した」

本当にホッとしたような顔のブライトに、礼はなんだか、胸が温かくなるような、そんな気持ちだった。

――ごめんなさい。あなたを、この国じゃ少し、冷たいなんて感じて。

心の中でそう謝り、礼は「もー、またあなたって人は」と、口では明るく、両手を拳《こぶし》にして、ぽすぽすとブライトの胸のあたりをパンチした。

「ほんと、いつ話してもかっこよくて優しくてー、あなたを好きにならない人っているんです?」

それは冗談だったのだが、ブライトはそれを聞くと、「え」と呟き、頬を赤くした。

意外にも真面目な反応が返ってきて、礼は「あれ」と思う。赤くなった頬を押さえ、ブライトが「こ、困るよレイ」と眉を下げて、笑っている。

「きみを本気で好きにならないよう……気をつけてるんだから。酔ったレイは危険だね。グラームズを怒らせたくないから、お仲間のところへ送るよ」

(あれ。あれれ……?)

なんだか少し、酔いが冷める。肩を抱かれ、紳士的なエスコートを受けて、礼はオーランドやギルたちの輪に戻され、ブライトもなんだかんだと一緒に飲むことになった。

(……冗談としか、思ってなかったんだけど)

庶民で外国人の礼を、貴族のブライトは、思うより本気で口説いていたのかもしれない……と、知ってしまった。となると、いつも同じように口説いてくるギルはどうなのだろう――?

ちらり、とギルを見て考える。

——エドが重たいなら、俺と付き合う？

先日言われた言葉が蘇《よみがえ》り、するとなんだか急に恥ずかしくなってきた。

おとなしくなり、赤い顔でお酒を飲んでいるレイを見て、隣に座っていたオーランドはなにか感づいたらしい。悪戯《いたずら》っぽく笑い、ふふん、と勝ち誇ったような顔をした。

「コマドリくん。貴族の美男子たちが、自分を取り合うっていいもの？」

いつだったか言われたようなセリフだ。けれど礼は今度は否定できず、思わず赤い顔をして、じろりとオーランドを見てしまった。それから小さな声で付け加えた。

「……最低ながら」

——結構、気分はいいものです。

それは単純な嬉しさだけではなく。血統が違っている相手でも、愛せる人が——貴族の中にもいるのだと、そう、分かったからでもある。その事実に、ホッとしている。

（僕……この国のこと、どんどん好きになれそう）

酒を飲み交わし笑い合っている、友人たちを眺めながら——そっと、礼は思った。パブの窓の向こうには、テムズ川とロンドン・シティの夜景が広がっている。

今はまだ異邦人の自分。

けれど生きていけばこの先、いつか、ここが故郷に変わるのだろうか？

ふわふわとした心持ちで、礼はそんなことを考えていた。

友人たちと別れ、ハムステッドに戻ってきた礼は、メインストリートを歩きながらロンドン橋落ちた、を上機嫌で歌っていた。

今日はいい日だ。デミアンのことも井田《いだ》に報告し、個展の取りやめも了承してもらえた。井田は寄付金は残念だが、当初の形で開催できるほうがもっといいと言ってくれ、これまでたびたび、作品より収益を気にする人……と思ってきたことを、礼は心の中で詫《わ》びた。

七十万ポンドの行方については、エドと明日にでも話そうと思っている。展覧会を分けないなら、そもそも必要のない金だ。

（デミアンにはスクンパレスに誘われたし、友達にも会えた。ブライトが僕を血で隔ててないのが分かって、嬉しかった……）

歌いながら、ときどき笑ってしまう。

途中スキップになり、「ろーんどんばし……」と大きな声を出したところで、「ご機嫌ですね」と声をかけられ、礼は一気に、眼が覚めるような気になった。

見ると、礼は既にエドのフラットの前にいて、ステップを下りたところにロードリーが立っていたのだ。

礼は瞬く間に青ざめ、「ロ、ロードリー……どうして」と上擦った声を出した。が、よく見ると路肩に黒いベンツが停まっている。エドを送ってきたのだろう。今日の帰りは零時ごろと聞いていたが、早まったらしかった。

「あ、あの、ちょっとお酒を飲んできて……それで良い気分に……」

もごもごと言い訳するが、ロードリーはいつもの静かな表情で「存じ上げてます。レイ様からメールをいただいてますから」と、言った。そうだった。礼はもう、厭《いと》わずに、どこかへ出かけるときはロードリーとエドに連絡を入れるようになっていた。チャールズの一件があったので、なにも告げずに出かけるのが怖くなっている。

（……デミアンのことは解決したけど、そういえばこの人が僕をどう思ってるかは……分からないままだった）

エドを悩ませ、苦しませ、チャールズの件でも振り回し……ロードリーは礼をよほどうっとうしく思っていても仕方がない。思わず窺《うかが》うように見つめていると、

「……ほんの一日ですが、エドのスケジュールを調整しました」

と、突然切り出された。

「え？　あ、は、はい」

なんの話だろう。少し緊張して返事をする。ロードリーは淡々と続けた。

「大がかりな商談がいくつかまとまったので、一日くらいなら私一人で捌《さば》けます。私からのプ

レゼントとして、明日は、ゆっくり楽しんでください」

その言葉に、礼は思いがけず、びっくりしてしまった。

「あ……あの、エドのお休みを、作ってくださった、ってこと、ですか？　……僕のため？」

驚きすぎてぽかんとしてしまう。それから、礼は思わず、酔いもあって口を滑らせた。

「でも……い、いいんですか？　あなたは僕を、よく思えないんじゃ？　……エドを不安にさせていると……前に、仰《おっしゃ》ってましたよね」

「はあ。それは言いましたが。……あなたをよく思わないとは、一度も言ってませんが？」

ロードリーは不思議そうに、首を傾げる。その仕草が、大人っぽい容姿に似合わずあどけなく、礼はドキリとした。

「あのエドが骨抜きになる方です。どんな方かと不思議ではありました。最初、あなたは――ただ可愛《かわい》らしい以外は、従順で優しげな、おとなしい人に見えました。でも意外と、頑固なのですね」

「が、がんこ……」

思わず、礼が眼を見開くと、「エドの言うことを、まったくきかない人だなあと。新鮮でした」と、ロードリーがしみじみ言った。

「……あの人は怖いでしょう。普通は、怖いものです。あなたはそうじゃないのだなと。むしろエドが、あなたを怖がっていて驚いた。惚《ほ》れたほうはこうも弱いものかと……失礼。ただ」

無口だと思っていたロードリーが、喋《しゃべ》り出すとたんに滑らかに言葉を紡ぐのに、礼はびっくりして口を挟《はさ》めない。ただ、ともう一度、ロードリーはつなげる。

「エドはあなたの前だと、社長でもグラームズでもないらしい。あなたがあの人を、ただのエドワードにしてくれる。……あの人が生きるために、あなたはなくてはならないのだと、思っています」

締めくくったロードリーの言葉に、礼は数秒、呼吸を忘れた。胸の奥に、いい知れない喜びと安堵《あんど》が広がっていく。

エドのそばに、いてもいいのだ。

そう認められた気がして、ホッとする。深く頭を下げ、

「……ありがとう、ロードリー。どうかエドを……そして僕を、よろしくお願いします」

そう言うと、こちらこそ、と返ってくる。顔をあげれば、いつも無表情のロードリーが、口元に、あるかなきかの笑みを浮かべてくれていた。

また一つ、この国で好きになれそうなものが増えた。礼はそのことが嬉しくて、気がつくと顔いっぱいに、笑みを載せていた。

フラットに帰ると、エドが待っていてくれ、玄関先で入って来たばかりの礼を、ぎゅっと抱

き締めてくれた。

「お帰り。遅かったな。下から歌が聞こえたと思ったから、ここで待ってたのに。なかなかあがってこないから心配したぞ」

少し拗《す》ねたように言うエドの背中に腕を回し、礼はくすくすと笑った。

「ごめんね、ロードリーと少し話をしていたんだ。今日は嬉しいことがたくさんあって」

話していた時間はそこそこ長かったのに、その間ずっと玄関で待っていたというエドを想像すると、忠犬のようで可愛らしく、つい胸の中がほっこりした。

エドは「ふうん？」と言いながら、礼を少し離す。その顔は、聞いても聞かなくてもどちらでもいいが、礼がちゃんと幸せなのか、確かめているような——そういう表情に見える。

（エドは……もしかして僕がどんな気持ちでいるか、いつも、気にしているのかな……）

束縛や支配、独占欲と一緒に。エドは礼が幸福かどうかを、知りたがっている。

優しいな、と思う。そうしてそんなエドのために、自分はなにがしてあげられるだろう。

まだ少し酔った、ふわふわした心地で、礼はそっとエドの胸元にすり寄った。

「エド……あのう。一緒にお風呂に入らない……？」

イギリスに来た初日から数日、休みの間はずっと抱き合っていたけれど、風呂は別々に入っていた。礼が大抵気を失ってしまい、その間にエドが体をきれいにしてくれていたからだ。

今さらと思うのに、その誘いを口にするのは恥ずかしかった。赤くなりながら、声を震わせて言うと、エドは一瞬眼を丸くし、それから「入る」と即答した。

「今すぐ入る。入りたい」

食いつかれて、礼はホッと笑った。よかった。エドにとって、礼の誘いは嬉しいことのようだった。

ちょうどエドは自分が入ろうとしていたらしく、バスタブにはもう湯が張ってあった。

「あ、ねえ、これ入れよう。オーランドがくれたんだ」

今日たまたまもらってきた香りのいい入浴剤を入れると、それは泡をたてて溶け、中に埋め込まれていた花びらが湯面に散った。我ながらロマンチックすぎるかと思ったけれど、わざとらしいほどの演出がほしかった。

ようは、エドのために、なにかしたいという気持ちを、態度で示したかったのだ。いっそ媚《こ》びるくらいに。

きみを愛してる。そう伝えたい。

エドは礼の意図を汲《く》んでくれたのか、恥ずかしがっている礼に、満足そうに笑っていた。服を脱いでバスタブにつかったエドが、足を伸ばして背をもたれる。礼は同じように裸になると、おずおずと、その足の間に座った。背中をエドの胸に預ける形だ。

「最上の贈り物だな。これからも時々、くれるのか？」

エドは声を弾ませて囁き、後ろから礼の薄い体を抱き締めてくれた。素直に体を委《ゆだ》ねながら、礼は「エドがそうしてほしいなら」と、言った。すると、エドは礼の髪を梳《す》いてくれる。それがくすぐったく、心地よかった。

と、礼の胸元から、腰に向かって甘酸っぱく切ない快感が走った。

「あ……ん、エ、エド」

礼は赤くなって、振り向いた。けれどエドは得意そうに笑って、礼の乳首を両手でそれぞれにつまみ、くりくりと悪戯するようにこね回すのをやめなかった。

「あ、ん、ん、や……」

体は呆気《あっけ》なく快楽に流され、礼は脱力してエドの肩に頭をもたれさせた。湯面で体がちゃぷちゃぷと揺れ、尖《とが》った乳首に花びらが張り付く。その刺激にさえ、礼はびくびくと感じてしまう。

「ずっとできなかったからな。今日はたっぷり愛してやる……」

甘やかに囁きながら、エドは礼の耳殻に舌を差し入れて、ねぶる。薄い胸をやわやわと揉《も》まれ、尖《とが》った乳首を引っ張られると、それだけで、礼の性器はむくむくと膨《ふく》れ、湯の中で勃《た》ちあがってしまった。

尻の割れ目になにか硬いものが当たった。それはエドの雄だ。礼のそれよりも太く、大きく勃ちあがった性の硬さに、後孔ははしたなくも期待して、きゅうきゅうと蠢《うごめ》く。エドが軽く腰を突き出すと、後孔の入り口が刺激され、とたんに礼は内腿《もも》を震わせて、腰を揺らしてしまった。

「あっ、あ、んん、エド……」

おかしなくらい感じている――。

ハムステッドに移ってきてから、抱かれていない。心のどこかで、もの欲しく感じていた自分がいたことを、礼は認めずにはいられなかった。

そうしてその気持ちをエドに伝えたくて、礼はおずおずとバスタブの縁を掴《つか》み、腰をあげて、エドの顔の前に後孔を晒《さら》して見せた。

「エド……、あ……もう」

ください、と、礼はか細い声で懇願した。まっ赤な顔で振り向くと、欲で潤んだ視界に、驚いたようなエドの顔が見えた。けれど次の瞬間、礼は尻たぶをエドに鷲掴《わしづか》みにされ、後孔を熱い舌で嬲《なぶ》るように舐《な》められていた。

「あっ、あん……っ」

中にぬぷぬぷと舌を差し込まれ、礼は腰を揺らした。エドは舌でそこを掻《か》き回しながら、指も一緒に差し込んで、礼の前立腺を優しく擦《こす》ってくる。

「や、あっ、あっ、エド……ッ、あ、だめ……」

内腿がぶるぶるとわななき、礼の上半身はずるずると下がっていく。かわりに腰は高くあがり、勃起《ぼっき》した性が湯面にとろとろと先走りをこぼした。差し込んだ指を二本に増やし、エドは中でその指を開いた。

「……レイ。お前は可愛いのに、後ろは本当にいやらしいな」

興奮を滲《にじ》ませた声で囁かれ、礼はまっ赤になった。

「もうこんなに柔らかい。俺のを飲み込めるよう、唾液をたくさん垂らしてやろうな……」

開かれた後孔に、ぬるい唾液を入れられる。その感触に、礼はふるふると震えた。

「あ、ああん……っ」

後孔はもっと強い刺激をほしがって、収縮している。礼は恥ずかしさに耐えながら腰を丸く、円を描くように振り、赤い顔を向けてエド、と名前を呼んだ。

「お、お願い。エドのを……早く、入れて……」

じゃないと、いっちゃいそう——。

切ない懇願に、エドが舌なめずりをした。眼を細めて立ち上がり、勃起した性を、礼の窄《すぼ》まりに押しつける。

「……可愛いな。レイが俺のご機嫌をとってる……」

礼は「んっ、んっ」と喘《あえ》ぎながら、後孔をひくつかせて動かし、自らエドの先端を飲み込もうとした。もっと機嫌をとりたい。もっと媚びて、エドに満足してほしかった。こんなことを考えるなんて、たしかに自分はエドに対してだけは、男娼《だんしょう》みたいなものかもしれない——。

けれどそこに、卑屈な気持ちはなにもない。エドに喜んでもらえるのなら、なんにでもなりたいとさえ感じた。

　エドは礼の気持ちを察したように低く笑い、わざと腰を進めない。性器は礼の入り口を濡《ぬ》らしているのに、中には入ってきてくれない。

「悪いfannyだ……俺のペニスを吸いたくてたまらない？」

　少し意地悪く、けれど満足げに、エドが言う。fannyは少し、サディスティックな表現だが、エドの口調は甘ったるく、礼はうん、うんと頷いていた。

「吸いたいの……エド、お願い、それで、イカせて……」

　精一杯、いやらしく言い、礼は尻を振った。エドは息を吐き出し「レイ……」と囁いた。

「もっとおねだりさせたいが……俺も我慢の限界だ――」

　そう言うと、エドは礼の腰を支え、勢いよく後ろを貫いた。いきなり入れられて、礼は「あっ、あっ、あー……っ」と叫びながらガクガクと体を震わせた。鋭い愉悦は痛いほどだ。もはや媚びる余裕もなく、エドも余裕がないのか、激しく抜き差しされる。

　肌と肌がぶつかり、湯がはねて、浴室には卑猥《ひわい》な水音がぱちゅぱちゅと響き渡る。

「あん、あ、あ、あん、あーっ、あー……っ」

　口の端からだらしなく唾液をこぼし、礼は揺すられるがまま、喘いだ。バスタブの縁を持つ指に力が入らず、落ちそうになったとき、エドの手が胸を支えてくれた。

「さあ、イけ……っ」

激しく突かれ、同時に乳首をひねられて、礼は後ろをぎゅうぎゅうに締め付けながら、もうたまらずに達していた。

「ひあっ、あっ、あああ、ああんっ」

吹いた精が勢いよく、湯に飛び散る。脱力した体から、まだ勃ったままのエドの性器が抜かれたと思うと、すぐに対面で抱き上げられ、座位の姿勢で再び挿入された。

「ひああ……っ、あ、エド、ああー……」

顎《のぞ》を仰け反らし、必死になってエドの肩にすがる。エドも荒く息をつきながら、礼の体を上下させて、中を擦りあげた。

「レイ……お前の中は、最高に気持ちいい。狭くて、温かくて……やらしい襞《ひだ》が、ぬるぬると俺のものに巻き付いてくるんだ……」

目尻にキスされながら、からかうように辱《はずかし》められて、礼はいやいやと首を振った。けれど裏腹に、後孔はきゅんと締まる。

エドの性器を入れられている。その事実だけで、もう何度でも達してしまいそうに思える。

「レイ、今度は出さずに……イってみるか？」

「……？」

耳元で囁かれ、礼はなんのことか分からずにエドを見た。エドは「ドライオーガズム。知ってるか？」と、耳たぶを甘く噛《か》みながら訊《き》いてくる。

「空イキとも言うかな。射精せずに、後ろだけでイクんだ。女のオーガズムに近い」

説明を聞き、礼はぽかんとする。エドは礼の体を一度ゆさっと揺さぶった。

「あ……っ、ああ……っ」

達したばかりで中を擦られ、快感に礼は胸を反らす。エドは礼の乳首にキスし、同時にぐっと、礼の性器の根元を握りこんだ。

「俺はいつも、一度や二度じゃ終われないだろ？　受けるお前は辛いだろうと思ってた。ドライでイケれば、体は楽になる。二十回でも三十回でも、イキっぱなしになれる」

とんでもない話だ――。

今でさえ自分の淫らさに驚くのに。礼は想像して青ざめ、いやいやと首を振った。

「む、無理だよエド。そ、そんなの」

「無理じゃないさ。お前には素質がある」

淡く前後に腰を揺すりながら、エドが言う。えもいわれぬ快感が後孔からじんわりと全身に広がるのに、性器の根元が締め付けられていてもどかしい。

（そ、素質って……）

礼はうろたえたが、エドはいたって真面目だった。

「初めてのときから、後ろで感じてただろう。本当はもっと早く仕込もうとか思っていたが、ドライを覚えたら、お前も普通の刺激じゃ満足できなくなる。遠距離恋愛中は――やめておこうと、我慢していた」

だがもう、俺のものなら……いいだろう？

そう言われると、ダメとは言えない。

「……。……ど、どうやるの？」

おずおずと訊くと、エドは眼を細め、嬉しそうな顔になった。

「大丈夫。すぐ覚えさせてやる」

緑の瞳の奥に、獲物を見つけたときのような光が、チラッと宿る。そうして、エドはそっと、礼の乳首にキスし、そのままじゅるっとしゃぶった。

「あ……っ」

もう片方の乳首も、こりこりと弄《いじ》られ、引っ張られる。けれどエドは腰の動きはぴたりと止めている。胸に愛撫《あいぶ》を繰り返されると、下腹部にむずむずと愉悦が広がり、やがて礼の後孔はそれに応じて、きゅっきゅっ、と収縮しはじめた。

「いいぞ、上手だ、レイ。そんなふうに、お尻の中を動かしてごらん」

エドが言って、礼の乳首をぴん、と弾く。赤い舌をわざと見せつけ、尖らせた舌先でチロチロとねぶられると、見えているだけにたまらなく、

「あっ、あん、あ、や、やあ……」

礼は感じて、腰を揺すった。

悶《もだ》えている姿を、エドはじっと見ている。その視線にさえ感じてしまい、「エ、エド……恥ずかしいよ……」と言いながら、礼はもう我慢できず腰を前後に動かしていた。

中にあたるエドの性器が硬くて、気持ちいい。勝手に尻を振る動きはどんどん激しくなってしまい、後ろの媚肉もいやらしくきゅうきゅうと蠢いている。

「あ、あん、あっ、エ、エドも動いてぇ……っ」

堪えられずにはしたなくねだると、エドは満足そうに眼を細めた。

「レイ。ほらな、もう覚えたろ……?」

とたんに、エドが礼の細腰を掴み、下から一気に突き上げてきた。

突然、礼は愉悦の波にさらわれた。

「あっ、あん、あ、あ……あー……っ」

頭の中に真っ白な光が弾け、全身に電流が走った。普段の絶頂とは比べようがないほどの深い悦楽だ。礼は「あーっ」と叫び、眼からはどっと涙が溢《あふ》れる。それなのに、性器からはまったく迸《ほとばし》っていなかった。

エドがそのまま礼を持ち上げ、激しく突き始める。波のように寄せては退いていく深い快感に、礼は連続して昇り詰めた。

あまりの気持ち良さにわけが分からず、きちゃう、きちゃうと喘ぐ。腰から下がぐずぐずに蕩《とろ》けて消えてなくなりそうだった。

「気持ちいいか？」

問われて、礼はきもちいい、きもちいい、と舌っ足らずに繰り返した。

「エド、あっ、あ、きもちいい……、お、おかしくなりそ……っ、あ、あ」

いいよ、おかしくなってくれ、とエドの言う声がした。

礼は泣きじゃくり、エド、好き、好き、と繰り返した。甘えた声に、エドは「俺もだ」と返してくれた。

「お前を愛してる。……一日中、お前と繋がっていたい――」

礼はエドの首に腕を回して眼を閉じた。口を小さく開けると、すぐにエドがキスしてくれる。下手なりに、礼もエドの口づけに応えて、舌をからめ、夢中でキスし続ける。

強い快感の波の中で、礼はエドの首にぎゅっと腕を回し、このまま二人溶けあえたらいいのに――と、感じた。

……エドの心の中の淋しいところに、僕が全部溶けて入って、埋められたら……。

けれどそれが叶《かな》わないから、礼はエドを愛するのだ。

エドもまた、礼を愛しんでくれるのだと、礼にはもう、分かっていたけれど。

どこかで衣擦れのような音がしている。それはなぜか懐かしく、優しく耳に馴染んでくる。

ふと眼を開けると、寝ていたベッドから、部屋の窓が見えた。

窓の向こうでは静かに雪が降っている――薄灰色の、妙に明るい空。見えない太陽の、わずかな光を集めて、雪はちらちらと光っている。衣擦れのように聞こえたのは、雪の音だったらしい。

寝ぼけ眼で体を起こし、礼はぼんやりと、この国では雪の降る音がするのだと、思い出した。

「レイ、起きたのか」

扉が開き、エドの声がした。部屋の中へアールグレイの芳しい匂いが漂ってくる。見るとエドが、礼のために紅茶を淹《い》れてきてくれていた。

「……わあ、ありがとう」

差し出されたカップを受け取って飲むと、茶葉の味が全身に染み渡っていくようだった。

ベッドに腰掛けたエドが、そんな礼を見下ろして、そっとこめかみに触れてきた。腫《は》れもひき、痕《あと》も目立たなくなってきた傷を見るために、前髪を少し、かきあげられる。見上げると、礼の傷を見つめるエドの瞳は、悲しそうに揺れていた。

「雪が降ってるね」

そっと礼が言うと、エドは「ああ」と頷き、礼の髪を下ろした。それから、

「……雪を見ると、ケンブリッジにいたころのことを思い出す」

と、呟いた。

どうして？　と、礼は訊き、エドは窓辺へ視線をやりながらぽつりと答えた。

「雪の中を歩きながら……気付いたんだよ。俺はお前を愛していて……もしもう二度とお前と会えなかったら……それは生きながら死んでいるようなものだと」

そのときは、ただ怖かった、とエドは続けた。

「お前を愛するためには、並大抵の努力じゃ無理だと分かっていた。……それなのに、愛せなかったら……俺は気が狂って死んでしまう。……それほど誰かを愛しているということが、ただ、ひたすら怖かった――」

静かに告白するエドの横顔を、礼は驚いて見つめていた。

十九歳、二十歳。そのくらいの話だろう。

当時のエドのことはなにも知らない。けれど聞けば、なぜだか切ない気持ちがこみあげ、そうしてエドを、愛しく思った。

「……来年、日本での展覧会が終わって落ち着いたら――会社を辞めて、イギリスに来るよ」

そっと言うと、エドは眼を見開き、礼を振り向いた。驚いているエドに、礼は優しく微笑んで、小首を傾げた。

「出版社か、ギャラリーか……分からないけど、なにか好きな仕事を探すよ。……相談に乗ってくれる？」

当たり前のように、ごく自然に頼ることができた。エドは一瞬息を呑み、それからすぐに

「もちろん」と強く頷いてくれた。礼はニッコリし、小さな声でつけ足した。

「この国のこと、きっともっと……好きになれると思う。好きになりたいって思ってる。きみの国だもの」

愛せなくても、愛したいと思う。分かれなくても、分かり合えなくても、好きになることはできる。

傷ついても、立っていられる。

――もしもそれが、愛する人のための傷ならば。

「ねえ今日、時間があるなら、リーストンへ行かない？　……あそこの街を、またきみと歩いてみたい」

提案すると、エドは眼を細めて「いいな」と言ってくれた。

「まだ午前中だ。たぶん、あのころ一度だけ行ったカフェが、今もあるはずだ。お前と一日セックスしてようかと思ったが。まあそれは次の機会でもいいか」

礼は思わず、くすっと笑った。本当は自分もそうしてもいい、と思ってしまったけれど……、それは言わないでおくことにする。

リーストンに行ったら。

と、礼は紅茶を飲みながら、少しだけ想像する。

懐かしいカフェで、サンドイッチに熱いコーヒーを頼もう。

それから、雪の降るリーストンを眺めよう。

きっと森に囲まれた校舎の奥に、古い尖塔《せんとう》が覗《のぞ》けるだろう。冷たい川の畔には、十六歳の礼がいて、コマドリの声を聞いている気がする。

そうして恋をしている。

まだ結ばれるとは知らないたった一人の王さまに――。

その心だけは、礼が変わらず持っている、ただ一つのもの。どれだけ世界や立場や年齢が変わっても、結局のところ……最後に残るのは、あのころ届いてほしいと切望していた、あの愛だけ。

それならやっぱり、愛さえあれば大丈夫なのだ……。

それはとてつもない幸福のように、礼には思えた。

あとがき

初めましてのかたは初めまして。久しぶりのかたはお久しぶりです！　樋口美沙緒《ひぐちみさお》です。

もし初めてのかたがいてくださったら、是非、『パブリックスクール－檻の中の王－』と『パブリックスクール－群れを出た小鳥－』からお読みいただいて、こちらの『パブリックスクール－八年後の王と小鳥－』をお読みくだされば嬉しいです。

というわけで、パブリックスクールの三冊めです。すごい。まさか続きが出るとは、自分でも思ってませんでした！

でも、お話をいただけたときは、とても嬉しかったです。前の二冊は、本当に本当に苦労しましたが、それだけ、愛情をこめ、心痛め、苦しみつつも深い喜びの中で作り上げた作品でした。どの作品も等しく可愛く大事なのですが、礼《れい》には、私自身が答えの出ていない問いを課しまして、一体どういう答えにたどり着いてくれるんだろう……と、頑張ってもらったので、この足跡を誰にも共感してもらえなかったら礼に悪いなと思っていたところ、たくさんたくさん反響をいただき、こうして三冊目も出せることになりました。ありがとうございます。

礼とエドにまた会えて嬉しかったし、ギルもオーランドもジョナスも、もっと書きたかったです。新しく出てきたブライトやデミアン、そしてロードリーもお気に入りです。イギリスの空の下、彼らが生きていることを考えながら書きました。また会えるといいな。

脇キャラはみんな可愛いので、果たしてこのあと彼らがどんな人生を歩むのかなーと思うと楽しいですね。礼とデミアンがすっかり仲良くなったりしたら、ジョナスは嫉妬しそうです。エドと二人で淋しがって文句を言ってるお酒の席を、オーランドが楽しそうに見てたりして。ギルとブライトも密かにライバル心を燃やしあうかもしれません。エドの二番手は俺だ的な。でも大人なので誉め殺しで闘う酒の席。などなど、ロンドンナイトを想像してます。

ところで、みなさんはもう、表紙や口絵をごらんになったことでしょう。

素晴らしいイラストでしたね……(感無量)、これぞパブリックスクール、これぞ英国、という、陰影、物語、奥行きのある絵でした……。そんな絵をつけてくださったｙｏｃｏ先生、本当にありがとうございます。どの絵も大好きです。私の文章の足りないところをすべて補い、高めてくださってる気がします。

そして今回、その胆力と包容力をしみじみ感じさせられた、担当さま。いつもすみません。本当に、本当に、すみませんとありがとうしか言えません。作品がよくなってよかった、と言ってくださった言葉が忘れられません。

いつも読んでくださってる皆さん。お手紙をくださったかた。皆さまの応援なしに、作家業は続けていけません。本当に感謝しています。これからも作品で恩返ししたいと思ってます。

支えてくれた家族、友人にも、心より、ありがとうございますをこめて。

樋口美沙緒

この本を読んでのご意見、ご感想を編集部までお寄せください。

《あて先》〒141-8202　東京都品川区上大崎3-1-1　徳間書店　キャラ編集部気付
「パブリックスクール―八年後の王と小鳥―」係

【読者アンケートフォーム】
QRコードより作品の感想・アンケートをお送り頂けます。
Chara公式サイト http://www.chara-info.net/

■**初出一覧**

八年目のクリスマス……小説Chara vol.33(2016年1月号増刊)
つる薔薇の感傷……Chara@ vol.20(2015年)
八年後の王と小鳥……書き下ろし

Chara

パブリックスクール―八年後の王と小鳥―……【キャラ文庫】

2016年6月30日　初刷
2021年8月20日　4刷

著者　樋口美沙緒
発行者　松下俊也
発行所　株式会社徳間書店
〒141-8202　東京都品川区上大崎3-1-1
電話　048-451-5960（販売部）
　　　03-5403-4348（編集部）
振替　00140-0-44392

印刷・製本　図書印刷株式会社
カバー・口絵　近代美術株式会社
デザイン　百足屋ユウコ＋カナイアヤコ（ムシカゴグラフィクス）

ISBN978-4-19-900842-9

樋口美沙緒の本

好評発売中

【パブリックスクール―檻の中の王―】

イラスト✦yoco

名門貴族の子弟が集う、全寮制パブリックスクール――その頂点に君臨する、全校憧れの監督生《プリフェクト》で寮代表《ヘッドボーイ》のエドワード。母を亡くし、父方の実家に引き取られた礼《れい》が密かに恋する自慢の義兄だ。気ままで尊大だけれど、幼い頃は可愛がってくれたエドは、礼の入学と同時に冷たく豹変!!「一切誰とも関わるな」と友人を作ることも許さずに!? 厳格な伝統と階級に縛られた、身分違いの切ない片恋!!

樋口美沙緒の本

好評発売中

[パブリックスクールー群れを出た小鳥ー]

イラスト✦yoco

ハーフタームの休暇中、無人の校内で昼夜を問わずエドに抱かれる礼《れい》。これは言い付けを破った罰だ——。わかっていても、エドを独占できる喜びと快楽に溺れる日々…。ところが、休暇が明けると、たおやかな美貌の編入生・ジョナスが復学!! エドの恋人らしいとの噂に、礼は不安と嫉妬に駆られ!? 閉鎖された檻の中——一瞬の煌めきが彩る少年時代に、生涯ただひとつの恋に堕ちる、奇跡の純愛!!